EDMOND DE GONCOURT

# Chérie

ROMAN

Édition définitive

publiée sous la direction de l'Académie Goncourt

ERNEST FLAMMARION    EUGÈNE FASQUELLE
ÉDITEUR              ÉDITEUR
26, Rue Racine, 26   11, Rue de Grenelle, 11

PARIS

# Œuvres d'EDMOND et JULES de GONCOURT
### Édition définitive publiée sous la Direction de l'Académie Goncourt

### Edmond et Jules de GONCOURT

**Germinie Lacerteux**, roman, avec postface de Gustave Geffroy, de l'Académie Goncourt.

**Sophie Arnould**, avec postface d'Émile Bergerat, de l'Académie Goncourt.

**Sœur Philomène**, roman, avec postface de Lucien Descaves, de l'Académie Goncourt.

**Renée Mauperin**, roman, avec postface d'Henry Céard, de l'Académie Goncourt.

**Madame Gervaisais**, roman, avec postface de Gustave Geffroy, de l'Académie Goncourt.

**La femme au dix-huitième siècle**, avec postface de J.-H. Rosny jeune, de l'Académie Goncourt (2 vol.).

**Portraits intimes du dix-huitième siècle**, avec postface de Jean Ajalbert, de l'Académie Goncourt (2 vol.).

**Manette Salomon**, roman, avec postface de Lucien Descaves, de l'Académie Goncourt.

**Gavarni, l'homme et l'œuvre**, avec postface de Gustave Geffroy, de l'Académie Goncourt.

**Histoire de Marie-Antoinette**, avec postface de J.-H. Rosny aîné, de l'Académie Goncourt.

**Charles Demailly**, roman, avec postface de J.-H. Rosny jeune, de l'Académie Goncourt.

**Préfaces et manifestes littéraires**, avec postface de Jean Ajalbert, de l'Académie Goncourt.

**Madame de Pompadour**, avec postface de J.-H. Rosny aîné, de l'Académie Goncourt.

**Quelques créatures de ce temps**, avec postface de J.-H. Rosny aîné, de l'Académie Goncourt.

**L'art du dix-huitième siècle**, avec postface de Pol Neveux, de l'Académie Goncourt (3 vol.).

**Histoire de la société française pendant la Révolution**, avec postface de Lucien Descaves, de l'Académie Goncourt.

### Edmond de GONCOURT

**La fille Élisa**, roman, avec postface de Jean Ajalbert, de l'Académie Goncourt.

**Chérie**, roman, avec postface de J.-H. Rosny aîné, de l'Académie Goncourt.

**La Guimard**, avec postface de J.-H. Rosny jeune, de l'Académie Goncourt.

**Hokousaï. (L'art japonais au xviii° siècle)**, avec postface de Léon Hennique, de l'Académie Goncourt.

**La Faustin**, roman, avec postface de Lucien Descaves, de l'Académie Goncourt.

**Les frères Zemganno**, roman, avec postface de Léon Hennique, de l'Académie Goncourt.

**Outamaro (L'art japonais au xviii° siècle)**, avec postface de J.-H. Rosny jeune, de l'Académie Goncourt.

**Madame Saint-Huberty**, avec postface d'Henry Céard, de l'Académie Goncourt.

**Mademoiselle Clairon**, avec postface de Lucien Descaves, de l'Académie Goncourt.

### *Pour paraître prochainement :*
#### Edmond et Jules de GONCOURT
**Histoire de la Société française pendant la Révolution**, avec postface de Lucien Descaves, de l'Académie Goncourt.

# Chérie

*Il a été tiré de cet ouvrage :*
*Vingt exemplaires sur papier de Hollande,*
*numérotés de 1 à 20*
*et soixante-dix exemplaires sur papier vélin*
*des papeteries du Marais,*
*numérotés de 21 à 90.*

---

## OEUVRES DE E. ET J. DE GONCOURT

### DANS LA MÊME ÉDITION

*Déjà parus :*

EDMOND ET JULES DE GONCOURT

GERMINIE LACERTEUX, roman, avec postface de Gustave Geffroy, de l'*Académie Goncourt*.

EDMOND DE GONCOURT

LA FILLE ÉLISA, roman, avec postface de Jean Ajalbert, de l'*Académie Goncourt*.

*Pour paraître prochainement :*

EDMOND ET JULES DE GONCOURT

SOPHIE ARNOULD, avec postface d'Emile Bergerat, de l'*Académie Goncourt*.

E. DE GONCOURT AU CANAPÉ
Par Carrière.

EDMOND DE GONCOURT

# Chérie

ROMAN

POSTFACE DE M. J.-H. ROSNY AÎNÉ
(de l'Académie Goncourt)

ÉDITION DÉFINITIVE
publiée sous la direction de l'Académie Goncourt

PARIS

ERNEST FLAMMARION | EUGÈNE FASQUELLE
ÉDITEUR | ÉDITEUR
26, Rue Racine, 26 | 11, Rue de Grenelle, 11

Tous droits de traduction, d'adaptation et de reproduction réservés
pour tous les pays.

# PRÉFACE

Voici le roman que j'annonçais dans l'introduction de La Faustin, et auquel je travaille depuis deux ans.

C'est une monographie de jeune fille, observée dans le milieu des élégances de la Richesse, du Pouvoir, de la suprême bonne compagnie, une étude de jeune fille du monde officiel sous le second Empire.

Pour le livre que je rêvais, il eût peut-être été préférable d'avoir pour modèle une jeune fille du faubourg Saint-Germain, dont l'affinement et les sélections de race, les traditions de famille, les aristocratiques relations, l'air ambiant même du faubourg qu'elle habite, auraient doté mon roman d'un type à la distinction plus profondément ancrée dans les veines, à la distinction perfectionnée par plusieurs générations. Mais cette jeune fille était à peindre par Balzac, aux temps de la Restauration ou du règne de Louis-Philippe, — et plus en ces années, où le monde légitimiste n'appartient presque pas, on peut le dire, à la vie vivante du siècle.

Ce roman de Chérie a été écrit avec les recherches qu'on met à la composition d'un livre d'histoire, et je crois pouvoir avancer qu'il est peu de livres sur la femme, sur l'intime *féminilité* de son être depuis l'enfance jusqu'à ses vingt ans, peu de livres fabriqués avec autant de causeries, de confidences, de confessions féminines : bonnes fortunes littéraires arrivant, hélas ! aux romanciers qui ont soixante ans sonnés.

Je me suis appliqué à rendre le joli et le distingué de mon sujet et j'ai travaillé à créer de la *réalité élégante;* toutefois — et là était peut-être le gros succès, — je n'ai pu me résoudre à faire de ma jeune fille l'individu non humain, la créature insexuelle, abstraite, mensongèrement idéale des romans *chic* d'hier et d'aujourd'hui.

On trouvera bien certainement la fabulation de Chérie manquant d'incidents, de péripéties, d'intrigue. Pour mon compte, je trouve qu'il y en a encore trop. S'il m'était donné de redevenir plus jeune de quelques années, je voudrais faire des romans sans plus de complications que la plupart des drames intimes de l'existence, des amours finissant sans plus de suicides que les amours que nous avons tous traversées ; et la mort, cette mort que j'emploie volontiers pour le dénouement de mes romans, de celui-ci comme des autres, quoique un peu plus *comme il faut* que le mariage, je la rejetterais de mes livres, ainsi qu'un moyen théâtral d'un emploi méprisable dans de la haute littérature. Oui, je crois, — et ici, je parle pour moi bien tout seul, — je crois que l'aventure, la machination *livresque* a été épuisée par Soulié, par Sue, par les grands imaginateurs du commencement du siècle, et ma pensée est que la dernière évolution du roman, pour arriver à devenir tout à fait le grand livre des temps modernes, c'est de se faire un livre de pure analyse : livre pour lequel — je l'ai cherchée sans réussite, — un *jeune* trouvera peut-être, quelque jour, une nouvelle dénomination, une dénomination autre que celle de roman.

Et à propos du roman sans péripéties, sans intrigue, sans bas amusement, tranchons le mot, qu'on ne me jette pas à la tête le goût du public! Le public... trois ou quatre hommes, pas plus, tous les trente ans, lui retournent ses catéchismes du beau, lui changent, du tout au tout, ses goûts de littérature et d'art, et font adorer à la génération qui s'élève ce que la génération précédente réputait exécrable. Aujourd'hui la reconnaissance générale de Hugo et Delacroix n'est-elle pas la négation absolue de la religion littéraire et picturale de la Restauration, et n'y a-t-il pas, en ce moment, des symptômes naissants de reconnaissances d'écoles qui seront à leur tour la négation de ce qui règne à peu près souverainement encore? Le public n'estime et ne reconnaît à la longue que ceux qui l'ont scandalisé tout d'abord, les *apporteurs de neuf*, les révolutionnaires du livre et du tableau, — les messieurs enfin, qui, dans la marche et le renouvellement incessants et universels des choses du monde, osent contrarier l'immuabilité paresseuse de ses opinions toutes faites.

Arrivons maintenant pour moi à la grave question du moment. Dans la Presse, en ces derniers temps, s'est produite une certaine opinion s'élevant contre l'effort d'écrire, opinion qui a amené un ébranlement dans quelques convictions mal affermies de notre petit monde. Quoi ! nous les romanciers, les ouvriers du genre littéraire triomphant au xix° siècle, nous renoncerions à ce qui a été la marque de fabrique de tous les vrais écrivains de tous les temps et de tous les pays, nous perdrions l'ambition d'avoir une langue rendant nos idées, nos sensations, nos figurations des hommes et des choses, d'une façon distincte de celui-ci ou de celui-là, une langue personnelle, une langue portant notre signature, et nous descendrions à parler le langage *omnibus* des faits-divers !

Non, le romancier, qui a le désir de se survivre, continuera à s'efforcer de mettre dans sa prose de la poésie, continuera à vouloir un rythme et une cadence pour ses périodes, continuera à rechercher l'image peinte, continuera à courir après l'épithète rare, continuera, selon la rédaction d'un délicat styliste de ce siècle, à combiner dans une expression le *trop* et l'*assez*, continuera à ne pas se refuser un tour pouvant faire de la peine aux ombres de MM. Noël et Chapsal, mais lui paraissant apporter de la vie à sa phrase, continuera à ne pas rejeter un vocable comblant un trou parmi les rares mots[1] admis à monter dans les carrosses de l'Académie, commettra enfin, mon Dieu, oui ! un néologisme, — et cela dans la grande indignation de critiques ignorant absolument que : *suer à grosses gouttes, prendre à tâche, tourner la cervelle, chercher chicane,* avoir l'air *consterné,* etc., etc., et presque toutes les locutions qu'ils emploient journellement, étaient d'abominables néologismes en l'année 1750.

Puis toujours, toujours, ce romancier écrira en vue de ceux qui ont le goût le plus précieux, le plus raffiné de la prose française, et de la prose française de l'heure actuelle, et toujours il s'appliquera à mettre dans ce qu'il écrit cet indéfinissable exquis et charmeur, que la plus intelligente traduction ne peut jamais faire passer dans une autre langue.

Quant à écrire, selon la recommandation de mon ami, M. Taine, en faveur du Suédois ou du Canadien[2],

1. La langue française d'après le dictionnaire de l'Académie est peut-être, de toutes les langues des peuples civilisés du monde, la langue possédant le plus petit nombre de mots.
2. Lettre de M. Taine, publiée dans l'Événement du 7 octobre 1883.

qui sait aux trois quarts le français ou l'a oublié à moitié, je ne ferai pas à cette théorie l'honneur de la discuter. Joubert, l'auteur des PENSÉES, n'avait pas cette servile préoccupation du suffrage universel en matière de style quand il adjurait M<sup>me</sup> de Beaumont de recommander à Chateaubriand « de garder avec soin les singularités qui lui étaient propres » et « de se montrer constamment ce que Dieu l'avait fait », corroborant ce brave conseil par cette curieuse phrase : « Les étrangers... ne trouveront que frappant ce que les habitudes de notre langue nous portent machinalement à croire bizarre dans le premier moment. » Et, parmi le déchaînement de la critique, c'est encore Joubert qui engage l'écrivain, attaqué dans les modernités de sa prose nouvelle, à persister *à chanter son propre ramage*[1].

Répétons-le, le jour où n'existera plus chez le lettré l'effort d'écrire, et l'effort d'écrire personnellement, on peut être sûr d'avance que le reportage aura succédé en France à la littérature. Tâchons donc d'écrire bien, d'écrire médiocrement, d'écrire mal même plutôt que de ne pas écrire du tout; mais qu'il soit bien entendu qu'il n'existe pas un patron de style unique, ainsi que l'enseignent les profes-

1. CHATEAUBRIAND ET SON GROUPE LITTÉRAIRE, par Sainte-Beuve, qui jette en note au bas de mes citations : « La nouveauté, une nouveauté originale, c'est là le point important et le secret des grands succès. »

seurs de l'*éternel beau*, mais que le style de La Bruyère, le style de Bossuet, le style de Saint-Simon, le style de Bernardin de Saint-Pierre, le style de Diderot, tout divers et dissemblables qu'ils soient, sont des styles d'égale valeur, des styles d'écrivains parfaits.

Et peut-être l'espèce d'hésitation du monde lettré à accorder à Balzac la place due à l'immense grand homme vient-elle de ce qu'il n'est point un écrivain qui ait un style personnel ?

Que mon lecteur me permette aujourd'hui d'être un peu plus long que d'habitude, cette préface étant la préface de mon dernier livre, une sorte de testament littéraire.

Il y a aujourd'hui plus de trente ans que je lutte, que je peine, que je combats, et pendant nombre d'années, nous étions, mon frère et moi, tout seuls, sous les coups de tout le monde. Je suis fatigué, j'en ai assez, je laisse la place aux autres.

Je crois aussi qu'il ne faut pas s'attarder dans la littérature d'imagination au delà de certaines années, et qu'il est sage de prématurément choisir son heure pour en sortir.

Enfin, j'ai besoin de relire nos confessions, notre livre préféré entre tous, un journal de notre double vie, commencé le jour de l'entrée en littérature des deux frères et ayant pour titre : Journal de la vie littéraire (1851-188.), journal qui ne doit paraître que vingt ans après ma mort.

Et devant le menaçant avenir promis par le pétrole et la dynamite aux choses secrètes léguées à la postérité, je donne aujourd'hui la préface de ce journal. S'il vient à périr, ce sera toujours ça au moins de sauvé.

. . . . . . . . . . . . . . . . . .

Ce journal est notre confession de chaque soir : la confession de deux vies *inséparées* dans le plaisir, le labeur, la peine, de deux pensées jumelles, de deux esprits recevant du contact des hommes et des choses des impressions si semblables, si identiques, si homogènes, que cette confession peut être considérée comme l'expansion d'un seul *moi* et d'un seul *je*.

Dans cette autobiographie au jour le jour, entrent en scène les gens que les hasards de la vie ont jetés sur le chemin de notre existence. Nous les avons *portraiturés*, ces hommes, ces femmes, dans leurs ressemblances du jour et de l'heure, les reprenant au cours de notre journal, les remontrant plus tard sous des aspects différents, et selon qu'ils changeaient et se modifiaient : désirant ne point imiter les faiseurs de mémoires qui présentent leurs figures historiques, peintes en bloc et d'une seule pièce, ou peintes avec des couleurs refroidies par le temps et des épithètes *éclectisées* par l'éloignement et l'enfoncement de la rencontre; — ambitieux, en un mot, de représenter l'ondoyante et mutable humanité dans sa *vérité momentanée*.

Quelquefois même, je l'avoue, le changement indiqué chez les personnes qui nous furent familières ou chères, ne vient-il pas du changement qui s'était fait en nous? Cela est possible. Nous ne nous cachons pas d'avoir été des créatures passionnées, nerveuses, maladivement impressionnables, et par là quelquefois injustes. Mais ce que nous pouvons affirmer, c'est que, si parfois nous nous exprimons avec l'injustice de la prévention ou l'aveuglement de l'antipathie irraisonnée, nous n'avons jamais menti sciemment sur le compte de ceux dont nous parlons.

Donc notre effort a été de chercher à faire revivre auprès de la postérité nos contemporains dans leur ressemblance animée, à les faire revivre par la sténographie ardente d'une conversation, par la surprise physiologique d'un geste, par ces riens de la passion où se révèle une personnalité, par ce je ne sais quoi qui donne l'intensité de la vie, par la notation enfin d'un peu de cette fièvre qui est le propre de l'existence capiteuse de Paris.

Et dans ce travail qui voulait avant tout *faire vivant* d'après un ressouvenir encore chaud, dans ce travail jeté à la hâte sur le papier, et qui n'a pas été toujours relu, — vaillent que vaillent la syntaxe au petit bonheur et le mot qui n'a pas de passeport, — nous avons toujours préféré la phrase et l'expression qui émoussaient et *académisaient* le moins le vif de nos sensations, la fierté de nos idées[1].

. . . . . . . . . . . . . . . . . . . .

Maintenant toi, petite CHÉRIE, toi, pauvre dernier volume du dernier des Goncourt, va où sont allés tous tes aînés, depuis LES HOMMES DE LETTRES jusqu'à LA FAUSTIN, va t'exposer aux mépris, aux dédains, aux ironies, aux injures, aux insultes dont le labeur obstiné de ton auteur, sa vieillesse, les tristesses de sa vie solitaire ne le défendaient pas encore hier, et qui cependant lui laissent entière, malgré tout et tous, une confiance à la Stendhal dans le siècle qui va venir.

Deux ou trois mois avant la mort de mon frère, à la sortie de l'établissement hydrothérapique de Beni-Barbe, tous deux nous faisions notre promenade de tous les matins, au soleil, dans une certaine allée du Bois de Boulogne, où je ne repasse plus, — une pro-

---

[1]. Ces mémoires, continués par moi après la mort de mon frère, sont volumineux. Ils forment aujourd'hui de six à huit volumes. La préface donnée ici a été écrite à Schilersée au mois d'août 1872.

menade silencieuse, comme il s'en fait, en ces moments de la vie, entre gens qui s'aiment et se cachent l'un à l'autre leur triste pensée fixe.

Tout à coup brusquement mon frère s'arrêta, et me dit :

« Ça ne fait rien, vois-tu, on nous niera tant qu'on voudra... il faudra bien reconnaître un jour que nous avons fait GERMINIE LACERTEUX... et que « Germinie Lacerteux » est le livre-type qui a servi de modèle à tout ce qui a été fabriqué depuis nous, sous le nom de réalisme, naturalisme, etc. Et d'un !

« Maintenant, par les écrits, par la parole, par les achats... qu'est-ce qui a imposé à la génération aux commodes d'acajou, le goût de l'art et du mobilier du xviii° siècle ?... Où est celui qui osera dire que ce n'est pas nous ? Et de deux !

« Enfin cette description d'un salon parisien meublé de japonaiseries, publiée dans notre premier roman, dans notre roman d'EN 18..., paru en 1851... oui, en 1851... — qu'on me montre les japonisants de ce temps-là... — et nos acquisitions de bronzes et de laques de ces années chez Mallinet et un peu plus tard chez M<sup>me</sup> Desoye... et la découverte en 1860, à la *Porte Chinoise*, du premier album japonais connu à Paris... connu au moins du monde des littérateurs et des peintres... et les pages consacrées aux choses du Japon dans MANETTE SALOMON, dans IDÉES ET SENSATIONS... ne font-ils pas de nous les premiers propagateurs de cet art... de cet art en train, sans qu'on s'en doute, de révolutionner l'optique des peuples occidentaux ? Et de trois !

« Or la recherche du *vrai* en littérature, la résurrection de l'art du xviii° siècle, la victoire du japonisme : ce sont, sais-tu, — ajouta-t-il après un silence, et avec un réveil de la vie intelligente dans l'œil, — ce sont les trois grands mouvements littéraires et artistiques de la seconde moitié du xix° siècle... et nous les aurons menés, ces trois mouvements... nous, pauvres obscurs. Eh bien ! quand on a fait cela... c'est vraiment difficile de n'être pas *quelqu'un* dans l'avenir. »

Et, ma foi, le promeneur mourant de l'allée du Bois de Boulogne pourrait peut-être avoir raison.

EDMOND DE GONCOURT.

# Chérie

## I

Il y a, ce soir-là, dîner au Ministère de la Guerre.

Des fleurs sur la table, les domestiques en mollets, le service de Sèvres à l'*N* couronné en or, indiquent un grand dîner, le dîner que le maréchal, ministre de la Guerre, permet à sa petite-fille Chérie de donner tous les mardis.

Aux deux bouts de la table — on est en hiver, — se dressent un cerisier et un abricotier nains couverts de leurs fruits.

La maîtresse de maison, qui vient d'avoir neuf ans et qui a déjà des yeux de femme dans sa frimousse d'enfant, désigne, par des gestes sentant le grand monde, leurs places à huit petites amies à peu près de son âge, des places où se retrouvait la hiérarchie des parents dans l'ordre administratif.

Alors les petites filles se mettent à s'asseoir, toutes remuantes de trémoussements coquets, se dégantent avec des grâces lentes et, leur petit corps rejeté en arrière, déposent dans l'un de leurs verres leurs gants minuscules, roulés correctement, répètent enfin, ainsi que des miniatures de femmes, les attitudes, les mines, les élégances de leurs mères.

Puis c'est chez les bambines un premier instant d'inspection respective de leurs toilettes, un de ces examens faits dans un coup d'œil, et de ce regard, de ce regard particulier à la femme même en herbe, qui a vu, en une seconde, la couleur, la coupe, la matière de ce qui habille une autre femme, et en a déjà fait un inventaire critique des pieds à la tête.

Le dîner commence, les domestiques servant les petites amies de Mademoiselle avec le sérieux de domestiques servant de grandes personnes.

Une invitée, trouvant sa soupe trop chaude, ouvre son éventail et évente gentiment, de haut en bas, son assiette, à demi juchée sur le barreau de sa chaise.

L'amusant spectacle que la réunion autour de la table de ces petites Parisiennes au minois fûté, aux yeux éveillés de souris, à l'intelligence hâtive de la physionomie, à l'enfance menue, distinguée, raffinée, quintessenciée de l'enfant des capitales et des salons, gracieux petits êtres dont la pâleur intéressante avait été enjolivée par les mères avec tout le goût possible, bouts de femmes déjà montrés en les galants arrangements que la mode fashionable crée pour les petites filles des riches!

Elles paraissent, en effet, mises au mieux, les jeunes convives de la petite-fille du maréchal, en leurs jupes courtes, ballonnées par deux ou trois jupons à baguettes très empesés, en leurs corsages décolletés sur lesquels court une guimpe transparente, et avec leurs cheveux séparés en deux nattes disposées en couronne ou formant deux petits tortillons au-dessus de l'oreille, attachés par un nœud. Chez les plus élégantes, les cheveux, retenus par un ruban autour de la tête, se divisent par derrière en huit grosses boucles tombant sur le dos. Et toutes sont chaussées de bottines lacées en satin blanc, à l'exception de Chérie portant, sur des bas à jour, des souliers de satin noir *à la Reine*.

Celle-ci qui a un petit nez écrasé, à l'image de ces nez d'enfants qu'on aperçoit à travers un carreau contre lequel ils regardent appuyés, celle-ci est habillée d'une robe blanche toute soufflée, où de gros nœuds d'un ruban moiré rouge remuent sur ses épaules à chacun de ses mouvements. Celle-là, aux très grands yeux, à la toute petite bouche, porte une robe de taffetas bleu changeant, semée de boutons de rose brochés bleu et blanc, au corsage plat boutonné dans le dos et garni d'une berthe frangée d'effilés Tom Pouce. Une autre, à la figure vieillotte des enfants procréés par des vieillards, a une robe de soie grise sur laquelle court une guimpe de mousseline bouillonnée où chaque bouillon est divisé par un étroit velours noir. Une autre, fébrile, remuante, aux gentillesses de singe, se démène dans une robe de popeline de Lyon, au grand écossais fond blanc, et dont le corsage est à basques découpées et ornées d'un petit agrément faisant brandebourg.

Chérie est habillée d'une robe de mousseline blanche à fleurettes roses, aux sept volants froncés et bordés de valenciennes, au corsage décolleté à la vierge, sur laquelle croisent des bretelles en ruban rose façonné, formant ceinture, et allant se nouer derrière par un nœud à longs pans. Elle a au cou un collier de perles roses où les grosses perles alternent avec de petites perles fines. A ses oreilles sont suspendues des poires en corail qui jouent dans ses cheveux courts et bouclés.

Les enfants vivant dans le monde ne s'étonnent, ne s'intimident plus guère ; ils ont conquis une assurance calme, une froideur digne, une tenue flegmatique et, jusqu'à ce qu'une excitation les rende soudainement à leur âge, la vivacité du plaisir ou de l'amusement chez eux se cache et se dissimule.

Quant à Chérie, elle fait les honneurs de la table, donne les ordres, surveille le service, s'occupe de tout le monde, et cela dans la langue et avec les formules d'une vraie maîtresse de maison, et où ne se révèle de son enfance que le mot *grand-papa*, revenant amoureusement dans toutes ses phrases et à tout propos, et surtout dans la recommandation des plats qu'elle veut qu'on mange.

Pour la surveiller et jouer un rien à la maternité, Chérie plaçait à sa gauche une petite fille de cinq ans, qui a encore du bébé dans sa figure joufflue et comme du ciel du matin dans le bleu de ses yeux, et qu'on nommait *Jésus*, du nom d'adoration que sa mère, une veuve, lui avait donné, l'appelant au milieu de ses embrassades « ma Jésus ». L'enfant tout occupée d'une petite croix de grenat attachée à son cou pour la première fois, laisse les bonnes choses que Chérie lui fait mettre sur son assiette.

Avec le champagne qu'on avait commencé à verser à moitié des verres, les petites langues commencent à se délier.

Une petite fille, des attendrissements comiques dans la voix, se plaint près de sa voisine de ce que, pendant qu'elle est à Paris l'hiver, les hérissons viennent habiter et tout abîmer la belle maison des poupées que ses sœurs et elle sont obligées, tous les étés, de reconstruire dans le parc où elles vont à la campagne. Une autre dit qu'elle sortait de jouer *à la marquise* chez de petites amies, avec des robes prêtées par leur maman, en sorte qu'elles avaient de très grandes queues et aussi l'*estomac déshabillé*, ce qui était très amusant. La plus bavarde de la troupe raconte longuement un guignol vu la veille, à une matinée d'enfants : « D'abord c'était un polichinelle... après c'était un pierrot... après un homme qui disait qu'il allait faire la bataille... alors il a appelé Rigolo... qui n'est jamais là, disait son maître, quand on l'appelle, et toujours là quand on n'en a pas besoin... enfin il venait... alors, il lui demandait s'il voulait se battre en duel à la place de lui... avec un homme habillé de bleu qu'il lui a montré... Oui, oui, qu'il a fait, mais il faut donner de l'argent... Deux francs ? Non !... Vingt francs ? Non !... Cinquante francs ! Non !... Il fallait donner cent francs... Après, après... après on a goûté... après on a tiré la loterie... après on a dansé... et il y a eu un petit qui avait mis sur sa tête du papier doré et qui avait l'air d'un roi. »

A mesure que le dîner s'avance, les grands airs de

petites femmes s'en vont des petites filles qui redeviennent des enfants joueurs. Toutes parlent, jacassent, gazouillent à la fois, amusées du bruit qu'elles font. C'est du plaisir tapageur, des paroles qui ne se répondent pas, des rires fous, un besoin de remuement dans l'immobilité qui tracasse les élastiques des sièges, des amitiés au voisinage se rapprochant, et dont les fourchettes piquent dans l'assiette d'à côté, voulant « de ce qu'a » la petite voisine.

L'espiègle à la robe écossaise est en train d'exécuter une série de grimaces très réussies, grimaces jugées par Chérie indignes de la solennité de l'endroit, et arrêtées par un sec : « Où mademoiselle se croit-elle ici ? »

Déjà chez les toutes petites la tendresse de l'œil se charge de sommeil, et « la Jésus » s'endort, une joue posée sur la paume d'une mignonne main, tenant encore en l'air une cuisse de poulet à moitié mangée, la bouche entr'ouverte et grasse de sauce.

Sur un signe de Chérie, un domestique soulève l'enfant de sa chaise et emporte le petit corps ensommeillé se répandant entre ses bras comme de la chair sans os.

Le dîner cependant continue, animé et fouetté de cette jolie ivresse gaminante qu'apporte à l'enfance un peu de mousse de champagne, quand la petite fille à la robe écossaise, qui depuis quelques instants se tenait la tête dans son assiette, et le corps dissimulé sous la table, surgit tout à coup debout sur sa chaise, en chemise, et faisant de ses petits bras nus, au-dessus de la table, des *préchi précha* vacillants dans le vide.

La maîtresse de maison, elle, sans pouvoir en croire ses yeux, regarde, frappée de mutisme, la *fifille* en chemise.

En dépit de ses neuf ans et malgré son tout jeune âge, il existait déjà, chez Chérie, une telle religion du haut fonctionnarisme, un si profond respect du lieu habité par elle, une vénération si fort enracinée pour les choses du Ministère que, devant l'irrévérence monstrueuse commise par la petite ivrognesse, elle s'attend à voir s'écrouler les murs de l'hôtel de la rue Saint-Dominique-Saint-Germain sur les surtouts du dessert.

II

Chérie était la dernière et unique enfant d'une famille militaire dont trois générations avaient donné leur sang aux Napoléon. L'aïeul Éric Haudancourt, né à Nancy, de parents attachés à la maison des anciens ducs régnants, puis du roi Stanislas, sortait en 1805 de l'école militaire de Fontainebleau avec le grade de sous-lieutenant de cavalerie. Nommé lieutenant en 1807, capitaine en 1810, il devenait chef d'escadron en 1813. L'Empereur, qui l'avait décoré de sa main sur le champ de bataille de Wagram, le faisait passer des hussards dans les lanciers de sa vieille garde, lors de l'armistice de Dresde.

De l'intrépidité la plus brillante, Éric Haudancourt n'était pas que bravo, il était intelligent, perspicace, jugeant d'un clin d'œil ce que lui permettaient de tenter l'entrain de ses hommes, la santé de ses chevaux; et au paysage, un seul instant entrevu et fouillé de son clair regard à la prunelle bleue, arrachant son secret, — l'embuscade qu'il cachait : en un mot le modèle de l'officier de cavalerie légère, le vrai type du général d'avant-poste.

Doué d'une force physique que recouvrait et parait de légèreté, même à pied, la grâce élancée du cavalier, on l'appelait le *bel Haudancourt* des lanciers de la garde. Il avait en effet cette beauté martiale que l'on rencontre dans certaines esquisses du peintre Gros, où, parmi les colorations vermillonnées à la Rubens dans l'huile fluide, éclatent d'audacieuses physionomies de jeunes hommes, allumées d'une vie violente et comme grisée de santé, apparaissent les portraits sanguins de cette génération guerrière de la France d'alors, de cette dure et inlassable humanité promenée par l'Empereur des sables brûlants de l'Égypte aux glaces de la Russie. Un jour, en campagne, à la table de Masséna, tout le monde admirant un hanap d'argent d'un travail merveilleux, et Masséna ayant dit qu'il était à celui qui le boirait plein de kirsch, Haudancourt le faisait remplir, le vidait et, le prenant, l'écrasait sur sa cuisse de trois ou quatre coups de son poing fermé, puis le jetait dans sa sabretache.

Cette beauté, cette force physique, cette réputation de casse-cou héroïque, lui livraient tous les cœurs, et les cœurs de toutes les sortes de femmes. Aussi trouvait-il à se marier richement, en 1810, avec la fille d'un industriel de la Meuse qui lui apportait une des grandes propriétés du département : les restes d'une ancienne abbaye de femmes nommée Nonains-le-Muguet, à cause de son origine première et de la quantité de cette jolie fleur des bois fleurissant sous les arbres.

Après Waterloo, le colonel désigné par tous comme un des futurs généraux des guerres nouvelles, que la jeune armée attendait avec confiance des instincts belliqueux de l'Empereur, le colonel Haudancourt songeait à s'expatrier, à aller porter à quelque rajah de l'Inde ses talents militaires, à tâcher de ressusciter là-bas un Tippo-Saeb contre la domination anglaise. Mais il était retenu en France par sa femme, par son enfant, le seul survivant des cinq qu'il avait eus.

Alors, pour occuper son énergique vitalité, cet homme chez lequel il y avait, ainsi que chez beaucoup de Lorrains, un tempérament de *forestier*, d'amoureux des arbres, se mettait à recréer la propriété du Muguet, à la révolutionner par de gigantesques mouvements de terrain, à changer le cours de la rivière, à replanter d'essences rares les parties déboisées, passant des années, du petit jour à la nuit tombante, dans la pluie, la neige, la gelée, et faisant son métier de remueur de terre en grand, et de planteur et de dessinateur de paysages de plusieurs hectares, — une armée d'hommes et de femmes sous lui, et qu'il menait avec une vieille cravache des champs de bataille de l'Empire.

Le colonel du premier Empire mourait en 1835 d'un coup de sang, d'un trop plein de santé. Il laissait un fils élevé par lui dans la religion de la gloire militaire, un fils sorti, six ans avant, l'un des premiers de l'École polytechnique, et qui, en dépit de ce numéro lui assurant une carrière civile enviée par tous, préférait être soldat.

Marc-Antoine Haudancourt faisait son temps à Metz, la pensée toute à cette Algérie nouvellement conquise, à ce coin de terre d'où, en la paix universelle du monde, venaient des bulletins de bataille. Au sortir de l'*hôtel du gabion*, le sous-lieutenant du génie demandait à être envoyé en Afrique. Très peu de temps après, à l'imitation de Lamoricière, il quittait le génie et entrait comme lieutenant dans l'un des deux bataillons de zouaves créés par l'ordonnance du 21 mars 1831. Depuis ce jour, avec les d'Autemarre, les Barral, les Ladmirault, les Saint-Arnaud, les Bourbaki, il contribuait à créer ce corps extraordinaire joignant la solidité à la mobilité, ces soldats fusionnant en eux les qualités militaires françaises et arabes, cette infanterie non pareille faisant gaiement ses dix lieues par journée avec au dos sept jours de vivres et de munitions. Il donnait sa vie, son temps, son orgueil, au façonnage de cette petite armée où se montra comme jamais ne s'est montrée nulle part l'intelligence individuelle, et dans laquelle l'intrépidité affichait un mépris presque gouailleur de la mort.

En 1837, à l'assaut de Constantine, il demeurait du petit nombre de ceux qui, restés debout au milieu de l'explosion de la mine, se joignaient à la seconde colonne de la brèche et pénétraient les premiers dans la ville. De cette fin d'année 1837 à l'année 1848, le jeune officier est quatre ou cinq fois cité à l'ordre de l'armée et semble se trouver dans tous les endroits de l'Afrique où l'on se bat : à la prise de Djidjelli, aux Portes de Fer, au col de la Mouzaïa, au ravitaillement de Milianah, à l'occupation de Mascara, à la campagne contre les Beni-Menasser, à l'expédition de Laghouat, à l'insurrection du Dahra et de l'Ouarensenis, à la série des combats qui se livraient contre Bou-Maza.

Près de dix-huit ans, Marc-Antoine Haudancourt fait la terrible guerre qui se faisait dans ce pays où, les premières années sur un mauvais croquis d'un terrain relevé à la diable, on va à l'aventure dans l'inconnu d'une terre nouvelle; dans ce pays où à sept heures du matin il gèle, à dix heures on respire du feu, et le soir on a le corps traversé par une pluie glaciale, les moustaches blanches de givre; dans ce pays où l'on est assailli par de tels orages que, d'un seul mouvement, l'armée tout entière tourne le dos aux tonnerres et aux éclairs; dans ce pays où il y a des emprisonnements dans des tempêtes de neige au milieu desquelles quatre jours de vivres en doivent durer quinze; dans ce pays, enfin, où l'on traverse des contrées de sable sans eau, à l'unique végétation de chardons, et par un sirocco qui vous coupe en deux les lèvres; où l'on campe sans bois sur la pierre; où il faut grimper par des sentiers inaccessibles et descendre dans des ravins, marchant à quatre pattes;

où il y a des années, comme l'année 1842, dans laquelle un jeune général accuse pour ses hommes près de trois cents jours de course et de bivouac; où, au bout des séjours de plusieurs semaines en plein désert, les capotes bleues des officiers se voient raccommodées avec des morceaux de peau de chacal, et où les repos de cette vie et de cette activité sans exemple sont dans des hôpitaux contenant douze cents malades, dont il meurt sept tous les jours.

Et une guerre où, dans l'incendie de tout l'horizon et l'empoisonnement des sources, le soldat n'a quelquefois à boire que du jus d'orange; une guerre où, sous la voûte de la porte d'entrée des forts abandonnés par l'ennemi, dans la désolation de la ruine, pendent morts un chat et un chien, symbole de l'inexterminable inimitié de l'Arabe pour le Français; une guerre où il faut prendre les maisons à la baïonnette, et où, dans l'intérieur qui n'est plus habité que par des cadavres, le sang cascade par nappes sur les escaliers; une guerre, une guerre avec des hommes qu'il faut tuer plusieurs fois, et qui, blessés, mordent à terre et meurent en assassinant.

Ce soldat cependant qui monte à cheval pour ces expéditions recommençant toujours, pour ces combats de six heures se répétant quatre à cinq jours de suite, et qui passe des semaines sans se coucher, sans ôter ses bottes, sans déboutonner sa capote, ce soldat, on le sait un maladif, un fiévreux, un homme aux entrailles ravagées par la dysenterie, à la santé perdue dans les fatigues meurtrières de la guerre sous ce climat. Mais il est tout énergie et volonté, c'est un moral de fer, et avec seize grains de quinine il enlèvera à cheval trente lieues en vingt-quatre heures, faisant galoper sa fièvre et son frisson à travers la froidure, le vent, la pluie. Une fois ou deux déjà, on lui a jeté son manteau de combat sur le visage ; mais, à la surprise de tous, il est comme ressorti violemment de la mort, et ses zouaves le voient, certaines fois, levé de son lit par deux hommes et placé sur son noir cheval, peu à peu se mettre à revivre dans l'odeur de la poudre, et à un certain moment charger, tout à fait guéri par la vue des burnous blancs fuyants, par la chaude ivresse de la victoire. En un mot il est un *Africain* complet, le nom dont on salue les officiers de bronze de la conquête.

Puis, en Afrique, la guerre n'était pas que la guerre. Le colonel rentré d'une expédition devenait un administrateur. Il avait l'obligation de recevoir des Français, des Juifs, des Arabes, des Kabyles ; il nommait le hackem, le muphti, le caïd, les chaouchs. Il lui fallait créer des routes, organiser un marché, monter un théâtre avec des sous-officiers comme acteurs. Il devait aussi être un préfet de police, avoir sa science divinatoire des hommes pour l'embauchage d'espions pouvant le renseigner sur les mouvements d'Abd-el-Kader ou lui dévoiler les cachettes des récoltes des tribus révoltées. Force lui était encore de rédiger une correspondance, des rapports militaires, topographiques, religieux. Et ces continuelles occupations de la pensée, ces soucis, ces responsabilités, avaient fait du colonel un silencieux, aux silences parfois coupés de grosses gaietés ironiques.

Rappelé en 1848, il était gravement blessé aux journées de Juin.

Après un repos de près de dix-huit mois au Muguet, désert depuis des années, et que gardait un zouave estropié à ses côtés, il retournait en Afrique en 1850, et prenait part cette année et l'année suivante à la guerre de Kabylie.

En 1852, il obtenait le commandement de la subdivision de Sétif.

En 1854, lors de la guerre de Crimée, le général de brigade, commandant supérieur de la subdivision de Sétif, se voyait attaché à l'armée d'Orient.

Le général s'était marié presque à son arrivée en Afrique. Il avait épousé la veuve d'un capitaine tué à la première affaire devant Alger, au combat livré le 24 juin 1830 à Sidi-Kalef, et qui était restée là-bas auprès de son père, un des officiers supérieurs de l'expédition. Du même pays lorrain et appartenant à des ascendances rapprochées et mêlées autrefois, entre la jeune femme de dix-huit ans et le brillant officier d'avenir, un tendre attachement se formait bientôt, et le mariage ne tardait guère à se conclure après l'expiration de son deuil. La nouvelle mariée, elle aussi, comme son mari, sortait d'une famille toute militaire où, depuis quarante ans, non seulement les pères et les fils se faisaient soldats, mais où encore les filles et les sœurs épousaient des soldats, attachées à leur vie de déplacement et de garnisons changeantes, et ne sachant point ce que c'était que de demeurer autre part qu'avec leurs maris. Sur cette terre de guerre, l'épouse ne voulait pas plus quitter l'homme auquel elle se trouvait unie qu'elle ne l'aurait quitté en France, s'établissant partout où une femme pouvait à la rigueur habiter et, quand il y avait impossibilité d'être tout à fait avec lui, se tenant dans la petite ville, dans le village colonisé le plus à proximité du campement et d'où, bien des fois, elle entendait le canon, et où, à la rentrée de la colonne, en face des premières maisons, elle pouvait serrer son mari entre ses bras, le tâtonnant, un moment, par tout le corps pour s'assurer si vraiment il n'était pas blessé. Une existence non quelquefois sans danger, une existence bien souvent soumise à des privations affreuses, une existence dans la sévérité de laquelle il n'entrait jamais rien des distractions et des plaisirs du monde, mais qui avait pour cette femme l'attrait du devoir, rendu presque piquant par son côté d'aventure, et la jouissance nerveuse que donne le voisinage du péril de celui qu'on aime entièrement. En ces années où, dans le Sahel pacifié et paraissant conquis à jamais, la guerre sainte renaissait furieuse, battant presque du galop de ses chevaux les murs d'Alger, M<sup>me</sup> Haudancourt se refusait tout le temps à y chercher un abri.

Le ménage eut un enfant la première année du mariage des deux époux, un beau petit garçon qui avait grandi, à la façon d'un petit Maure, en une chemise blanche, les pieds nus dans des babouches sans quartier, et coiffé tout en haut de la tête d'une rouge *chechia*, de cette coiffure ressemblant à la calotte de nos enfants de chœur. Dans l'ombre d'un dessous de porte, d'une voûte d'allée, d'une chambre aux stores baissés, c'était une lumière que cet enfant avec sa chair blanchement rose, ses yeux si brillants qu'on les aurait crus avivés d'antimoine, et ses cheveux que sa mère se plaisait à laver d'une préparation où il entre, au dire des gens du pays, un lézard bouilli : préparation dont gardent le secret les juives de là-bas, et qui mettait des reflets carminés dans l'ébouriffement de sa chevelure brune.

Il n'avait encore que sept ans quand son père, à l'imitation des pères du dix-huitième siècle emmenant leurs enfants à la guerre pour tuer chez eux le sentiment de la peur, commençait à se faire accompagner de lui dans les expéditions les moins pénibles, habituant le gamin à la fatigue du cheval, au sifflement des balles, au spectacle de la mort. Et le gamin était presque superstitieusement gâté, choyé, fêté comme un porte-bonheur par les zouaves, amusés de voir le bel et intrépide enfant faire de la *fantasia* sur un petit cheval folâtre, couleur gris de souris.

Ainsi élevé, le fils de l'officier d'Afrique ne pouvait admettre qu'il y eût une autre existence pour un homme que celle du soldat. Toutefois, au milieu de ses promenades militaires, l'éducation de Félicien Haudancourt se faisait à la bonne franquette, et bien souvent sous la tente avec quelques réminiscences littéraires de l'un ou de l'autre, un peu des humanités assez effacées de l'aumônier, un reste du latin du père, qui s'était remis à relire Salluste pour retrouver en Afrique quelque chose de cette trace romaine, rencontrée à tout moment par le sabot de son cheval.

Le bel enfant en chemise de tout à l'heure, sous le soleil de l'Afrique, au milieu de cette vie arabe, devenait un charmant jeune homme, un Français dans le corps duquel il y avait de l'alanguissement oriental, un Français à l'œil bleu noyé dans l'ombre de grands cils noirs, aux poses affaissées, aux mouvements câlins, au paresseux soulèvement de côté de la tête à une interrogation, au sourire humide où il semblait apparaître par instants un rien de la jolie traîtrise des races asiatiques, un délicieux homme tout enveloppé d'une grâce hautaine. Et le séduisant Félicien était resté doucement enfantin, mettant dans ses affections des tendresses presque d'un autre sexe, et aimant sa mère d'une manière plus caressante que ne l'aiment les garçons et, lorsqu'elle fut soudainement enlevée par une attaque de choléra, la pleurant avec le désespoir, les larmes, les cris d'un petit enfant, et pendant des mois, la nuit, l'appelant tout haut dans ses rêves.

Le jeune Haudancourt aimait et comprenait la guerre comme les ennemis que combattait son père; la guerre apprise en plein air et sans études préparatoires dans des livres qui l'ennuyaient. Il voulait, quand il aurait l'âge, s'engager comme simple chasseur d'Afrique et faire sa carrière à l'imitation de quelques jeunes gens de famille avec lesquels il s'était trouvé. Mais son père se refusa énergiquement à ce désir et, lorsqu'il eut quinze ans, le plaça à Alger chez un répétiteur du collège où Félicien fut astreint à des études suivies.

Là, l'hiver, le joli garçon sortant pour ainsi dire de l'enfance rencontra chez le gouverneur une petite Espagnole âgée d'un an moins que lui, et qui accompagnait sa mère souffrante de la poitrine. Une nuit de la fin de novembre qu'il faisait doux comme en une nuit d'été de France, dans une promenade au bord de la mer, on entrait dans des embarcations amarrées au rivage, et la société s'étendait un moment au fond d'une grande barque, regardant la nuit étoilée. Le hasard avait placé les deux jeunes gens à côté l'un de l'autre, et les yeux de ceux qui étaient là, redescendant du ciel sur le joli couple, émerveillés de la beauté de ces deux êtres et du gracieux groupe qu'ils dessinaient dans la nuit bleue, se disaient du regard : « Les charmants mariés que ça ferait ! » Ce regard, surpris par les deux enfants qui s'aimaient déjà, les donnait au fond de leur pensée l'un à l'autre pour toujours, sans un mot, sans un serrement de main.

Lorsque le colonel rentrait en France au commencement de 1848, il ramenait avec lui son fils qu'il mettait à la pension Jubé, rue de la Vieille-Estrapade, où celui-ci, domptant sa paresse d'oriental, se décidait enfin à travailler sérieusement pendant l'année, au bout de laquelle il était reçu à Saint-Cyr. Félicien avait retrouvé à Paris la jeune Espagnole d'Alger, dont la famille, alliée à la comtesse de

Montijo et suivant la fortune de celle qui allait être bientôt Impératrice des Français, s'établissait en France en ces années.

C'était entre les jeunes gens, le premier jour où ils se revoyaient, l'affiche d'une passion que leurs deux personnes avouaient, déclaraient hautement, et leur amour se montrait à la fois si violent, si touchant, que les parents sentaient de suite l'impossibilité de se refuser à leur mariage et même de le retarder longtemps. Et il arrivait cet évènement de toute rareté : le Saint-Cyrien était fiancé à la jeune fille au commencement de sa seconde année d'études et se mariait au sortir de l'École.

L'amour des deux jeunes mariés, même en public, tout renfermé qu'il fût au fond d'eux-mêmes, offrait un si aimable spectacle aux autres, qu'à Soissons, — Félicien Haudancourt, n'ayant pu sortir dans la cavalerie, avait été envoyé dans un régiment de ligne, — le joli couple se trouvait dans le monde, au spectacle, au milieu des rues, entouré d'une admiration respectueuse ressemblant à une muette ovation. Il faut dire aussi que, si le mari était charmant, la femme était jolie au possible. Espagnole, mais née à Cuba, le piquant de sa beauté brune apparaissait adouci et comme attendri par des mollesses de créole, des paresses voluptueuses à la séduction irrésistible dans ces blouses de batiste de fil, fleuries de petits dessins lilas ou roses imitant des plantes marines à l'apparence d'agates arborisées, et dans lesquelles les femmes des colonies espagnoles passent leur vie.

L'année de son mariage, le sous-lieutenant avait de sa jeune femme une petite fille, à laquelle la mère et le père donnaient un nom de baptême qui ne se porte guère, un nom de pure caresse. Ils l'appelaient Chérie.

La petite fille naissait en 1851. Deux ans après, la guerre de Crimée était décidée et l'armée d'Orient constituée au mois de mars. Dans le premier mois de 1855, alors qu'une décision impériale, datée du 10 janvier, donnait au général Haudancourt le commandement d'une des quatre divisions de l'armée, le père appelait son fils auprès de lui et le faisait entrer dans un régiment de ligne placé sous ses ordres.

Sous les murs de Sébastopol, dans cette guerre de nuit, cette guerre ténébreuse de surprises et d'embuscades, l'intrépidité et la mignonne petite taille de Félicien le faisaient surnommer le *petit lion*. A la fin du mois de mai, assez grièvement contusionné par un éclat d'obus shrapnel qui lui éclatait au-dessus de la tête, il se relevait de son lit le jour même de l'attaque du Mamelon-Vert, résolue par Pélissier pour le 7 juin, quelques heures avant le coucher du soleil, afin d'avoir la fin de la journée pour enlever les positions ennemies et la nuit pour s'y établir solidement.

Les heures de cet après-midi du 7 juin, Félicien les trouvait bien longues. Enfin, à cinq heures, les fusées de signal déchiraient le ciel, et les colonnes d'assaut, sortant des ravins du Carénage et de Karabelnaïa, montaient en courant la colline, sous la mitraille de la redoute, les feux convergents du grand redan, les batteries de gauche de la tour Malakoff. La redoute, abordée de front, était emportée par l'intrépide 50ᵉ de ligne, son colonel tombé mort dans les plis du drapeau à l'aigle d'or qu'il avait lui-même planté sur l'épaulement, et l'ouvrage du 22 février enlevé par la brigade de Failly, et l'ouvrage du 27 février par la brigade Lavarande. Nous étions victorieux. A ce moment, dans l'ardeur de la lutte, dans le délire de la victoire, malgré les ordres donnés, des soldats, de jeunes officiers parmi lesquels se trouvait Félicien Haudancourt, se laissaient entraîner à la poursuite des fuyards jusqu'au fossé de la tour Malakoff, cherchant à pénétrer dans la ville au milieu des Russes en déroute, tentant d'escalader les embrasures. Mais, écrasés par les feux de la place et pris en flanc par un retour offensif de l'ennemi, ces hommes héroïques restaient presque tous sur le terrain, morts ou grièvement blessés.

Lorsqu'on relevait le jeune Félicien Haudancourt, le corps criblé de blessures, on doutait qu'il arrivât encore vivant à l'ambulance ; toutefois il trompait toutes les prévisions, éprouvait au bout de quelques jours un mieux qui faisait croire à son rétablissement, permettait au père d'écrire à sa belle-fille que les médecins espéraient le sauver. Malheureusement au bout de trois semaines un accident imprévu se produisait, et quand la malheureuse jeune femme, chez laquelle se mêlait à l'amour de l'amante l'adoration fiévreuse que met dans le cœur des femmes de militaires une tendresse toujours en alarmes, quand M^me Félicien Haudancourt, qui s'était embarquée sur la dépêche rassurante de son beau-père, arrivait, les heures du blessé étaient comptées.

Elle voulait cependant être avec lui tout le temps qu'il restait au blessé à vivre.

L'ambulance avec son odeur de pus et sa vapeur de sang ; l'ambulance avec ces gémissements, ces demandes suppliantes d'extermination ou d'achèvement, ces pleurs de vieux soldats se pleurant à chaudes larmes, ces hurlements dont rien ne peut donner la note déchirante ; l'ambulance avec cette perspective de visages aux yeux démesurément ouverts, à la bouche contractée par un rire convulsif découvrant des dents serrées ; l'ambulance avec ses silhouettes de chirurgiens aux manches de chemises relevées jusqu'aux aisselles, au tablier blanc taché de sang comme le tablier d'un boucher ; l'ambulance, — tout le temps qu'elle se tint là, la main du mourant entre les deux siennes, — l'ambulance où se voyait, dans le lit de droite, une tête dont la face, tout entière emportée, n'était qu'un trou sanglant au fond duquel remuait un tronçon de langue, et dans le lit de gauche, se voyaient, sous une couverture jetée sur une forme humaine semblant par moments encore vivante, des rats entrer et ressortir, les moustaches rouges.

Et c'était dix-huit heures que, soutenue seulement par un peu de café, bu dans un verre à poser des ventouses, la jeune femme avait dans les yeux ce terrifique spectacle.

A peu de jours de là, M^me Félicien Haudancourt se rembarquait à Constantinople, ramenant au Muguet le cercueil de son mari.

### III

A une tristesse noyée de larmes et se parlant tout haut dans la solitude, succédait chez la mère de Chérie, au bout de quelques mois, un mutisme entêté auquel on ne pouvait arracher un mot.

Tout à coup, un matin, son régisseur venant lui rendre compte de l'exécution d'un ordre donné la veille, la jeune femme se mettait à trembler devant lui de tout son corps, lui criait *grâce*, presque tombée à terre, et sur un pas qu'il faisait pour la relever, elle se jetait dans les escaliers du château, se sauvait à travers le fourré du parc dans l'effarement d'un pauvre et timide animal affolé de terreur, et l'on avait toutes les peines du monde à rattraper la fuyarde, à la ramener dans sa chambre.

La malheureuse était devenue folle de chagrin, folle des heures d'épouvante passées à l'ambulance. Une folie singulière que la sienne. La veuve faite par la guerre, cette invention des hommes, prenait en horreur l'homme. Dans la déraison de la misérable femme, il lui apparaissait comme un être destructeur apportant la mort où il entrait, et elle ne pouvait plus en voir un sans tomber dans une agitation furieuse. Mais la vue de l'homme lui était-elle épargnée, c'était la folle la plus douce du monde et la mélancolique la plus inoffensive ; toutefois elle ne reconnaissait personne, pas même sa fille.

Le père de Félicien ne voulut pas mettre sa belle-fille dans une maison de santé. Il donna l'ordre de bâtir, à l'extrémité la plus reculée du parc, un petit chalet, et, le chalet et le grand jardin qui l'entourait, il les fit enfermer entre de hauts murs. Là, dans ce coin de terre ignoré, cachée à tous, habitait la mère de Chérie. Elle était soignée par la vieille Lizadie, une ancienne femme de chambre de la mère de son mari, qui la servait en compagnie d'une jardinière cultivant les fleurs de l'enclos au milieu duquel elle passait toutes ses journées, dans une immobilité de pierre et sans paraître avoir le sentiment des changements de température et du froid des matins et des soirs.

Dans ce jardin, on la voyait uniformément vêtue d'un costume qu'il fallait toujours lui renouveler sans aucun changement. Elle portait sur la tête un petit chapeau plat ressemblant à un bonnet-papillon d'une Alsacienne qui serait en deuil ; aux bras, de longs gants noirs lui montaient jusqu'aux coudes, et un sac de voyage posé sur les genoux, et ses doux yeux pleins d'un vague douloureux, et le grain de beauté qu'elle avait sur une pommette, mettant une mouche dans la pâleur transparente de son teint, elle se tenait, étrangement charmante, assise sur une chaise, en l'attitude d'une triste femme en chemin de fer, — dans la tenue où elle voyageait ramenant en Lorraine son mort adoré.

Aucun homme ne franchissait jamais la petite

porte de l'habitation dissimulée dans le bois. Lui-
même, le beau-père, ne rendait pas visite à sa belle-
fille. Seulement une échelle demeurait toujours
appuyée contre le mur séparant le parc du jardin du
chalet, et quand le maître du Muguet habitait sa
propriété, il grimpait à cette échelle et, caché dans
le feuillage d'un sapin, par-dessus le mur, il regardait quelques instants sa belle-fille en cachette,
s'assurant si elle avait bonne mine, si elle semblait
bien se porter.

## IV

L'enfance de Chérie grandit dans le parc du
Muguet où la grille aux pilastres de pierre surmontés
d'une grenade enflammée s'ouvrait sur un immense
« petit Trianon » arrosé par une rivière naturelle.

Un parc merveilleux que ce parc de Nonains-le-
Muguet!

Des verdures de grands arbres, parmi lesquelles
contrastaient la pourpre et la panachure des feuil-
lages, et où étaient réunis le chêne rouge d'Amérique,
le tilleul à feuilles argentées, le sycomore à feuilles
sanguines, le buis à feuilles dorées, le pâle *negundo*,
et toutes les essences rares : le nopal, le févier, le
tulipier, le noyer du Canada, le vernis du Japon avec
ses branches contournées en forme de candélabre de
synagogue, le noisetier de Byzance venant là grand
comme un chêne.

Des futaies de soixante ans descendant à pic autour

de la propriété et l'enfermant dans un rideau aux dessous de bois tout fleuris, lors du printemps, de pervenche et de muguet.

Une pelouse sans fin, au bout de laquelle l'on apercevait perpétuellement à l'horizon, posées sur une patte, trois cigognes immobiles, pendant qu'une centaine de paons et de pintades becquetaient, avec des mouvements de tête rêches, les filtrées d'eau jaillissant par les déchirures des tuyaux d'arrosage.

Une île, appelée l'*Ile des Jeux*, reliée à la terre ferme par des ponts rustiques et d'où de grands arbres pleureurs, sortant d'anfractuosités rocheuses plantées de fougères et des plus beaux rhododendrons, se penchaient sur l'eau courante de la rivière, sur la flotte de blancs oiseaux nageurs la sillonnant sans cesse.

Une haute allée d'ombre de près d'une demi-lieue, aux bancs de pierre copiés sur des bancs d'hypogées, où dans le fond se dressait une petite tour à créneaux en forme de lorgnette de spectacle, portait cette inscription :

HONNEUR AUX MANES
DES LANCIERS DE LA GARDE DU RÉGIMENT
HAUDANCOURT
1820

Une cour bordée d'énormes orangers, parmi lesquels les plus vieux venaient du roi Stanislas.

Et des coins tout entiers de fleurs, et des endroits sauvages et abrupts qui s'emplissaient, le dimanche et les jours de fête, de sociétés en liesse, dont les chansons bachiques et les cantiques religieux soulevaient, dans le crépuscule, les aboiements furieux du chenil.

## V

L'enfant était sérieuse, généralement triste. Il y avait des jours où il fallait presque la forcer à jouer et où, inertement assise à terre et taciturne, elle bâtissait, sans intérêt, d'une pelle mélancolique, des gâteaux de sable, sa petite bouche entr'ouverte dans l'inflexion tombante et mollement fripée d'une fleur qui a reçu un coup de froid.

Mme Michelet dit quelque part que les enfants auxquels fait défaut la caresse d'une mère n'ont pas le sourire. La délicate remarque ne manque pas de vérité. Toutefois, brusquement, dans cette tristesse du petit être, éclataient sans raison des gaietés inattendues. Un soir, au moment où elle était complètement déshabillée, soudain elle se mit à danser sur le pied de son lit, à danser en chemise, sans que rien pût la faire finir. Et besoin fut de l'intervention du régisseur du château pour décider la petite folle à se coucher.

En de certaines nuits il arrivait aussi qu'on était obligé de la réveiller au milieu d'étranges accès d'hilarité, sa bonne craignant que le rire de son rêve ne l'étouffât. Cette jolie gaieté du sommeil chez les petits enfants, c'est ce que les sages-femmes appellent « rire aux anges ».

## VI

Le grand-père de Chérie, de retour au Muguet vers la fin du printemps de 1856, où lui arrivait, quelques mois après, sa nomination de maréchal de France, n'avait pas eu, à la vue de sa petite-fille, le chaud remuement d'entrailles d'un père devant son enfant. La ressemblance extraordinaire de la petite avec le jeune officier tué à Sébastopol ne faisait que faire revivre chez le maréchal l'amertume de la mort de son fils. Et, la première fois qu'il la prit dans ses bras, son étreinte n'eut rien de la caresse joyeuse promenée sur un petit corps vivant, mais ressembla plutôt à l'enveloppement pieux et triste de mains autour d'une urne contenant des cendres chères.

La jolie enfant, le maréchal s'en occupait certainement. Il veillait à ce qu'elle fût bien soignée par sa bonne. Il tenait à ce qu'elle jouât toute la journée dans le parc par les mois de beau temps. Il voulait même la voir coquettement habillée.

Tous les jours il l'appelait au dessert, et l'amusait un instant en lui fabriquant, avec sa serviette nouée et roulée, un pantin, un moine, un lapin ; mais il se trouvait bien vite fatigué du remuement de l'enfant, de ses jacasseries, des « Chérie a fait ça, Chérie veut ça, Chérie ira là », de cette éternelle et incessante troisième personne avec laquelle les toutes petites filles vous étourdissent en parlant d'elles-mêmes.

Le bébé qu'était encore Chérie n'avait pas trouvé

le chemin du cœur paternel du maréchal, et ce fut seulement deux ou trois années après, quand, dans la petite fille grandissante, commença à se glisser du féminin, un peu de la grâce gentillette de la femme, que s'éveilla tardivement la paternité du maréchal, une paternité qui en peu de temps devint plus aveugle, plus folle que celle d'un père.

## VII

La petite fille était impressionnable d'une manière extraordinaire. Une gronderie, le refus de quoi que ce soit, enfin un chagrin de son âge, un tout petit chagrin, la rendaient malade, et le plaisir lui donnait la fièvre.

Il fallait étudier l'impressionnabilité de l'enfant dans l'attente d'une personne aimée ou d'un cadeau promis. Toute la journée, dans la pièce où on la tenait, c'était une allée et venue continuelle, sans pouvoir un instant s'asseoir ; elle ne prenait de repos que par un moment d'appui des mains et de son petit ventre sur le rebord des fauteuils et, dans ce remuement incessant, avait les yeux tout remplis de lointain, les oreilles comme fermées à ce que lui disait sa bonne, la bouche murmurante de paroles à demi-voix, prononcées sans attention et qui ne finissaient pas : — d'une espèce de monologue intérieur sur la chose ou l'être désirés, ressemblant un rien au gazouillement de l'oiseau, avec ses interruptions et ses reprises. Puis rien n'était drôle, l'heure venue, comme l'entrée hagarde, folle, extatique, de la petite dans la pièce où devait se trouver la personne ou la surprise, et la minute d'arrêt en laquelle, immobile, les bras à demi soulevés dans le vide, elle faisait, de son œil dilaté, le tour de la pièce et, si la personne ou la chose manquait, la sortie violente et précipitée de l'enfant, fuyant la chambre dans un désappointement irrité.

Car l'enfant, toute gentille qu'elle était, avait d'effroyables colères. A propos d'une contrariété apportée à ses goûts ou à ses désirs, il lui venait des irritations, des emportements, des furibonderies tout à fait amusantes.

Un matin de mauvaise humeur où elle trouvait sa soupe au lait d'abord trop chaude, puis trop froide, ensuite pas assez sucrée, puis trop sucrée, le grand-père, passant devant la porte ouverte de la chambre de sa petite-fille, dans un mouvement d'impatience prit le bol, traversa le corridor, jeta la soupe dans les lieux qui étaient en face. On voyait alors la petite agenouillée devant la porte du cabinet d'aisances, dans une exaspération comique, crier : « Au nom du Père, ma bonne petite soupe, ma bonne petite soupe ! » Et l'on ne put, pendant un long quart d'heure, l'arracher de là, toujours criant : « Au nom du Père, ma bonne petite soupe ! »

Quand Chérie entrait dans ses rages, la force, l'autorité, ne pouvaient rien sur elle ; on l'aurait menacée de la fouetter, qu'elle eût fait comme la petite Phlipon et tendu son derrière aux verges. Il n'y avait absolument qu'une note heureusement affectueuse de la voix pour faire tout à coup tomber la rébellion de son petit être, pour la décider à vouloir ce qu'on désirait d'elle.

Quelquefois, cependant, les colères de la petite fille devenaient presque inquiétantes : c'était de la colère contenue, comprimée, et qu'on aurait dit qui étouffait, de la colère dans laquelle sa voix, comme prise d'extinction, répétait indéfiniment, en s'adressant à quelqu'un qui n'était déjà plus là : « Je te tue ! je te tue ! » et cette espèce de râle rageur, plutôt un souffle qu'une parole, finissait par devenir si faible qu'il semblait ne plus être qu'une menace des lèvres dans une bouche aphone.

D'autres fois, les colères de la petite fille, mornes et silencieuses, prenaient le caractère de l'obstination têtue que rien ne peut vaincre, et elles persistaient longtemps chez Chérie, ces colères qui commençaient invariablement par des ruades de côté d'une de ses jambes et se terminaient par un vautrement farouche de son petit corps à terre, sans une parole, sans une larme.

Bien plus tard, et lorsque déjà elle était âgée de dix ans, traversant en hiver la place Louis XV pour revenir à l'hôtel du Ministère, soudainement elle s'arrêta, geignant : « Moi, j'ai froid aux pieds, je ne veux plus marcher. » Et elle s'assit sur la margelle d'un des bassins à l'eau gelée. La bonne eut beau chercher à persuader à son « mignon » qu'elle allait avoir bien plus froid que si elle marchait, le mignon s'entêta à ne plus faire un pas sur ses pieds. Paroles, prières, sollicitations, rien n'y fit. Il fallut que la bonne, écrasée sous le poids, portât jusqu'au Ministère de la Guerre la grande fillette.

La petite fille colère avait, comme contraste, des sensibilités inattendues, bizarres, originales, des sensibilités dont l'apitoiement se répandait tout à coup au dehors, à propos des féroces choses de la vie qui n'émeuvent personne. Un jour, Chérie était surprise pleurant toutes les larmes de son corps devant un chevreuil pendu par les pattes de derrière à un pilastre ogival de l'office du château ; et de ses pleurs, et de toute la désolation de sa petite personne, s'échappait, entrecoupée de gros sanglots, la demande « de ce que pouvaient bien dire les parents du chevreuil », et l'on avait toutes les peines à la distraire de son désespoir, qui durait plusieurs heures.

Cette pensée d'attendrissement sur les papas et les mamans des animaux tués continuait à occuper la cervelle de l'enfant. Quelques mois après, comme on servait des perdreaux, et que la voix de Chérie, en parlant avec commisération du rôti, commençait à larmoyer, le maréchal se mit à dire avec un sérieux impossible : « Quand les petites bêtes qu'on mange sont cuites, leurs parents ne s'en souviennent plus », affirmation dont le ton péremptoire décida Chérie à toucher au gibier.

## VIII

Heureusement constituée et généralement très bien portante, la petite Chérie se trouvait être cependant d'une délicatesse nerveuse toute particulière.

En voici un exemple. Descendant une pente du parc, dans une course folle, elle se laissa tomber et se foula un bras. On lui mit des compresses d'eau-de-vie camphrée, et, un jour où elle se plaignait de souffrir, sa bonne les avait renouvelées plusieurs fois. Sur la fin de la journée, Chérie se montra très agitée, ne pouvant tenir en place, parlant comme un beau diable et disant force choses déraisonnables.

Inquiétude du grand-père se figurant que c'est un peu de délire, mais que rassurent toutefois l'absence de plaintes de la souffreteuse et la gaieté de sa déraison.

Cependant on envoie chercher le médecin du village d'à côté, une connaissance d'ancienne date. Le vieux père Taboureur arrive aussitôt et se met à éclater de rire en disant : « Mais elle est dans les vignes, en plein dans les vignes, la p'tiote ! » Et il raconte au maréchal que, chez de petites filles, chez de jeunes filles même d'une nature très nerveuse, il arrivait parfois que l'absorption de l'esprit de vin, employé comme médicament externe, les grisait complètement.

## IX

Dans les maisons, il y a des recoins affectionnés par les enfants, où ils vont instinctivement d'eux-mêmes, où ils se tiennent de préférence, sans qu'on sache pourquoi.

Au Muguet, l'endroit qu'aimait le mieux pour jouer la petite Chérie était un corridor, un long corridor de soixante pas de long sur lequel donnaient les portes des cellules des religieuses d'autrefois. Quelques-unes portaient encore leurs anciens numéros dans la rocaille du trumeau qui les surmontait. Ces cellules, dont plusieurs avaient eu leurs portes bouchées, maçonnées, et leurs murs de séparation intérieure abattus pour en faire des pièces plus grandes, étaient devenues des chambres d'habitation, parmi lesquelles se trouvaient la chambre de l'enfant de la maison, une lingerie, une salle de bain, un cabinet de repos où le maréchal, après son bain de chaque matin, recevait les gens du château venant à l'ordre et attendant leur tour dans le corridor, assis sur un grand coffre à bois.

Entre les portes des cellules, se détachant très haut du mur, on apercevait, posés sur des piédestaux faits de deux planches de bois noir, des bustes de maréchaux de l'Empire en plâtre, peints couleur de bronze, et au bas desquels se lisait sur une rondelle de plomb : *Dieudonné, rue Guénégaud.*

La vacuité des murailles était incomplètement garnie par de vieilles choses sans destination, des objets mis à la réforme, des meubles en chemin pour le grenier. Ainsi, d'un côté du long mur, il n'existait qu'une malle ferrée et cloutée comme un coffre du moyen âge, la malle avec laquelle le colonel des lanciers de la vieille garde avait fait les campagnes de l'Empire, et, près de la malle, une commode en forme de tombeau, aux poignées de cuivre, et sur laquelle se trouvait posé un vieux bol du Japon, cerclé d'argent, dans lequel Chérie mangeait la soupe au lait de son premier déjeuner. De l'autre côté, le mur ne se voyait presque pas. D'abord un bureau, où il y avait toujours, disposés et arrangés en bel ordre dessus, une boîte de compas, un pain d'encre de Chine, des équerres, des règles, un double mètre, tout ce qu'il fallait pour que le régisseur pût improviser un plan quand le maréchal, qui n'était pas patient, se prenait de la fantaisie de faire un changement dans le parc. Après le bureau venaient une armoire en bois de chêne, un gigantesque buffet de cuisine converti en une espèce de musée de tous les vieux morceaux de pierre et de fer découverts dans les fondations de l'abbaye, et le bahut touchait à une grande table de bois blanc, sur laquelle la bonne de Chérie repassait, de temps en temps, dans les moments de presse et de foule au château, un col pour sa petite fille.

La galerie n'était éclairée tout au fond que par une fenêtre aux persiennes toujours fermées et dont les lamelles se voyaient seulement lignées du soleil incendiant au dehors la verdure du parc. Et c'était un doux et reposant demi-jour entre les hauts murs, parmi les antiquailles rustiques où, au-dessus des gardes et des piqueurs assis dans l'ombre sur la caisse à bois et obscurément éclairés de reflets, se détachait lumineuse la perspective des bustes à l'air martial, aux courts cheveux frisottés, aux petits favoris en nageoires, aux épaulettes de graine d'épinards, à la poitrine traversée du fier ondoiement des grands cordons de la Légion d'honneur.

Dans ce corridor monastique et militaire, dans cette retraite de silence, dans cette galerie de crépuscule, en laquelle toutefois la petite-fille du maréchal avait la compagnie de figures de plâtre amies, — l'enfance, on la dirait rassurée par la société des vivants en peinture et en sculpture, — là enfin, dans cet endroit du château où passé onze heures personne n'entrait plus, Chérie commençait à s'ouvrir à la vie imaginative, peuplant et animant cette chère solitude d'êtres et de choses inventés par sa cervelle enfantine, devenant l'actrice d'un de ces petits *romans* que les enfants improvisent dans les coins de chambre et parlent et jouent avec l'action d'un tout jeune corps.

## X

Puis encore, dans ce vieux corridor obscur, la poupée de Chérie était bien plus « sa fille » que dans les autres pièces du château.

La surprenante et miraculeuse vie prêtée par l'imagination d'une petite fille à un morceau de carton enveloppé d'un bout de chiffon : ce morceau de carton qu'elle berce, qu'elle gronde, qu'elle amuse d'histoires, qu'elle soigne de ses *bobos*, auquel elle donne à manger sa soupe ! — en cela victime volontaire d'une illusion tout à fait extraordinaire, et dans laquelle l'inanimé et la mort de ce qu'elle touche n'a pas même le pouvoir de l'enlever à son hallucination maternelle. La poupée ! ce besoin irrésistible de la petite fille qu'on ne voit jamais s'en passer, et qui met, aux champs, entre les mains des petites gardeuses de bêtes, des poupées fabriquées avec leurs mouchoirs roulés autour d'une touffe d'herbe. La poupée ! cette espèce de jaillissement de l'instinct maternel, et peut-être le tâtonnement et l'apprentissage de soins que donnera plus tard à l'enfant de ses entrailles la mère de la poupée ! Et plus l'enfant est seule, moins elle a de frères et de sœurs, moins elle compte de petites compagnes, plus la poupée devient à ses yeux de la chair et des os et se fait pour elle, dans la pénombre des appartements, une compagnie vivante.

Chérie eut toutes sortes de poupées, des poupées de carton, des poupées de peau à la figure de porcelaine, des poupées aux paupières qui se ferment, des poupées qui disent *papa* et *maman* quand on leur presse le ventre, des poupées toutes petites, des poupées toutes grandes et dont la jupe de soie bleue de la plus gigantesque envergure servit à la fille d'une ouvrière du château pour rendre le pain bénit, des poupées bon marché, des poupées horriblement chères ; mais toutes ses poupées n'avaient pas le don de devenir « ses filles ». Et ne croyez pas que la perfection de la poupée, que sa cherté amenassent l'adoption. Cela venait d'un je ne sais quoi qui, dans une poupée parfois très grossière, lui parlait comme dans un être humain. Ainsi, une de ses poupées à laquelle elle s'attacha le plus fut une poupée assez commune, une poupée en carton, achetée à Nancy ; malheureusement, un jour de distraction, elle l'oublia sur un banc du parc, il survint un orage dans la nuit et, quand elle la retrouva le matin, c'était une bouillie, ses doigts enfonçaient dedans. Je n'ai pas besoin de vous dire l'épouvantable désespoir qui suivit. Chérie passa deux ou trois mois sans plus s'intéresser aux nouvelles poupées qu'on lui donnait, pareille à une mère qui aurait perdu un enfant chéri et qui ne voudrait plus en aimer d'autre.

Enfin, un jour qu'on se livrait à un rangement dans le château, on trouva dans le haut d'une armoire une poupée dont on ne s'expliqua pas la présence. On crut à une poupée achetée par la mère du maréchal en vue d'un cadeau important et qui, par une raison ou par une autre, n'avait point été fait. La poupée était intéressante en ce qu'elle présentait un parfait échantillon de la mode de 1830. Coiffée d'une sorte de toque bleue, surmontée d'une grande tige de fleurs retombante, elle portait des manches à gigot et avait des socques. Cette poupée qui se déshabillait était accompagnée d'un trousseau complet, contenant une demi-douzaine de chemises, de paires de bas, de mouchoirs, que dorénavant on lavait régulièrement en même temps que le linge de la maison dans les lessives du château, avec l'ordre de les remettre à Mademoiselle en personne.

Pourquoi Chérie se prit-elle de passion pour cette poupée archaïque? Peut-être à cause de l'imprévu de la trouvaille; peut-être pour une espèce de regard qu'elle avait dans l'émail de ses yeux. Quoi qu'il en soit, on eut affaire cette fois à une ardente maternité. Afin d'empêcher qu'elle attrapât froid la nuit, des plumes ramassées tous les jours dans le poulailler Chérie lui fabriquait de petits édredons bien chauds et, pour la *raccommoder*, elle apprenait à enfiler ses premières aiguilles, et, de peur même qu'elle s'ennuyât toute seule à la maison, elle emmenait mademoiselle *Mastoc* en ses promenades avec elle, traînant la lourde jeune personne dans une petite voiture à laquelle elle s'attelait.

Une particularité curieuse. Cette occupation tendre, ces gâteries, ce dorlotement de la petite fille de carton, calmaient les mouvements d'humeur de Chérie, faisaient tomber ses colères, adoucissaient, bonifiaient la petite fille et la mettaient après dans la disposition d'esprit enjoué d'une femme qui s'échappe d'entre les caresses d'un petit être aimé.

Les poupées qui devenaient vraiment ses filles, Chérie avait la singulière idée de vouloir qu'elles fussent baptisées. Le baptême de *Mastoc*, dans le corridor des Maréchaux, fut une véritable solennité qui aurait fourni un charmant tableau de genre.

En tête de l'enfantine et drôlatique procession le maréchal, qui se trouvait au Muguet et n'avait pu se dérober à la réquisition de sa petite-fille, le maréchal marchait, travesti en suisse d'église de fantaisie, tenant à la main un fragment de hallebarde rouillée, découvert dans les fossés du château, et portant sur la tête un vieux chapeau de son temps de l'École polytechnique. Derrière lui venait son valet de chambre jouant le rôle de bedeau avec toutes les serviettes de la cuisine. Une couturière, qui travaillait au Muguet, endimanchée dans sa plus belle robe, berçait le poupon de carton voilé d'un grand mouchoir. Enfin, le rôle du curé était rempli par le petit garçon du jardinier, à qui on avait fait passer sa chemise sur le jupon noir de Lizadie et qui, avec un morceau de taffetas pour rabat sous sa figure joufflue, blanche et rose, ressemblait un peu à un de ces jolis petits abbés en porcelaine de Saxe du xviii° siècle. Et de graves sourires, et la distribution de boîtes de dragées lilliputiennes et, quand il fut question de faire mine de signer, l'ouverture au hasard, dans un grand volume du MUSÉE DE FLORENCE, à une page remplie par une académie d'hommes, ce qui fit rire les grandes personnes, — et aussi les petites, de confiance.

## XI

Mais si Chérie, dans le château, tenait pour lieu de prédilection le corridor des Maréchaux, il se trouvait dans le parc une allée préférée vers laquelle elle entraînait toujours sa bonne.

Cette allée, appelée l'*Allée de Bréviaire*, de l'habitude qu'avaient eue autrefois les religieuses de l'abbaye d'y lire leurs prières, dessinait un grand chemin sous bois, tournoyant à mi-côte à travers une futaie haute de quatre-vingts pieds. L'allée, au sol toujours un peu humide, était herbeuse avec des ornières aux retombées de terre molle que les petits pieds de Chérie s'essayaient un moment à vouloir reboucher et abandonnaient bientôt. Des deux côtés de la route, le maréchal venait d'avoir l'idée de faire planter de la pervenche qu'on était allé chercher, par tombereaux, dans la forêt voisine et, du haut en bas du coteau, tout le dessous du bois, couvert en tout temps d'une vivace verdure bleuâtre, devenait au printemps un immense parterre. Parfois, de cette pervenche, un lapin déboulait dans l'allée.

Par terre, tout le long de l'allée, se voyaient des raies de soleil sur l'ombre du chemin et, à droite et à gauche, parmi les éclaircies de la futaie, de gais sautillements de lumière après les blancheurs des bouleaux, après les mousses tigrées des hêtres. En cette allée il s'élevait aussi, par instants, de grands murmures de feuilles dans la voûte des arbres, suivis de moments de silence, comme s'il n'y avait plus eu du tout de bruit sur la terre.

Au bord de l'allée, çà et là, toutes sortes de choses amusantes pour la petite fille, et où la menaient, dégringolant à travers le taillis, de petits sentiers, des *trotons*, comme on dit en Lorraine. C'était la tour élevée par l'aïeul de Chérie aux mânes des cavaliers de son régiment : cette tour, maintenant pleine de chouettes, et que la petite, sans se lasser jamais, espérait voir sortir en plein midi de l'œil de bœuf du premier étage ; c'était le ravin joliment tapissé de racines de vieux arbres à moitié déchaussés et dont elle trouvait si brillants les cailloux du fond, toujours lavés de la filtration d'une source qui ne tarissait en aucun temps; c'était un oratoire en ruine qui n'avait plus de portes ni de fenêtres et dont le toit s'était écroulé, et au milieu duquel poussait un immense roncier dont la petite préférait les mûres à tous les fruits du potager.

La séduction de cette allée pour Chérie n'existait cependant ni dans le ravin, ni dans la tour, ni dans ce lapin entrevu comme un éclair ; elle était dans un premier éveil des sensations de la grandeur et de l'étendue, dans un naïf émerveillement terrestre auquel se mêlait tout au fond de l'enfant un petit tremblement. A l'extrémité de cette allée si longue qu'elle n'apercevait plus sa bonne quand elle était au bout, — et elle aimait toujours à se tenir dans le lointain, — la petite fille trouvait le côté charmeur, mystérieux, épeurant, des endroits illimités qui ne sont pas enfermés dans le mur d'une propriété, de lieux qui renferment de l'inconnu.

Puis quand, dans cette verdure fermée, s'ouvrait tout à coup du côté du vallon une percée, une de ces grandes fenêtres habilement ménagées par place au milieu des arbres et d'où elle entrevoyait, en contrebas, les pelouses du château que le raccourcissement et la brusquerie de la perspective lui montraient à des centaines de pieds au-dessous d'elle, Chérie éprouvait, son petit corps avancé sur le vide, un sentiment vertigineux qui, le plus souvent chez les enfants, se traduit par une excitation cérébrale et une certaine alacrité dans les membres.

Enfin, dans l'*Allée de Bréviaire*, Chérie ressentait ces émotions troubles et un peu enivrantes que produisent la solitude, le bois, la ruine, chez de petits êtres ignorants en lesquels commencent sourdement à parler les choses de la nature. De là des curiosités qui se taisaient, des interrogations qui ne sortaient pas, des *pourquoi* qu'elle renfonçait, — la petite fille étant plus discrète que le petit garçon sur le dévoilement de ses sensations.

Le charme de ce qui se passait dans sa cervelle ingénue en cette allée, charme presque impossible à définir, se trouvait, avons-nous dit, mélangé d'un rien de peur donnée à Chérie par les rampements et les fuites des bêtes dans la pervenche des deux côtés de la route, et elle entendait avec un certain contentement les aboiements des chiens du chenil situé à l'entrée de l'allée, de cette solitaire allée, pour laquelle toutefois, le lendemain, elle voulait quitter les endroits passants du parc.

## XII

La petite Chérie, tout le temps de son enfance qu'elle passa au Muguet, était toujours assurée de rencontrer dans le parc un ami, un amusant compagnon.

Cet ami, le fils de l'ancien brosseur du maréchal, devenu le second régisseur du Muguet, on l'appelait Mascáro, du nom drôlatique dont l'avait baptisé le maître du château.

Un long et étique garçonnet, la tête surmontée d'une broussaille de cheveux acajou, et ayant des yeux *tendres* masqués par des lunettes bleues, et sous ses lunettes la vue la plus perçante pour apercevoir l'oiseau dans l'arbre, le poisson dans l'eau;

en outre il était brèche-dents, et tous les jours de l'année le voyaient à travers la campagne et la verdure, éternellement habillé des vieux habits noirs du maréchal, par la poche de derrière desquels sortait, fréquentes fois, le goulot d'un litre : toilette qui lui donnait l'aspect d'un scribe fantastique d'une pantomime de cirque.

Ce bizarre amoureux de la nature avait refusé de prendre une chambre aux communs du château, et s'était établi au fond du parc dans une ancienne loge de portier en ruine, près d'une porte abandonnée, où il vivait dans la société de toutes sortes d'animaux difformes, infirmes, éclopés, d'animaux phénomènes réunis dans une fraternité sans exemple. Là partageaient son domicile un mouflon borgne, deux chiens galeux, un chat porteur d'une corne entre les deux oreilles, un canard attaqué d'une maladie qui, de temps en temps, le faisait tomber sur le dos sans pouvoir se relever sur ses pattes. Or il arrivait parmi les commensaux de Mascaro que le mouflon et les deux chiens, après s'être un moment consultés des yeux, partaient pour la chasse en compagnie. Mais voilà le surprenant : c'est qu'au moment où ils prenaient leur course, l'un des chiens empoignait le chat cornu par la peau du cou et l'emportait jurant, tandis que le canard, habitué dans ses crises d'épilepsie à être remis en bonne position par un coup de nez de l'un des deux chiens, poussait des cacardements terribles, en la terreur de l'abandon dans lequel il allait se trouver.

Propre à tout, le singulier habitant de la ruine

était attelé à toutes les besognes par les maîtres et les domestiques, tantôt employé à écrire en belle bâtarde des noms de confitures sur des ronds de parchemin, tantôt à jeter l'épervier, tantôt à greffer un arbre fruitier, tantôt à tuer un chevreuil, tantôt à coller le papier d'une chambre : un factotum universel, mais s'ennuyant vite des occupations dans les endroits renfermés, et n'aimant que le dehors, le parc, la rivière, entrevus par lui jour et nuit dans le « coup de soleil » d'une ivresse extasiée qui ne cessait jamais.

Pour Chérie, Mascaro avait toujours un oisillon dans un creux de poche, ou un papillon piqué à son chapeau de paille. Quelquefois aussi il emmenait l'enfant dans des recoins cachés où il lui faisait voir ce qu'il était seul à pouvoir lui montrer : une truite en chasse, un lièvre au gîte.

« Emmène-moi donc voir des bêtes... qui ne savent pas qu'on les regarde! » — c'était là la continuelle demande de Chérie qui s'accrochait à Mascaro dès qu'elle l'apercevait et ne voulait plus le lâcher.

Mascaro prenait la main de la petite. Bientôt tous deux quittaient les allées du parc pour entrer dans le vrai bois, l'interminable garçon marchant en avant et promenant un regard circulaire autour de lui, contre son dos une main abaissée en arrière, et qui faisait signe à l'enfant de marcher avec précaution sur les feuilles sèches. Il allait ainsi longtemps, longtemps, écartant doucement les branches, courbé, ramassé, rasé à terre. Puis tout à coup il devenait immobile au milieu d'un rire sans bruit, d'une gaieté muette d'ivrogne...désignant du doigt à Chérie, parmi le fouillis et l'emmêlement du fourré, l'apparence d'une chose incertaine qui se mettait à prendre une forme vivante, à devenir un animal sous l'application du regard de la petite.

Ce secret spectacle, le mystère dont il fallait s'envelopper pour l'avoir, l'émotion d'un cœur battant, d'une respiration suspendue, et même encore l'étrange hilarité silencieuse de Mascaro dans l'ombre du dessous de bois, tout cela était plein d'un attrait inexplicable pour l'enfant.

## XIII

Du bébé, du joli être grassouillet et rondelet, tout à l'heure enfoui dans l'envolement empesé d'une mousseline blanche au gros chou de soie bleu, commence à se dégager, en sa robe courte, en son droit tablier d'étude, en ses bas montrés jusqu'aux genoux, la petite fille longuette de sept ans. Du ramassement dodu de son corps, dans un élancement fluet, jaillit chez Chérie, cette gentille petite créature maigriotte, à la nuque toute frêle, aux épaules étroites, à la poitrine plate, aux bras menus, aux jambes sans mollet, aux *jambes de coq*, à l'anatomie svelte, et où déjà apparaît je ne sais quoi du charme féminin, sans les plénitudes et le charnu de la femme.

En même temps que se fait cet affinement du torse, cet allongement des membres, se développe en la jeune enfant une grâce languide. Par moments il vient à ses poses des paresses adorables pendant lesquelles elle soutient l'affaissement de sa taille par la molle courbe d'un bras accroché à quelque chose, derrière elle, au-dessus de sa tête. Elle a des mouvements délicieusement naïfs, de jolis gestes suspendus par une hésitation timide. Elle agit et se remue au milieu d'une mimique qui n'est plus celle des années précédentes : la mimique insexuelle n'appartenant pas plus à une petite fille qu'à un petit garçon.

Chérie commence à devenir une de ces miniatures de femmes minuscules, telles qu'on les rencontre dans les amusantes imageries en couleur des almanachs dessinées par Kate Greenaway, mais moins raide, mais d'une ingénuité physique plus capricieuse de lignes, plus contournée, plus parmegianesque.

Le vieux maréchal, à la fois surpris et charmé de la métamorphose de sa petite-fille, sans pouvoir en détacher les yeux, la regarde profilée en sa silhouette rigide, les coudes rapprochés du corps dans un resserrement qu'on dirait frileux, un pied relevé, et où, dans le bout de sa bottine recroquevillée qu'elle écrase contre la terre, les doigts grandissants ont une vague ressemblance avec les ramilles des pieds des statues changées en arbres ; il la regarde, son mince corps serré dans une robe étroite moulant sa délicate maigreur, pendant qu'elle court, les cheveux envolés au dos, avec la projection en avant d'une petite Atalante ; il la regarde encore épelant son premier conte de fée, assise sur un haut banc de jardin, les jambes ballantes, une main soutenant le coude du bras qui tient le livre, dans une immobilité gracieusement remuante.

## XIV

En ces années, l'amour du grand-père pour sa petite-fille devenait une véritable adoration. Et là où cette adoration se trahissait de la manière la plus visible, c'était dans la contrariété, presque dans la souffrance, que le vieux militaire éprouvait à la punir, et qui le poussait parfois, le croirait-on? quand il avait le courage de maintenir la punition de l'enfant, à la partager lui-même.

Arrivait-il par hasard que, pour quelque petit méfait, il eût privé Chérie de dessert, quand le domestique lui tendait l'assiette où était la chose aimée et que regardait d'un œil triste sa petite-fille, le maréchal la repoussait avec un *non* boudeur, grognonnant sous ses moustaches grises.

## XV

« Reste encore un peu, ma petite Chérie, je te conterai une belle histoire... Tu écoutes? »

C'était la vieille Lizadie qui parlait à l'enfant qu'elle avait placée sur les genoux de sa mère et que la folle tenait, comme par obéissance, entre des bras inertes.

« Ils étaient trois hommes qui marchaient à la file l'un de l'autre à travers les champs.

C'étaient le maire, l'adjoint, le maître d'école.

Au village d'où ils venaient, on ne *causait* que le patois, et ils s'étaient mis en route pour la ville afin d'y apprendre le français.

Et tous les trois, midi sonnant, savaient déjà une phrase qu'ils avaient entendue comme ça, sur le chemin.

*Entre nous tous*, répétait entre ses dents le maire.

*Pour de la toile*, répétait l'adjoint.

*Comme de raison*, répétait le maître d'école.

Si bien qu'en *ragotant* ainsi ils arrivaient dans un bois où il y avait un pendu. Pendant qu'ils regardaient la grimace que, dans un grand arbre, faisait le *branché*, voici des gendarmes en tournée qui leur demandent si c'étaient pas eux qui l'auraient accroché là-haut, et le maître d'école de répondre aussitôt : « Comme de raison »; l'adjoint : « Pour de la toile »; le maire : « Entre nous tous ».

Là-dessus le maire, l'adjoint, le maître d'école sont emmenés par les gendarmes en prison. »


Les yeux de la folle descendaient parfois sur la petite fille placée sur ses genoux, s'y arrêtaient un moment avec une attention où il semblait y avoir l'effort de se ressouvenir, puis s'en détournaient comme d'une chose indifférente et se remettaient à regarder dans le vide.

« Faut dire, reprenait Lizadie, que le maire, l'adjoint, le maître d'école étaient des hommes du village de Ruaux-les-Fous, ainsi appelé à cause de la *simplesse* d'esprit des gens, mais qui pour cela ont été de tout temps protégés par les fées dont le château se voit encore à côté... un tout petit château, au milieu du *Fays*, et qui est en forme d'un 8, mais qui n'a jamais été fini. A ce propos, on raconte que les fées, qui n'avaient qu'une nuit pour le bâtir, se sont amusées dans le bois à cueillir des *brimbelles*, puis qu'elles ont été surprises par le jour avant de l'avoir achevé. Il se répète encore qu'il y a dessous des souterrains fermés par de grosses pierres qu'on n'ose pas déplacer, parce que la croyance est chez nous qu'ils sont pleins de serpents-volants que des enfants de Claire-Fontaine ont vus, chacun avec un diamant planté sur la tête.

Donc les trois hommes de Ruaux étaient bien tristes entre les quatre murs de la prison... lorsque, attendez voir... il entrait dans leur cachot une bonne petite fée du *Fays*... une fée reconnaissable à sa robe noire, moirée de feux follets. Bon, la fée s'approche du maire en train d'allumer sa pipe avec une allumette qui ne prenait pas... Et voyez-vous la petite curieuse qui voudrait bien savoir ce qui va arriver !... Or voilà qu'avec le bout de l'allumette... où c'est du phosphore, la bonne petite fée trace sur la muraille noire un grand cheval, dont le *tracé* se met à éclairer comme un ver luisant... et, bonté divine, ça devient dans la minute un cheval vivant... un cheval de feu... sur lequel la fée saute, légère comme la plume, en faisant signe aux trois hommes de monter derrière elle ; — même que le pauvre maître d'école, qui n'avait pas trouvé place dessus, était obligé de se pendre des deux mains à la queue du cheval, d'où *trissait* tout plein de flammèches et d'étincelles... Mais, Seigneur Dieu ! étaient-ils déjà assez haut dans le ciel sur ce cheval qui, *trip, trep, trip, trep, trip, trep*, allait cent fois plus vite qu'un chemin de fer !... Ils étaient si haut que les arbres, les maisons, les bêtes, ne leur paraissaient pas plus grands que ceux de la boîte d'amusettes qui est là... et quand ils étaient en haut comme ça, ne voilà-t-il pas qu'ils se sentent redescendre, redescendre *à grand pilala*... oh ! mais vite, vite, plus vite encore que jamais oiseau de l'air n'a volé... oui, ils se sentent redescendre vers une grande bande bleue, qui leur fait crier, tout *tremoulants :* la mer ! la mer !

Patatra ! le derrière par terre... sur une ruade du cheval de feu, une ruade plus forte que le vent le plus *fou*, les trois hommes sont jetés, la tête en bas, dans ce qu'ils croyaient la mer... et qui était un champ de lin... qu'on sait être tout bleu... et d'un bleu de bluet... quand le lin est en fleur.

Et après qu'ils avaient marché une heure dans le champ bleu, les trois hommes étaient pas mal *ébaubis* d'apercevoir le clocher de Ruaux, où ils arrivaient presque aussitôt et où ils mouraient bien des années après, n'ayant, jusqu'au jour de leur mort, jamais plus parlé que patois. »

C'était par des histoires semblables que la vieille

Lizadie, espérant toujours une résurrection de la maternité chez sa maîtresse, retenait quelques instants près de cette maman l'enfant ennuyée et désireuse de s'en aller.

## XVI

L'enfance, en la mémoire de celui ou de celle qui se souvient, ressemble à un grand espace vide dans lequel quatre ou cinq petits évènements se lèvent, surgissent dans une espèce de netteté photographique. Cela, très souvent, sans que l'intérêt du souvenir explique cette survie peinte de la chose ou du fait au milieu de l'effacement général de tout ce qui a accidenté ces années. C'est comme si vous aviez dans les yeux un angle de chambre, un fond d'allée, un sourire de vieux visage, pendant que le reste de la pièce, du parc, de l'homme ou de la femme qui avait ce vieux visage, est sombré, perdu, irretrouvable. Et ce détail partiel est, bien plutôt qu'un souvenir, une image, une image emmagasinée comme un cliché dans votre cerveau et qui vous revient dans sa rigueur graphique et son éclairage exact, se détachant de tout un passé qu'on dirait, au fond de soi, fuir et se dérober derrière un verre dépoli.

C'est ainsi que Chérie, quand elle évoquait son enfance passée au Muguet, ne se rappelait plus qu'un nombre très restreint de choses ou d'actions.

Sa mémoire gardait cependant un souvenir tout particulier de sa première couchette, des rideaux entre lesquels elle s'endormait, entre lesquels elle s'éveillait, et où s'étaient passées tant d'heures dans la molle et rêvassante inoccupation des longues *coucheries* du tout jeune âge. Ces rideaux avaient été faits d'une perse semée d'une fleur de fantaisie, d'une grande fleur ornementale d'Orient, d'une sorte de soleil arabesque entrevu par la petite dans la transparence des rideaux, tantôt éclairés par le soleil levant des matins, tantôt éclairés par la veilleuse des nuits. Et cette fleur doucement et mystérieusement lumineuse, apparue dans les éveils et les endormements de son enfantine imagination, alors que Chérie fut devenue une grande fille, se rappelait fréquemment à elle, revenait souvent parmi les visions brouillées qu'on a sous les paupières fermées à l'heure du sommeil. Cette fleur même, il lui fallait réfléchir pour qu'elle se souvînt qu'elle n'existait pas vraiment, et il lui arrivait, presque toutes les fois qu'elle entrait dans une serre, de chercher inconsciemment du regard, un instant, une seconde, au milieu de la flore réelle, le soleil arabesque des rideaux de son premier lit.

Il y avait également, dans ses souvenirs les plus lointains, une chute, une dégringolade du haut en bas d'un escalier au pied duquel elle se voyait étendue sur le dos et s'entendait crier : « Je suis cassée, je suis cassée ! » tout en ne sentant aucun mal et n'osant cependant pas se relever toute seule. L'escalier, un escalier des communs, depuis complètement changé et refait en pierre, était resté dans ses yeux avec ses balustres de bois illuminés en écharpe par un coup de soleil, et l'épervier à raccommoder, sur lequel était jetée une *glane* de gros oignons se croisant autour de la pomme de pin du départ. Et Chérie se souvenait fort bien que tout en criant d'une voix larmoyante : « Je suis cassée ! » elle s'amusait beaucoup du voletage affolé, dans sa cage accrochée au mur de l'escalier, d'une pie que sa culbute avait effrayée.

Un autre souvenir demeuré en elle très présent. Des petites filles des environs rendaient visite à Chérie. Il pleuvait à verse tout le temps de la visite. La bande d'enfants ne pouvant mettre les pieds dehors, après s'être répandus dans les escaliers, s'amusaient à fureter dans les chambres de débarras, les chambres inhabitées d'en haut, aux portes toutes grandes ouvertes. Un coup de vent fermait la porte de la chambre où le petit monde venait de se faufiler, et pas une des petites filles, même en se haussant sur la pointe des pieds, n'était assez grande pour atteindre la serrure. Un premier moment de stupéfaction suivi d'une angoisse inexprimable, dans laquelle ces enfants avaient la terreur qu'on ne découvrît pas où elles se trouvaient et qu'elles restassent indéfiniment enfermées. Elles se voyaient, les pauvres petites, passer toute la soirée sans dîner, et peut-être encore coucher au milieu de ces vieilles choses commençant à leur faire peur, si peur qu'aucune ne se sentait assez brave pour appeler : parlant tout bas, comme si elles redoutaient le bruit de leurs paroles. Enfin l'une d'elles, à qui Mascaro avait donné un lapereau de garenne qu'un chien avait pris vivant le matin, et qui le portait dans une petite caisse sous son bras, s'imagina de monter dessus, et au bout d'efforts infinis, et en s'y reprenant à plus de dix fois, — la serrure était un peu détraquée, — elle arriva, dans le battement presque perceptible des petits cœurs autour d'elle, elle arriva à tirer le bouton de coulisse.

La porte une fois ouverte, les petites prisonnières, pressées de se sauver de là et se poussant à qui passerait la première, se précipitaient dans l'escalier pour se jeter dans les bras de leurs bonnes, comme si elles avaient échappé au plus effroyable danger.

## XVII

Pendant que grandissait au Muguet la petite Chérie et que son grand-père y rétablissait sa santé tuée par la guerre, un matin arrivait une dépêche au château. C'était l'Empereur qui mandait le maréchal aux Tuileries et le forçait à prendre le portefeuille du Ministère de la Guerre.

Quinze jours après, le maréchal et sa petite-fille étaient installés dans l'hôtel de la rue Saint-Dominique-Saint-Germain.

Le passage de la libre existence en plein air dans le grand parc du Muguet à la vie renfermée de Paris fut une désolation pour Chérie. On avait beau la mener aux Tuileries, dans ce beau jardin où l'on ne peut toucher à rien, la petite s'ennuyait, refusait même de jouer.

Les choses et les personnes du Muguet lui revenaient sans cesse à la bouche, dans des paroles qui, à la fin, se brisaient et se mouillaient de larmes. Rien ne pouvait la faire sortir de cet état continuel de tristesse boudeuse, la marque et le caractère des grands chagrins de l'enfance. Et le sourire ne reparaissait sur sa figure que les deux jours où elle allait au marché de la Madeleine et revenait chargée d'un petit pot de fleurs.

Cette tristesse dura plusieurs mois, puis peu à peu, au milieu des respects et des adulations parmi lesquels elle se sentit vivre, se dissipa dans la satisfaction de sa vanité de gamine, dans l'orgueil de la petite maîtresse de maison que s'amusa à en faire le maréchal et qu'elle prit tout à fait au sérieux.

## XVIII

Au bout de sept ou huit mois que le maréchal Haudancourt était installé au Ministère de la Guerre, la Lorraine qui avait élevé Chérie, une sœur de Lizadie, fut trouvée d'un aspect trop paysanesque, ne donnant pas assez, aux Tuileries et aux Champs-Élysées, l'idée de la bonne de la petite-fille d'un ministre. On renvoyait la Lorraine au Muguet et, comme la mode et l'engouement des femmes de service d'outre-Rhin commençaient en France, le maréchal prenait une bonne allemande sortant de chez un banquier viennois établi à Paris.

Ce changement de domestique amenait une révolution dans l'existence de Chérie. Il était décidé qu'elle aurait une chambre à elle, une chambre où elle coucherait toute seule. C'était une satisfaction pour la petite fille, se sentant humiliée de n'avoir pas *sa* chambre; mais, quand elle l'eut, la pauvre enfant se trouva partagée entre la gloriole d'être traitée en demoiselle et une peur, une peur bleue.

La petite était en effet peureuse, horriblement peureuse. La peur avait été le tourment de sa première enfance, ainsi qu'elle l'est généralement de l'enfance des filles et des garçons. Toute petite, pour se défendre contre l'épouvante de la nuit, il fallait en s'endormant qu'elle tînt entre ses menottes la main d'une grande personne et, le matin, on la surprenait en train de rire bienheureusement à la lumière du jour chassant l'obscurité des plis des rideaux de son petit lit, la méchante obscurité qu'elle s'imaginait se retirer en lui mettant un bruissement dans l'oreille. On l'entendait même quelquefois, au milieu de son sommeil interrompu, pleurer de l'effroi de retomber dans un vilain rêve où il faisait tout noir. La terreur des ténèbres des lieux, des ombres des choses, Chérie la garda longtemps, bien des années après qu'elle était déjà une grande fille.

Aussi passa-t-elle, pendant plusieurs mois, des nuits affreuses dans cette chambre si longtemps souhaitée, une grande chambre, une très grande chambre, prenant aux yeux de la petite fille quelque chose de la vastitude alarmante de l'hôtel du Ministère passé minuit. Son premier et instinctif mouvement, lorsqu'elle y entrait le soir, était d'aller fermer, presque en courant, une grande armoire à robes dont le trou sombre lui faisait peur. Et qui dira, à un bruit de souris, au travail d'un bois de meuble, les angoisses de certaines nuits où, le drap jeté sur la tête, elle se retenait de respirer, toute frissonnante du voisinage de cet inconnu indéfinissable remplissant la cervelle de l'enfant des plus absurdes imaginations?

Dans ce temps avaient déjà commencé les dîners de petites filles présidées le mardi par Chérie, et les dîners étaient entremêlés de parties de spectacle où toute une société de jeunes amies de Chérie, prenant possession tumultueusement de la loge du Ministère à l'Opéra-Comique ou à un théâtre de féerie, amusaient le public par l'étal de leur bonheur enfantin, l'enthousiasme frénétique de leur admiration qui les poussait à se lever en masse de leurs fauteuils, pour applaudir de tout le corps.

Un jour que le hasard faisait tomber sous les yeux de Chérie le coupon d'une loge de la Porte-Saint-Martin, la petite-fille du maréchal fut prise de l'envie de mener son monde à ce théâtre où elle n'avait point encore été, et son grand-père lui accordait. On jouait ce soir-là les Chevaliers du Brouillard. La pièce eut un tel effet sur Chérie qu'il lui était impossible de demeurer couchée dans son lit, qu'elle se relevait au bout d'une heure et que, sans même prendre le temps d'allumer une bougie, elle allait trouver sa bonne allemande dans sa chambre, lui demandant de s'asseoir sur le pied de son lit. Là, le dos appuyé à un oreiller placé contre le mur, elle passait toute la nuit.

Le lendemain, en dépit de ses promesses d'être raisonnable, elle revenait encore. La bonne avait la charité, cette seconde fois, de descendre coucher sur un fauteuil dans la chambre de Chérie, et il lui fallut recommencer presque une semaine.

## XIX

La bonne allemande se montrait indulgente à la peur de Chérie : peut-être ne se sentait-elle pas sans quelque reproche à s'adresser à propos du développement de cette disposition nerveuse de l'enfant.

Cette fille bavaroise et catholique avait un goût, un goût bizarre des distractions macabres. Était-ce un jour de grande fête, mais plus particulièrement un mardi gras ou un jeudi de mi-carême, l'originaire du pays où prirent naissance les « Danses des Morts » ne pouvait se tenir de se costumer en fantôme, et en fantôme d'une réalité très satisfaisante. D'un bras tenu tout droit au-dessus de sa tête, et oscillant en avant et en arrière, tombait autour d'elle un drap pareil à un linceul et, sous ce drap, son visage éclairé par la lueur d'une flamme d'esprit-de-vin, dans lequel elle jetait une poignée de sel gris, apparaissait du vert le plus spectral. Se montrer ainsi, jouir de la surprise, du rire crispé d'effroi de l'enfant, voilà le vice de cette femme de la Germanie dont cette funeste mascarade faisait l'amusement de chambre et la grosse gaieté de carnaval.

Hors cela, Lina était un excellent sujet, très attaché à la petite qu'elle servait avec cette humble soumission d'une domesticité où il semble qu'il y ait pour le maître le respect d'un peuple d'autrefois pour un roi. Remerciait-elle sa petite maîtresse d'un cadeau, d'une permission accordée, de n'importe quoi, elle lui baisait la main.

Un dévouement bien entier, mais un dévouement qui avait toutefois des côtés despotiques. Lina se montrait horriblement jalouse des autres domestiques; elle éprouvait aussi le besoin d'être tout le temps rapprochée de la personne qu'elle servait, de se voir initiée d'une façon presque intime à ce qu'elle faisait, de se sentir l'unique intermédiaire auprès de tous et de toutes de l'hôtel et, pour peu qu'elle crût à un manque d'égards de sa maîtresse ou à un empiètement sur ses droits par les autres serviteurs, la facile et soumise créature se transformait en un animal déraisonnable et lunatique, traversée, à chaque instant, par des foucades d'humeurs extravagantes.

En ces moments, chez cette femme dont les yeux de caresse devenaient durement mauvais, on aurait dit qu'il s'était infiltré de la méchanceté noire, et elle devenait étrangement brutale. C'est ainsi qu'en ayant une sorte d'adoration pour les beaux et abondants cheveux de Chérie, et tout en mettant comme un plaisir religieux à en prendre soin, à les doucement manier, à les peigner d'une main qu'on ne sentait pas, quand elle était prise de ces enragements intérieurs, elle les cassait, ces cheveux aimés, par des mouvements brusques, saccadés, dont elle ne semblait pas pouvoir être maîtresse. Puis la santé de l'esprit revenue, rien ne pouvait donner la note d'orgueil attendri avec laquelle elle disait dans son langage épais au maître d'hôtel, après un dîner de petites filles du mardi : « Tout de même c'était mademoiselle qui était la mieux ! »

L'originale bonne lisait Gœthe, entendait du Mozart, et, particularité curieuse, aussi bien qu'un diplomate, et sans qu'on pût savoir où elle l'avait prise, elle possédait une connaissance tout à fait extraordinaire de l'Almanach de Gotha et des familles royales et impériales de l'Europe, et des alliances des souverains et des princes.

Lina avait la peau grise, de bons yeux de chien de chasse, une grande bouche riante, la taille carrée, des mains — les mains de toutes les institutrices et de toutes les femmes de service allemandes, — des mains sèches, semées de petites lentilles blanchâtres et aux jointures rouges et comme sanguinolentes.

## XX

Vers cette époque, il arriva à Chérie un évènement très commun dans l'existence des petites filles : elle eut une *passionnette*.

Des irrésistibles attaches que la nature a mises

dans un sexe pour l'autre, du magnétisme mystérieux qui pousse la petite fille vers le petit garçon, des forces providentielles qui, dans l'être féminin, bien avant qu'il soit une femme, préparent et élaborent les tendresses pour l'homme, il s'était inconsciemment formé chez Chérie un sentiment présentant toutes les marques, tous les symptômes, tous les caractères d'un amour de grande personne. Et, fait assez ordinaire en ces dons de leurs cœurs où très souvent les enfants ne tiennent pas compte de la distance des âges, la passionnette de Chérie ne se portait pas sur un petit garçon, elle allait ingénument à un homme, ainsi que, dans le siècle précédent, l'amour du petit musicien Louis avait été à la duchesse de Choiseul.

Le maréchal venait de prendre pour secrétaire un jeune et bel officier d'état-major, le fils du général de Morambert, et qui était traité à l'hôtel du Ministère de la Guerre en enfant de la maison. Il se montrait très charmant pour Chérie, sortait toujours de sa poche quelque petit cadeau à son intention, l'amusait d'histoires qui lui donnaient peur, s'occupait d'elle, mettait à la cour qu'il lui faisait, en riant, une affectation à la traiter comme une vraie dame, et trouvait amusant, à son entrée, de lui baiser la main à la façon d'un gentilhomme d'autrefois.

Le maréchal fit la remarque, une fois, deux fois, que Chérie guettait à la fenêtre l'arrivée du secrétaire, et qu'elle disparaissait aussitôt qu'elle l'avait vu franchir la porte de l'hôtel, puis qu'elle reparaissait quelques minutes après. Il fit épier sa petite-fille, et l'on sut que l'enfant courait se laver les mains avec le savon au benjoin de sa bonne.

Le baise-main continua plus grave, plus cérémonieux sur la petite main parfumée ; après quoi, la petite fille donnait à l'officier d'état-major, tout le temps qu'il était là, ses regards de derrière l'épaule, le tortillement fiévreux de son petit corps et les coquetteries provocatrices de ses jeux.

Mais sait-on les circonstances particulières dans lesquelles naissait et se développait la passionnette de Chérie ? Un soir qu'elle était descendue, son bonnet de nuit sur la tête, dire bonsoir à son grand-père dans son cabinet, au moment de l'ouverture du portefeuille des dépêches, elle aidait à décacheter quelques paquets. On l'avait trouvé adroite, et elle obtenait de revenir tous les soirs faire sa partie de décachetage. Dans ce travail en commun, devenu un jeu et où, parmi le froissement rapide des papiers d'État, des secrets du gouvernement, de la grave correspondance, la petite, tout en disant au secrétaire de son grand-père qu'il était un maladroit, qu'il n'aurait jamais fini, lui arrachait de ses agiles petites mains les lettres qu'elle lui jetait aussitôt au nez, grandes ouvertes, se nouait une intimité folle et rieuse d'une demi-heure, peu à peu apportant au fond de Chérie un véritable amour dont elle donna une preuve à quelque temps de là.

Le secrétaire se trouvait être un assez mauvais sujet et se dérobait le plus souvent qu'il pouvait à l'ennui de la table de famille ; son père venant voir le maréchal, et lui demandant si son fils avait dîné la veille au Ministère, la petite, qui était là, avant que le maréchal eût le temps de répondre, lui disait : « Oui, il a dîné, général. »

Le général parti, le maréchal questionnant Chérie pourquoi elle avait avancé une chose qui n'était pas vraie, pourquoi elle avait menti, la petite, levant sur son grand-père des yeux où se montrait de la tendresse prête à pleurer, laissa échapper qu'elle ne voulait pas que « son petit ami » fût grondé.

Le maréchal racontait l'anecdote à son secrétaire et, au dîner qui suivait, les deux hommes plaisantaient à mots couverts la passionnette de Chérie. A leurs regards se portant sur elle, la petite comprenait qu'elle était l'objet de leur gaieté, devinait qu'on se moquait de son sentiment tendre, — et lui aussi, il riait le vilain, l'ingrat pour lequel elle venait de se faire coudre aux manches de sa robe, par sa bonne, de petits floquets de rubans bleus! — Devant ce mépris de son enfantin amour, Chérie sentit, comme le disait si joliment le petit musicien Louis, son cœur *tomber*; mais, presque immédiatement, sous l'humiliation qu'elle ressentait, son amour se changeait en un dépit furieux qui devenait de la haine, une véritable haine au bout de quelques jours. Et, quand le « petit ami » lui parlait maintenant, elle s'écartait de lui avec ces reculs physiques du corps que les enfants ont pour les gens qui leur sont antipathiques.

A quelques mois de là, le secrétaire du maréchal de retour d'un congé, dans la joie expansive qu'on éprouve à rentrer dans les murs d'un logis aimé, trouvant Chérie dans l'escalier, la soulevait dans ses bras et l'embrassait sur les deux joues. La petite remontait chez son grand-père, se plaignait sur un grand air d'indignation que M. de Morambert lui avait manqué, déclarait qu'elle n'était plus un enfant, demandait à être *respectée*.

C'était l'expression dont la petite fille se servait.


## XXI

Lorsque Chérie quitta le Muguet pour venir habiter Paris avec son grand-père, elle savait à peine écrire et lisait encore très mal. Le curé de Meuzy, le village à la lisière du parc et la paroisse du château, lui avait bénévolement appris l'A B C D, et montré à faire des bâtons; mais il se faisait si peu craindre, ce bon et maladif curé, puis son logis renfermait tant de sujets de distraction pour la petite!

C'était d'abord le bûcher devant lequel il fallait passer et où se trouvaient déposés les porte-bougies et les dais en feuillage de chêne artificiel pour les grandes cérémonies de la petite église. Quand Chérie s'était fourrée là-dedans et que, grimpée sur les fagots, elle arrangeait sur elle le feuillage en papier avec l'intention de représenter « la petite femme sauvage », il n'y avait pas moyen de la décider à déguerpir, et la demi-heure accordée par le curé pouvait être considérée comme perdue.

La bonne de Chérie parvenait-elle à faire dépasser à l'enfant et le bûcher, et la petite cuisine, et la salle à manger, la faisait-elle entrer dans la pièce tout encombrée de *Gradus* et de bouquins théologiques, servant à la fois de chambre à coucher et de cabinet de travail au curé, là se trouvait un objet intriguant singulièrement la curiosité de la petite.

Dans ce pays où l'abricotier est l'arbre fruitier par excellence, le curé s'était composé, sur des dessins de sa fantaisie, des noyaux des quatre abricotiers en espalier contre le presbytère, la garniture des lambrequins, des pentes, de la courte-pointe de son lit. Et ce lit baroque exerçait une véritable fascination sur la petite-fille du maréchal qui, toujours les yeux sur les grappes de noyaux pendant comme les balles de plomb au bout du filet d'un épervier, devenait incapable de prêter la moindre attention aux paroles de son professeur.

Toutes les choses de ce misérable intérieur sentant la sainteté, la pauvreté, l'humidité, choses que la petite ne voyait que là, enlevaient sa pensée à ce que son maître voulait d'elle, et son intérêt appartenait, sans qu'on pût l'en retirer, au lit festonné de noyaux d'abricots, à une excentrique chronologie, sur une bande d'étoffe à losanges blancs et rouges, où du sein d'une femme sortait un arbre dont les rameaux portaient des médaillons de rois de France couronnés de lauriers, à la lithographie coloriée de la Vierge à la Chaise remplaçant la glace de la cheminée, à l'orgue-mélodium sur lequel étaient ouverts les Chants de Marie avec la musique de l'abbé Lambillotte, et même à la petite table où la calotte du curé reposait au milieu d'un tas d'étoiles en papier argenté et de petits paquets de ficelle rose.

Enfin si, par hasard, le pauvre curé arrivait à obtenir que les regards épars et distraits de Chérie se fixassent un moment sur la feuille de papier qu'elle avait sous le nez, à un jappement de Paturot, le compagnon de jour et de nuit du prêtre, un chien de cette race de chiens à l'alerte humeur qu'avaient autrefois à côté d'eux sur l'impériale les conducteurs de diligence, à ce jappement, bonsoir ! C'en était fait de la séance de lecture et d'écriture et, tous deux aussi ennuyés de la leçon, la petite fille et la bête faisaient une partie de jeu à quatre pattes sur le plancher.

## XXII

Donc, presque aussitôt l'installation du maréchal à Paris, on menait Chérie, chaque matin, chez M. Judocus Cochemer, demeurant rue de la Ferme-des-Mathurins. Et, comme le trajet était enrhumant par les mois d'hiver, que l'enfant avait à traverser la glaciale place Louis XV, le grand-père, dans sa sollicitude maternelle, faisait un arrangement avec le pâtissier anglais de la rue Royale pour que la petite pût se chauffer les pieds chez lui et faire une halte tiède d'un moment au milieu de son voyage.

M. Judocus Cochemer, — indépendamment de son cours du jeudi où il s'était adjoint deux professeurs du collège Bourbon, parmi lesquels figurait l'élégant Marguerin, — tenait une sorte d'externat où une douzaine de jeunes filles, choisies et triées sur le volet de la haute bourgeoisie et de l'aristocratie du faubourg Saint-Honoré, venaient tous les jours rédiger leurs devoirs, étudier leurs leçons. La classe se tenait dans un salon, le salon un peu sombre d'un premier de cette rue sans soleil, et qui avait pour unique décor de ses boiseries blanc et or, dans des cadres surmontés d'un écusson renfermant un nom de demoiselle, six ou sept compositions qui avaient valu à leurs jolis auteurs l'honneur d'être imprimées, — la plus haute distinction accordée par M. Judocus Cochemer au style de ses fortes élèves, et à des années de distance.

Les jeunes filles de l'externat Cochemer, qui étaient d'âges différents, arrivaient à dix heures du matin et s'en allaient à trois, quatre, cinq heures, gardées et surveillées par un doux et indulgent maître d'études : Mᵐᵉ Cochemer, aux gros yeux saillants et guère plus fendus qu'un marron grillé, à la myopie ridicule.

Ce jeune et gentil monde déjeunait et goûtait là avec des provisions qu'il apportait et qu'on faisait cuire ou réchauffer à la cuisine du professeur. Là-dessus un détail qui fera apprécier l'élégance suprême, le *chic* supérieur de cette éducation : une des externes de la rue de la Ferme-des-Mathurins était une *miss* appartenant à une des plus illustres familles de la Grande-Bretagne, et sa hautaine mère ne pouvant supporter l'idée que sa fille fût servie par des bonnes, elle envoyait quotidiennement, pour le service de l'enfant, un valet de pied qui servait le déjeuner de toute la pension.

## XXIII

Les élèves du cours Judocus Cochemer étaient divisées en trois divisions : la division des petites filles de 6 à 10 ans, une division de fillettes de 10 à 14 ans, une dernière division de jeunes filles de 14 à 17 ans.

Dans la première division, Chérie mordit fort peu aux histoires sainte et ancienne de l'abbé Gaultier, le fabricateur patenté en ces années de tous les livres d'enseignement pour les jeunes filles. Elle ne témoigna pas plus de goût pour l'analyse grammaticale, se montrant paresseuse à plaisir et même un vrai diable. M<sup>me</sup> Cochemer l'appelait en riant la *révoltée*.

Il y avait en effet chez la petite une parfaite insouciance pour les jetons du cours du jeudi avec lesquels se gagnaient, dans chaque division, les trois médailles d'or, d'argent, de bronze, données à la fin de l'année, et même elle ne dissimulait pas une sorte de mépris moqueur pour les travailleuses, à la tenue tranquille et appliquée, pour les *bonnes bêtes*, selon son expression.

## XXIV

Seul, le grand-père possédait le pouvoir de faire travailler sa petite-fille, mais il en avait vraiment bien peu le temps. Aussi l'idée lui était-elle venue dans la belle saison, toutes les fois que le conseil des ministres se tenait à Saint-Cloud, d'emmener avec lui la chère enfant dans son coupé et, pendant le trajet, tout en parcourant les papiers qu'il devait soumettre à l'Empereur, le vieux maréchal lui faisait répéter sa leçon.

C'était vraiment un bien charmant spectacle que celui de ce vieillard, tout à coup abaissant son front méditatif des papiers d'État sur le petit livre élémentaire de l'abbé, en disant à l'enfant, avec une voix de caresse qui sortait de ses moustaches blanches :

— Bien sûr... tu la sais, cette fois, mignonne ?... Voyons cela... nous en sommes là, n'est-ce pas ?... Regarde-moi et ne regarde pas par la portière... *Que devint Jéchonias ?*

Alors la petite, avec la voix chantonnante et mécanique des enfants répétant une chose par cœur, à laquelle ils ne font aucune attention, bredouillait tout d'une traite :

— *S'attirant comme son père l'indignation de Nabuchodonosor, Jéchonias fut à son tour mené captif avec sa mère et les seigneurs de la Judée jusqu'au nombre de dix mille. Son oncle... son oncle...*

— Sédécias, lui soufflait le maréchal.

— *Son oncle Sédécias fut mis à sa place. Cette époque est nommée la seconde transmigration des Juifs à Babylone...* Oh ! grand-papa, regarde donc là, sur le quai, ce nègre tout noir avec ce caniche tout blanc !

— Et les vers de la fin, tu ne me les dis pas ?

— *Les maux prophétisés par Amos, Isaïe.*

*Après un siècle...*

— Mais non, bêtasse... tu ne fais pas attention du tout... Ce sont les vers du paragraphe 291... les vers de la troisième transmigration des Juifs... et je te demande ceux de la seconde... Allons, je te dis le premier :

*Sédécias est pris, on lui crève les yeux.*

— Je sais plus.

— Cherche, mon petit chat... cherche à te rappeler un peu... je vais t'aider... ça finit par « cachot affreux ».

— Non, je sais plus.

— Vois-tu ce que je te disais !... Mais, mignonne, nous ne sommes qu'au pont de Grenelle... Apprends-la bien tout à fait cette fois... ta leçon ; je te la ferai répéter à l'entrée de la grande rue de Boulogne.

Le maréchal embrassait sa petite-fille pour se faire pardonner la mauvaise humeur que sa douce gronderie avait fait monter sur son rose visage.

Et, le restant de la route, les yeux du maréchal s'en allaient à tout moment, de ses papiers, se reposer souriants sur la jolie enfant, les reins glissés sur le coussin de la voiture, son petit livre tenu à deux mains au-dessus de son visage renversé : — les yeux du maréchal ne pouvant bien longtemps quitter ce séduisant petit être, en sa coquette tenue d'écolière, sous son petit chapeau de paille brune, dans sa courte robe gros bleu à pois blancs, au grand collet carré de soie noire, et avec ses longues et élégantes bottines en peau de chevreau lui montant jusqu'aux genoux, petite toilette sévère qui faisait si bien ressortir l'éveil malicieux de sa physionomie.

Pauvre vieux maréchal ! Sa gamine, il passait pour l'aimer tant qu'à la sortie d'un de ces conseils de ministres à Saint-Cloud, l'Impératrice, lui demandant de l'avancement pour un de ses protégés et se voyant refusée, lui disait avec un certain dépit : — Monsieur le maréchal, la refuseriez-vous comme moi, si c'était Chérie qui vous demandait ce que je vous demande?

— Madame, je n'en sais vraiment rien, répondait assez brutalement le maréchal interloqué ; mais, sacredieu, Votre Majesté n'est pas ma petite-fille !

## XXV

Chérie se mettait à travailler seulement un peu lorsqu'elle fut passée dans la seconde division. Là elle prenait un certain goût à la composition de style, et elle rédigeait non seulement la sienne, mais encore celle d'une petite camarade qui en revanche lui faisait sa composition d'analyse logique. Il y avait toujours eu chez Chérie un côté imaginatif, une aptitude à forger des histoires. Toute petite, vous vous la rappelez débitant de beaux contes à ses poupées, ou promenant dans le corridor des Maréchaux d'enfantines imaginations qu'elle parlait tout haut en marchant. En ses compositions de style, elle avait des inventions bizarres, imprévues, qu'elle introduisait dans son récit par l'intervention d'une fée bienfaisante, et encore des trouvailles de délicats et ingénieux détails très singuliers. Mais c'était surtout en ces narrations qu'on demande aux petites filles de

leurs vacances de Noël ou de Pâques, sous la forme
d'une lettre à une amie, qu'elle faisait de pittoresques récits des amusements de ces semaines de plaisir en y mêlant des fantaisies de son cru.

Dans l'une de ces lettres elle racontait l'enterrement d'un oiseau, peignant l'oisillon enseveli parmi
un lit de fleurs, et porté en terre dans une boîte à
cigares, suspendue sur des brancards de faveurs
bleues que soutenaient quatre petites porteuses en
grand deuil.

A propos de cette lettre, M. Cochemer dit avec une
certaine solennité : « Elle écrira très joliment,
M<sup>lle</sup> Haudancourt ! » Quelquefois, sans rien dire,
montrant de la main à la jeune fille une place vide sur
un des panneaux du salon, il semblait lui promettre
d'avance l'impression d'une de ses compositions
futures.

Au rebours des éducateurs de filles et de garçons,
Judocus Cochemer n'avait rien de M. Prudhomme ;
il était, au contraire, un personnage ironique, émettant, sous une forme à l'apparence paradoxale, des
idées très sensées, des aperçus très pratiques, des
apophtegmes *ad usum* de la société parisienne, ne
craignant pas de proclamer que la femme n'a besoin
que de savoir l'orthographe et de pouvoir tourner un
billet, mais qu'il lui fallait avant tout — et c'est là
où se révélait l'homme supérieur, — il lui fallait surprendre et étonner par la connaissance approfondie
de quelque chose que les autres ignorent ou ne possèdent que très imparfaitement. Ainsi, une année, il
poussait une série de ses élèves à l'étude exclusive

des dynasties de Pharaons ; l'année suivante, une autre série de ses élèves à la science rigoureuse des degrés de longitude et de latitude sous lesquels les différents fleuves du monde prennent leurs sources, etc.

Chez M. Judocus Cochemer, on n'apprenait pas le calcul : c'était bon pour les filles de commerçants, le calcul ! et, Dieu merci, il n'y en avait pas rue de la Ferme-des-Mathurins.

Le cours, qui commençait en octobre, finissait en juin, les aristocratiques parents des enfants confiés à M. Judocus Cochemer devant être nécessairement à cette époque en villégiature. Toutefois, si le cours fermait avec éclat, l'externat restait discrètement ouvert.

## XXVI

Les traits n'étaient pas réguliers chez Chérie ; mais, dans son visage, on ne voyait que ses yeux, des yeux brillants, pleins de lueurs humides, — et des yeux dont les longs cils courbes semblaient friser, oui, quand ils riaient ! Ces yeux aux cils d'un noir velouté et des cheveux blonds, mais des cheveux d'un blond baptisé par les mères *blond rose*, et qui prend à la nuque des nuances d'une délicatesse indéfinissable : ça faisait le plus charmant contraste. Et les cheveux blonds de la jolie enfant se trouvaient d'une abondance telle que, dans le remuement perpétuel de sa petite personne, il croulait presque toujours quelque partie de sa coiffure et que son grand-père la disait alors coiffée en *nid de merle*, le nid le plus mal fait de tous les nids d'oiseaux de l'univers.

## XXVII

Chérie tombait malade de la scarlatine. Dans les maladies de l'enfance comme la scarlatine, comme la rougeole, en ces maladies sans souffrances vives, l'enfermement dans une chambre pendant plusieurs semaines, les longues heures passées au lit, l'isolement de l'enfant condamné par la nature de son mal à ne pas voir d'autres enfants, tout enfin, le manque de distraction, le repos forcé, la rêvasserie somnolente qu'apporte la tiédeur des couvertures, la fièvre même du corps, mettent la petite malade dans un état très particulier, développent chez elle une espèce de sensibilité intellectuelle susceptible d'impressions pénétrantes, profondes, intenses. C'est ainsi que, dans ces moments, la lecture devient une prise de possession absolue de la lectrice, et Chérie, lorsque le hasard l'amenait plus tard à parler de son enfance, disait que chacune de ses maladies de ce temps se représentait seulement à sa mémoire par le souvenir d'un délicieux enfoncement dans un livre dont elle donnait le titre.

Le livre de sa scarlatine, ça avait été le Journal de Marguerite : la confession jour par jour d'une douce petite âme dans un milieu élégant et catholique, en une nombreuse famille aimante ; une confession pleine de jolies émotions, de scènes attendries, de sensibilités pieuses, coupée et dramatisée par une longue traversée avec des tempêtes et des pêches aux requins ; meublée et égayée de paysages de l'Ile Bourbon ressemblant à des paysages d'imagination, d'arbres aux fleurs rouges appelés des *flamboyants* et que traversent les vols de pierre précieuse des *oiseaux de la Vierge* et des *oiseaux du bon Dieu ;* enfin terminée par cette touchante mort chrétienne de Marie de Laval dans un décor de Paul et Virginie.

En lisant ce livre d'une élégante réalité, Chérie éprouvait un sentiment, un sentiment nouveau que ne lui avait procuré jusqu'alors la lecture d'aucun livre. Il se faisait en elle, dans une espèce d'exaltation bizarre, la substitution de son moi dans toutes les choses exécutées ou dites ou pensées par la petite voyageuse, et elle prenait une part un peu fiévreuse à cette gentillesse de la conduite, à ces bonnes intentions des actes, à ces élancements de religiosité, à ces attendrissements fervents, à cette aimable sanctification de Marguerite. Cette fusion de son être avec l'héroïne du livre la gratifiait d'une jouissance infinie, d'une absence d'elle-même ineffable, dans laquelle elle ne savait trop ni ce qui se passait autour d'elle, ni ce qu'on lui disait, ni même ce qu'elle répondait.

La lecture passionnée du Journal de Marguerite ne fut pas le seul symptôme caractéristique de la scarlatine de la jeune fille. Chérie, jusqu'à ce temps, avait joué du piano, mais sans entrain, mais sans plaisir, mais sans amour. Il fallait la pousser, presque la tourmenter, pour la décider à étudier. Dans les premiers jours de sa convalescence où elle se levait, elle se trouvait prise de l'envie de jouer certains morceaux qu'elle avait abandonnés, rebutée dès le début par les difficultés. Ces morceaux bien connus étaient les RÊVERIES, de Rosellen. Elle se mettait à les étudier toute seule, sans l'aide de sa maîtresse de piano, y passant tout le temps qu'elle restait levée, et elle arrivait à soupirer après le départ des petites amies qui se risquaient à venir la voir, afin d'être seule et se remettre à son piano. Alors donc une obstination à apprendre ces morceaux, une lutte, un travail, où se montrait presque l'entêtement d'une vocation. Et à mesure qu'elle arrivait à les jouer, ces RÊVERIES, elle cessait d'être l'instrument mécanique d'un bruit qui ne lui parlait pas ; elle commençait à être intérieurement remuée par les mélancolies qu'elle modulait ; elle sentait, pour la première fois, le bonheur intime donné par la musique.

Dans cette maladie, dont les jeunes filles sortent étonnamment grandies, il semblait qu'un peu de la femme morale se faisait jour dans la fillette.

Le JOURNAL DE MARGUERITE et les RÊVERIES de Rosellen, c'était par ces lectures et ces solos de piano que Chérie se rappelait sa fièvre scarlatine, et encore par ceci, demeuré dans son souvenir comme la plus savoureuse gourmandise, par le goûter de ses maladies d'enfance : un échaudé frais posé sur une soucoupe avec de la gelée de groseille.

## XXVIII

A partir de la fièvre scarlatine, l'étude de la musique chez Chérie ne fut plus un travail ; cette étude devint un délassement, un repos, une heure de recueillement souriant. La fillette tira de là ses plus délicieuses satisfactions immatérielles, de bienheureuses impressions de rêve en pleine réalité.

Pour Chérie, encore petite fille, la musique fut d'abord comme la douce continuation autour d'elle d'un chantonnement de nourrice pendant lequel s'apaisaient et s'endormaient dans un ravissement tranquille les activités gamines de son corps. Elle avait bien aussi parfois des joies fiévreuses à s'étourdir des sonorités que faisaient ses petits doigts, à disparaître et à se perdre dans un tapage d'harmonie en lequel elle semblait plonger, ses mignons coudes aigus élevés au-dessus de sa tête échevelée. Chérie restait également des demi-journées sous l'empire tourmentant d'une phrase musicale, absorbée dans sa poursuite, les lèvres remuantes, et n'étant plus, pour ainsi dire, qu'une modulation étouffée, qu'un murmure mélodique.

Quand elle fut plus grande, les caresses physiques du son la remplirent d'une ivresse mystérieuse. Ça lui donnait un bien-être exalté, une plénitude de la vie, un fouettement des facultés imaginatives, une augmentation de son être sensitif, enfin un petit rien des jouissances surnaturelles que procurent aux hommes les stupéfiants : car la musique n'est peut-être point autre chose que le *haschisch* des femmes ?

Chez Chérie, il n'y avait pas qu'un goût, il y avait un don, une virtuosité très remarquable. Elle serait devenue une pianiste hors ligne sans une circonstance bizarre. Sa maîtresse de piano, une artiste malheureusement très bien née, de la chambre du Ministère où elle donnait sa leçon à Chérie apercevait, par une fenêtre, l'ancien hôtel de sa famille. Et toutes les fois que le maudit hôtel arrivait dans l'angle visuel de la pauvre maîtresse de piano, cette créature, d'ordinaire très douce, devenait impossible à ce point qu'un jour Chérie fut obligée de la renvoyer et négligea de la remplacer.

## XXIX

Chérie guérie de sa scarlatine, le maréchal continuait à lui faire répéter ses leçons dans son coupé en se rendant à Saint-Cloud.

Les beaux jours, les très beaux jours du mois d'août, au sortir du conseil, et après avoir reçu des mains du jardinier du château une botte de branchettes vertes enveloppées d'un linge mouillé, parfois le maréchal emmenait sa petite-fille dans les bois des environs de Saint-Cloud. Après un déjeuner fait sur l'herbe avec les provisions d'une cantine mise le matin à l'insu de l'enfant dans la voiture, le maréchal entraînait Chérie dans de longues courses. Et tout le temps de ces courses, le vieux soldat — l'invention n'était-elle pas vraiment charmante ? — s'amusait à greffer, avec les greffes du jardin impérial, les églantiers sauvages des bois, pour l'étonnement des promeneurs parisiens du printemps prochain, pour la satisfaction pure de l'amateur de roses qu'il était, — aidé et secondé en cela par Chérie qui, connaissant la manie de son grand-père, quand il n'en restait pas, se trouvait toujours avoir au fond de sa poche de la *laine à greffer*.

Le maréchal, pendant les quelques années qu'il passait au Muguet, avait pris le goût des fleurs, la passion des roses. Et la privation de ses carrés de rosiers fut telle à Paris qu'il ne pouvait, au bout de deux ans, se défendre de louer un des derniers jardins maraîchers se trouvant dans le voisinage du parc Monceau, un carré de terre où, à ses rares heures de loisir, il se sauvait et se cachait. Là, un grand tablier bleu à poche sur l'estomac, il se livrait, en compagnie d'un aide-jardinier, à la culture et au perfectionnement de son arbuste aimé.

Un jour, devant ce jardin entièrement rempli par des semis de la même rose, Chérie, alors devenue une grande fille, disait : — Tiens, des Malmaison, des Malmaison, toujours des Malmaison, pourquoi cela ?

— Oui, oui, rien que des *Souvenir de la Malmaison*... il n'y a que cela maintenant ici, s'écriait le maréchal. Mais, sacredieu, trouve-moi, parmi les autres roses, un coloris frais, frais comme celui-là... et crois-tu que, si on avait dans cette blancheur *carnée*

un cœur un rien plus lavé d'*incarnat vif*... et puis
encore avec cela... suppose la fleur un tiers plus
grande... crois-tu que ce ne serait pas une rose parfaite... la reine des roses, quoi !... Eh bien ! voilà :
cette reine des roses, je suis à sa recherche... et tiens,
regarde ce bougre de petit rosier, là tout près de toi...
et qui est mort... malheureusement bien mort... la
semaine dernière, il y avait dessus un bouton présentant tous les caractères d'une variété nouvelle...
et presque telle que je la voudrais... Ah ! tous les
semis que nous avons déjà faits avec ce pauvre
Frussotte, pour arriver sans y arriver !... Enfin
peut-être un jour le hasard... Et alors nous l'appellerons, ma rose, nous l'appellerons : *Chérie Haudancourt*... Ça fera bien, hein, dans le Nouveau
Jardinier !

— Oh ! c'est gentil, tout à fait gentil ça, grand-
père ! s'écria Chérie en lui donnant ses yeux à
embrasser.

— Dà, mignonne, — fit le maréchal, ajoutant après
sa locution lorraine, sur un ton moitié sérieux, moitié blagueur : En effet, ton troupier de grand-père la
trouve assez galante... cette petite immortalité
qu'attrape, sacredieu, une fillette... avec le baptême
d'une fleur.

## XXX

L'année suivante commençait la préparation de
Chérie à la première communion qu'elle voyait

arriver avec l'attente désirée d'un évènement qui allait la sortir des petites filles.

Puis le catéchisme, la confession, la communion apportaient à Chérie du nouveau, le dévoilement de choses inconnues, secrètes, mystérieuses, qu'appelaient ses curiosités d'enfant surexcitées par les récits qu'elle entendait faire à de petites camarades plus âgées qu'elle.

Tout l'amusait dans cette nouvelle vie : les stations à l'église en la compagnie de ces petites filles avec lesquelles elle nouait des amitiés et un commerce d'images saintes au gaufrage doré ; les leçons de catéchisme qui lui valaient des succès de mémoire auprès du catéchiste ; la rédaction de ces cahiers d'instructions attachés au dos par de si jolies faveurs mauves et écrits dans de petits cadres tracés avec une grande application à la règle, et où elle prenait à la fin la *résolution* calligraphique de se corriger de son défaut ordinaire du moment : l'orgueil, qui ne lui permettait pas d'accepter une réprimande, une observation, un conseil.

## XXXI

Chérie avait bien le désir d'arriver à la sanctification, et sa petite âme ne demandait pas mieux que de s'ouvrir pleinement à la foi ; mais la réussite était au-dessus de ses forces, de l'énergie de sa volonté, de la persévérance de son attention. En elle, au fond, la petite reconnaissait un de ces enfants *tièdes*, tels qu'elle venait de les entendre définir par un prédicateur, un de ces enfants sans beaucoup de charité et pas exclusivement occupés de leur première communion, et ne donnant pas leur cœur tout entier à Dieu lors de leur réveil, — en un mot mal disposés pour devenir « le tabernacle du Sauveur du Monde ».

La préparation à la première communion de Chérie ressemblait à la préparation à la communion de presque toutes les petites Parisiennes qui ne sont pas élevées dans des couvents, mais vivent dans leurs familles, en des milieux athées, ironiques, indifférents, parmi des parents ne pratiquant pas. Dans ces conditions, la communion se fait *proprement*, mais sans ardeur, sans élancement, sans transport religieux, et c'est tout à fait un évènement anormal que l'attaque de nerfs qu'eut, à la communion blanche, la voisine de catéchisme de Chérie, M<sup>lle</sup> de Suzange.

Aussi, devant la ferveur de son amie, la petite-fille du maréchal se désolait-elle de ne pas détester ses fautes comme l'Église veut qu'on les déteste, de ne pas sentir la contrition de ses péchés aller jusqu'à la douleur, enfin de ne pas se trouver inquiète de ne pas posséder Dieu.

Une chose la rendait surtout très malheureuse. Quoi qu'elle fît, la pauvre petite ne pouvait se forcer à croire à la présence réelle de Notre-Seigneur dans l'hostie. Sans doute elle y aurait cru comme à tout ce qu'on lui disait de croire, et sa foi ne se fût pas regimbée contre le miracle si le prêtre chargé du catéchisme n'avait pas eu la malencontreuse idée, dans une instruction, de raconter la légende du juif usurier se procurant une hostie de la femme à laquelle il avait prêté, pour communier, la robe engagée chez lui. Et l'hostie percée du canif du juif, l'orateur la montrait avec complaisance colorant de son sang l'eau où elle avait été jetée. Cette rougeur de sang, cette présence réelle présentée d'une manière aussi brutalement matérielle, avaient offusqué le bon sens de l'enfant, et c'était le diable, depuis ce récit ; sa petite cervelle rejetait avec obstination le saint mystère.

Intérieurement très tourmentée, Chérie, pour se punir de son incrédulité, s'était imposé une mortification, la mortification la plus pénible qu'elle avait pu trouver : pendant les trois ou quatre mois qui précédèrent sa première communion, elle se privait de sucre dans son café au lait du matin.

## XXXII

Enfin un mois, trois semaines avant le jour de sa première communion, en dépit de tout ce qui, dans sa nature espiègle, la défendait contre la ferveur, Chérie se surprenait en état de grâce.

Ce long et continu entraînement spirituel, ces mois de prières, de méditations, de lectures pieuses, d'heures remplies de roulements d'orgues et de chants de cantiques, avaient secrètement et lentement opéré sur la petite impénitente. Puis, peut-être, à cette heure, un peu du sang espagnol de sa mère parlait-il en elle !

Mais ce qui, avant tout, avait conquis la petite fille de douze ans, c'étaient les choses amoureuses, les tendresses, la langue chatouillante de la religion.

On ne l'a pas, en effet, assez remarqué : la première communion est le premier amour de la femme, amour qui s'éveille au milieu de la prise de son imagination par des idées d'adoration; amour qui germe dans l'attendrissement ému de son petit être se répandant au dehors en effusions mouillées de larmes, en prières dites avec abondance, en oraisons jaculatoires ; amour qui se pénètre de ce sentiment tout nouveau inconnu à l'enfance : la mélancolie, peut-être née de la succession des émotions douces et redoutables se dégageant des mystères et des cérémonies de l'Église ; — amour enfin qui couve dans la rêverie brûlante et l'embrasement moral allumés chez la communiante par l'adorable Jésus fabriqué par la mysticité catholique.

La première communion, c'est le don du premier sentiment d'amour humain éclos en la petite fille sous le moite calorique de la dévotion, et qu'elle offre inconsciemment à un amant céleste.

## XXXIII

C'était dans ce mois d'exaltation religieuse ou plutôt dans la dernière semaine, dans la semaine de la retraite, que la petite mondaine, la donneuse de dîners de l'hôtel Saint-Dominique-Saint-Germain, la coureuse de théâtres en loges du Ministère, rédigeait un RÈGLEMENT DE VIE qui semblait destiné à une existence monastique, un règlement écrit dans une langue serinée, et qui n'avait rien de l'enfant, et où elle s'engageait à « respecter son corps comme le Temple du Saint-Esprit ».

Voici ce règlement de vie, tel qu'il était écrit sur un petit cahier de papier blanc.

## RÈGLEMENT DE VIE
### DIVISÉ EN SIX PARTIES

PREMIÈRE PARTIE. — *Résolutions générales.*
DEUXIÈME PARTIE. — *Résolutions pour la journée.*
TROISIÈME PARTIE. — *Résolutions pour la semaine.*
QUATRIÈME PARTIE. — *Résolutions pour chaque mois.*
CINQUIÈME PARTIE. — *Résolutions pour chaque année.*
SIXIÈME PARTIE. — *Ce que je dois pratiquer pendant toute ma vie.*

## PREMIÈRE PARTIE
### RÉSOLUTIONS GÉNÉRALES

Je ferai toujours tous mes efforts pour me maintenir en état de grâce et, si par malheur je tombais dans le péché mortel, j'irais me confesser tout de suite afin de rentrer le plus tôt possible dans l'amitié de Dieu. Je ne remettrai jamais mes confessions car je ne sais quand et comment je mourrai : il se peut que je meure dans un an comme dans un jour, il se peut aussi que je meure subitement comme je pourrai mourir d'une longue maladie. Plutôt mourir que de jamais commettre un seul péché mortel.

## DEUXIÈME PARTIE
### RÉSOLUTIONS POUR LA JOURNÉE

1° *Le lever.* — Je me lèverai tous les jours à six heures et demie précises. Ma première action sera le signe de la croix, mes premières paroles les saints noms de Jésus et de Marie, ma première pensée sera l'offrande de mon cœur à Dieu par ces paroles : « Mon Dieu, je vous donne mon cœur, prenez-le, s'il vous plaît, afin qu'aucune créature ne puisse le posséder que vous seul. Salut, mon bon ange, c'est à Dieu et à vous que je me recommande ; vous m'avez gardée la nuit, gardez-moi le jour s'il vous plaît, sans mal, sans danger, sans infortune, sans, mon Dieu, vous offenser, sans péril pour mon corps et pour mon âme. Ainsi soit-il. » Aussitôt qu'on sera venu m'éveiller, je me lèverai de suite, je me lèverai tout de suite sans me le faire répéter deux ou trois fois. Je m'habillerai avec promptitude et modestie, m'entretenant de quelque vérité de foi et ne souffrant jamais que le commencement de ma journée soit pour le démon de la paresse.

2° *La prière du matin.* — Aussitôt que je serai habillée, je me mettrai à genoux aux pieds de mon crucifix ou de quelque sainte image, je rentrerai en moi-même, je réciterai avec attention, respect et dévotion, comme parlant à Dieu, ma prière du matin à laquelle je joindrai les actes de Foi, d'Espérance et de Charité. J'y joindrai aussi un chapelet : la première dizaine sera pour les âmes du purgatoire, la seconde pour ma famille, la troisième pour demander la persévérance pour moi ainsi que pour toutes mes petites compagnes du catéchisme ; enfin, les deux dernières, je les réserve pour nos chers catéchistes qui nous ont si bien instruites.

3° *Lecture méditée*. — Toute la terre, dit un prophète, est dans une extrême désolation parce qu'il n'y a personne qui réfléchisse et rentre en soi-même. Je veux éviter pour moi ce grand malheur et, pour cela, je veux prendre la bonne habitude de faire tous les jours, avec recueillement et réflexion, une lecture méditée après ma prière... et terminer ma méditation en prenant pour la journée des bonnes résolutions que je mettrai sous la protection de la sainte Vierge.

4° *Le travail*. — Je me mettrai au travail le matin à huit heures, et l'après-midi à une heure. J'apprendrai bien mes leçons et ferai de mon mieux mes devoirs. Je ne resterai jamais sans rien faire... Avant de me mettre au travail, je l'offrirai à Dieu, renouvelant cette offrande chaque fois que j'entendrai sonner l'heure.

5° *Les repas*. — Pour sanctifier mes repas, je dirai toujours le bénédicité avant et les grâces après, et je prendrai garde de me laisser aller aux excès de la gourmandise. A chacun de mes repas, je ferai une petite mortification, de manière à ce que personne ne s'en aperçoive.

6° *Les récréations.* — Je jouerai bien pendant mes récréations... Toutefois je demanderai à Dieu la gaieté avec modération et j'éviterai toute récréation qui puisse m'exposer au danger de pécher.

7° *Lecture de piété.* — Je ferai tous les jours, si je le puis, une lecture de piété comme dans le Pouvoir de Marie, ou la Sainte Communion, ou quelque autre livre que mon confesseur m'aura indiqué.

8° *Dévotion à la sainte Vierge.* — Tous les jours de ma vie j'honorerai la sainte Vierge d'une manière toute particulière... Je l'aimerai de tout mon cœur comme ma mère, et comme la meilleure des mères, qui m'a adoptée pour son enfant au milieu des douleurs qu'elle endurait sur le calvaire au pied de la croix. J'aurai recours à elle avec la confiance d'un enfant pour sa mère, dans toutes mes peines, dans les tentations et surtout dans les tentations de découragement. Je me propose de ne jamais laisser passer un seul jour sans lui adresser la prière : *Souvenez-vous,* et, quand je serai libre, je me propose d'assister tous les samedis à la sainte Messe en l'honneur de la sainte Vierge.

9° *Dévotion aux saints.* — J'aurai aussi une dévotion toute particulière pour saint Joseph, père nourricier de Jésus et protecteur de l'enfance.

10° *Prière du soir et examen.* — Je finirai la journée comme je l'aurai commencée, c'est-à-dire par la prière du soir que je ferai avec confiance, attention et humilité, me souvenant que la prière de celui qui s'humilie pénétrera les cieux. J'y ferai soigneusement l'examen de ma conscience sur toutes les actions de la journée, puis je les transcrirai sur mon journal destiné à me sanctifier de plus en plus. Puis, à la fin de chaque semaine, je ferai l'addition de mes bonnes et mauvaises actions, désirant bien et tâchant, par mon obéissance, ma douceur, ma bonté, que les bonnes actions soient en plus grand nombre que les mauvaises.

11° *Le coucher.* — Dès que mon grand-papa m'aura dit d'aller me coucher, je lui dirai aussitôt bonsoir, j'irai dans ma chambre, je quitterai mes vêtements avec décence. Avant de m'endormir, ma dernière action sera le signe de la croix, mes dernières paroles les saints noms de Jésus et de Marie. Quelquefois, en m'endormant, je songerai à la mort, regardant mon lit comme mon tombeau : on se couche le soir, mais on n'est pas sûr de se lever le lendemain.

. . . . . . . . . . . . . . .
. . . . . . . . . . . . . . .
. . . . . . . . . . . . . . .
. . . . . . . . . . . . . . .
. . . . . . . . . . . . . . .
. . . . . . . . . . . . . . .
. . . . . . . . . . . . . . .
. . . . . . . . . . . . . . .
. . . . . . . . . . . . . . .
. . . . . . . . . . . . . . .

## SIXIÈME PARTIE
#### CE QUE JE DOIS PRATIQUER TOUTE MA VIE

Ce que je crois, je veux le pratiquer hautement. Je mépriserai le respect humain. Or, comme je crois en Jésus-Christ, que j'espère en lui, que je l'aime, je pratiquerai sa religion et, dans quelque temps que ce soit, et dans un temps de paix comme dans un temps de guerre, je ne manquerai pas à mes devoirs de catholique, ni de faire ce qui est écrit dans mon règlement. La crainte de déplaire aux hommes ne m'empêchera pas de faire mon devoir, c'est tout ce qu'il me faut... Je ne ferai jamais à personne ce que je ne voudrais pas qu'on me fît à moi-même. J'aimerai surtout les pauvres, je les aiderai de tous mes moyens. Si j'ai beaucoup, je donnerai beaucoup ; si j'ai peu, je donnerai peu, mais de bon cœur, en pensant que, quand je donne aux pauvres, c'est à Jésus que je donne.

J'obéirai exactement, promptement et avec joie à mon grand-papa et à toutes les personnes auxquelles Dieu a donné autorité sur moi, me rappelant qu'obéissant à mes supérieurs c'est à Dieu que j'obéis, et qu'en leur désobéissant c'est à Dieu que je désobéis.

Je serai modeste dans mes paroles, dans mes actions, dans mes habits et ma conduite. Je respecterai mon corps comme le Temple du Saint-Esprit. Je ne m'en servirai que pour édifier le prochain et non pour le scandaliser et faire le mal.

Je ne prêterai jamais l'oreille aux discours des personnes sans religion ; je les fuirai avec horreur, craignant qu'elles ne me fassent perdre la paix de mon cœur. J'éviterai avec soin tout ce qui pourrait me porter au péché et, aussitôt que j'entendrai sortir de la bouche d'une de mes compagnes ou d'une autre personne une mauvaise parole, je ne lui parlerai plus. Je ne lirai que les livres que mes parents me permettront de lire. Je fuirai les plaisirs du monde contraires à l'esprit de religion. Enfin, je m'appliquerai sans relâche à combattre mon défaut dominant...

Je me propose de relire de temps en temps ce règlement de ma vie, par exemple les jours où j'aurai le bonheur de communier.

## PRIÈRE
### A MARIE LA MÈRE DE JÉSUS

Voilà donc mon règlement de vie fini, ô Marie. Je le mets sous votre protection, sous vos auspices ; je ne l'ai pas beaucoup surchargé, car j'ai pensé qu'il valait mieux être obligé d'y ajouter que d'en retrancher.

O Marie, faites que je sois obligée d'en ajouter beaucoup, ou du moins, si je n'en ajoute pas, que j'accomplisse bien ce qui y est écrit. Je le mets sous votre protection, persuadée qu'avec votre secours je l'accomplirai à la lettre. Ainsi soit-il.

CHÉRIE HAUDANCOURT,
*Enfant de Jésus et de Marie pour toujours.*

## XXXIV

Le matin du *grand jour* était arrivé. Chérie, en l'heureuse et légère somnolence des enfants encore couchés et qui appellent le départ matinal d'un voyage, aussitôt qu'elle entendait les pas de Lina, sautait en bas de son lit s'écriant : « Le voilà !... voilà le jour de ma première communion ! »

Elle s'agenouillait, se jetant à genoux ce jour-là par une touchante inspiration devant le portrait de sa mère morte depuis deux ans, et l'orpheline priait avec une telle dilatation de cœur qu'elle ne pouvait dire tout du long ses prières, et que c'étaient seulement, lui sortant de la bouche à de longs intervalles, des mots comme essoufflés et qu'étouffaient aussitôt des pleurs.

Lina l'habillait alors et ne lui mettait rien du linge et des effets qu'elle avait portés.

Chérie était habillée de neuf des pieds à la tête. Vous retrouvez là une habitude conservée parmi quelques vieilles familles créoles qui veulent, par un coquet symbolisme, que tout soit renouvelé, et la chemise et l'âme, chez la jeune fille faisant sa première communion.

Puis Lina, avec des mains respectueuses, passait à Chérie sa robe blanche, lui attachait son voile et sa couronne.

La communiante se trouvait alors dans un état qu'il lui semblait n'avoir jamais éprouvé, un état où, selon son expression, « il faisait bon et tranquille en elle ».

Son grand-père lui donnait la main pour monter dans un coupé Dorsay, un coupé commandé en cachette pour la circonstance, et dont l'intérieur était garni de damas blanc, et derrière lequel se tenaient debout trois domestiques en grandes livrées et en cocardes.

Dans le trajet à l'église, Chérie remarquait que la tendresse du regard du maréchal posé sur elle était moins familière qu'à l'ordinaire, avait quelque chose à la fois d'embarrassé et d'attendri qui le rendait tout drôle. Elle se penchait à la portière d'où venait un air frais qui lui mettait du froid agréable à la figure, tout en se trouvant un peu étonnée de voir, au-dessus des murs des jardins d'hôtel, des arbres avec de petites feuilles, et se rappelant subitement qu'elle était au mois de mai, qu'il devait y avoir déjà bien des fleurs au Muguet et qu'on en ferait de beaux vases pour l'autel de la Vierge.

Quand elle descendait à la porte de Sainte-Clotilde, le goût, l'élégance, la légèreté de sa toilette de mousseline blanche, la faisaient accueillir par un susurrement admiratif et, au milieu du concert d'épithètes louangeuses la suivant jusque dans l'église, elle entendait un gamin d'une imprimerie voisine jeter à un camarade : « En v'là une petite mariée pas mal astiquée ! »

Dans l'église, au milieu de l'émotion produite chez elle par l'imposante mise en scène de la cérémonie, par la longue perspective de ses petites camarades agenouillées, par les murmures d'adoration des voix et des musiques, par des senteurs d'encens, par l'étoilement des cierges dans la clarté ensoleillée du jour; là, dans l'église, au milieu des meilleures dispositions, et dans le moment où Chérie se croyait tout à fait détachée du péché et de la volonté de pécher, « d'où ça venait-il et comment ça se faisait-il?... elle n'était plus à Jésus... Sa toilette de communiante la faisait tout à coup songer à la toilette d'une mariée, de l'épouse d'un homme... » et, malgré tout ce qu'elle faisait pour s'en défendre, la toilette de mariée menait sa pensée au mariage et à ce que ses idées enfantines, non encore débrouillées, supposaient dans l'union des deux sexes.

La voilà, la pauvre jeune fille, malheureuse comme les pierres, et voulant ramener à sa première communion cette vilaine rétive de pensée et ne le pouvant pas. Dans un douloureux affolement, elle se voit coupable de la profanation du corps et du sang de Jésus-Christ ; il lui revient ces paroles dites dans une instruction : « que, si on n'est pas dans un état de grâce et de pureté de cœur, on ne s'approche pas de ce sacrement ; car on mangerait sa condamnation, si on recevait Jésus-Christ non comme son sauveur, mais comme son juge », et elle est tourmentée par la peur de commettre un sacrilège.

Elle voudrait se confesser, mais la cérémonie est commencée, puis elle ne serait jamais assez brave pour quitter sa place, pour déranger tout ce monde. Alors, les yeux fermés, cherchant à s'enfermer en dedans d'elle-même, à ne plus voir ce voile, cette robe, causes de coupables distractions, elle dit un acte d'Amour et de Désir qu'elle se rappelle :

« Mon Dieu, je vous aime ; mon Dieu, je vous adore ! Oh ! venez combler mes vœux, venez me visiter. J'espère que dans cette communion, ô mon Dieu, je vais recevoir de vous les grâces dont j'ai besoin. Mon Dieu, j'ai soif de votre présence. Oh ! venez, venez ! »

En dépit de l'acte d'Amour et de Désir, toujours la pensée entêtée du mariage qui lui semble, dans l'instant, une de ces suggestions d'esprit malin dont parlait dernièrement un prédicateur en chaire, et cette pensée apporte à la misérable enfant un trouble dans lequel elle ne sait plus où elle en est, si bien qu'au moment où arrive son tour de se lever, il faut que sa voisine, M$^{lle}$ de Suzange, la tire par son voile.

Le prêtre s'est approché lentement d'elle, l'a fixée avec le regard scrutateur de l'homme d'église, lui a donné l'hostie, en prononçant ces paroles : « Que le corps de Notre-Seigneur Jésus-Christ garde votre âme pour la Vie Éternelle. » Le bouleversement de l'esprit de Chérie est tel qu'elle n'a entendu que le mot « éternelle » et qu'avant d'avoir demandé à ses voisines ce que le prêtre leur a dit, elle se figure que son clair regard a deviné ce qui se passait au fond d'elle et qu'il l'a menacée de la damnation éternelle.

## XXXV

Chérie suivait assidûment le catéchisme de persévérance, mais la ferveur de sa foi semblait éteinte, et quand elle commençait ses petits cahiers d'instructions par l'en-tête : *Tout pour ma persévérance*, ce n'était plus avec le don qu'elle faisait d'elle-même, l'année précédente, quand elle écrivait : *Tout pour ma première communion.*

Sa religiosité d'un moment s'en allait chaque jour, emportée par la mondanité peu ordinaire de sa vie d'enfant, par le manque d'intérêt qu'elle trouvait chez son grand-papa pour les choses de la piété, par l'ennui même qu'elle voyait venir sur la figure des gens, quand elle racontait ce qu'elle faisait à l'église. Tout doucement, au fond de la jeune fille, venait une répugnance à la confession, un éloignement des sacrements.

Maintenant quand elle relisait son règlement de vie, elle ne pouvait s'empêcher de sourire en retrouvant l'annotation qu'avait mise au bout le prêtre chargé du catéchisme de semaine, annotation qu'elle avait d'abord regardée comme injurieuse, comme osant mettre en doute la durée de ses bonnes résolutions. Il complimentait la future communiante de n'avoir pas surchargé son règlement. Elle eût été semblable « à un voyageur qui, présumant trop de ses forces et emportant avec lui des effets d'une lourdeur excessive, ne pourrait pas avancer ». Et encore retrancha-t-il à son règlement pas mal de pieux engagements, limitant la durée de la méditation à quelques minutes, réduisant la récitation du chapelet à celle d'une dizaine, et remplaçant la sèche lecture des livres de théologie catéchétique par la lecture amusante de vies de saints ; et il terminait par cette phrase : « Le principe est donc de faire ce qui durera. »

Il n'y avait pas un an, et qu'est-ce qui durait encore de cette vie sur le papier dont tous les moments étaient occupés, pris, remplis par un état d'union avec Dieu, d'attention amoureuse à sa divine présence ? Elle n'accomplissait plus guère que les stricts devoirs religieux d'une jeune fille du monde bien élevée : aller à la messe tous les dimanches, communier une fois par an. Il n'y avait chez elle ni impiété, ni hostilité ironique, mais tout simplement de la tiédeur, un ennui des pratiques, et des inclinations trop joliment terrestres.

Au fond, la vénération était morte chez Chérie et, pour peu que les choses religieuses prêtassent à rire, elle en riait avec ses petites amies dans sa correspondance de fillette :

« Samedi, j'ai été à la confirmation de Blanche Champromain. Je n'ai jamais vu rien de pareil. L'évêque qui est venu confirmer était un évêque étranger. Il avait une grande barbe. Derrière lui se tenait un domestique drôlement habillé : ce devait être un Indien. Il portait une espèce de pantalon blanc avec des raies rosâtres, une ceinture rouge semée de palmes, une veste marron avec des galons noirs. Tu penses si j'ai été étonnée de trouver là ces figures de carnaval... »

Au milieu de ce délaissement de la religion, Chérie avait gardé et garda toujours un culte tout particulier pour la Vierge représentant, aux yeux de la jeune fille, la douce patronne de la grâce et de la distinction de la femme. A la Vierge allaient, dans ses petits chagrins, les retours de sa pensée religieuse, et en sa prière du soir, jusqu'à sa mort, elle dit toujours en son honneur un *Souvenez-vous*, cette belle invocation : « Souvenez-vous, ô très miséricordieuse Marie, qu'on n'a jamais entendu dire qu'aucun de ceux qui ont eu recours à votre protection, imploré votre secours, réclamé votre assistance, ait jamais été abandonné de vous... »

## XXXVI

Chérie n'était pas plus jolie, pas plus enfant-prodige, pas plus gentille de caractère qu'une autre, et cependant elle possédait une séduction particulière, une séduction bien à elle : tout naturellement ses attitudes s'arrangeaient ainsi que dans les poses heureuses, cherchées et trouvées par les peintres et les sculpteurs, et les gestes de sa petite personne, qu'on aurait dit rythmés, cadencés, enchantaient le regard par un certain maniérisme naturel à son corps ondulant.

La flexibilité paresseuse et mignarde de la fillette apparaissait ravissante dans ses robes du moment, des espèces de fourreaux lâches et sans taille jouant autour de sa maigreur distinguée, et où, parmi des flottements d'écharpes de gaze et des envolées aériennes de légères mousselines, elle semblait un oiseau gros comme rien dans le soulèvement ébouriffé de ses plumes.

Mais où les mouvements de Chérie montraient une qualité, une beauté de lignes originale, c'était dans l'étreinte, l'enlacement, l'embrassade, en toutes les marques extérieures de l'effusion aimante d'un tendre petit cœur. Il fallait la voir dans le dos du maréchal assis, la tête abaissée sur le croisement de ses deux bras aux coudes remontants et dont le tulle soufflé des manches semblait lui encadrer le bas du visage d'une haute et nuageuse collerette ; il fallait la voir demeurer ainsi dans un affaissement rieur tout en chatouillant du frottement de son menton l'épaule de son grand-père. Puis bientôt la blonde tête, comme lassée, se laissant aller sur le bout de l'épaule du maréchal, se couchait de côté dans un renversement fripon avec un regard en coulisse battant de la paupière, un vrai regard de chatte qui ronronne.

Ainsi posée, Chérie était la représentation la plus parfaite, la plus adorable de la câlinerie : ce charme féminin appartenant exclusivement à la fillette, et dont la femme faite a tant de peine à garder quelque chose.

Et presque aussitôt les embrassades penchées, aux tendres enveloppements des bras autour du vieux cou du grand-père, aux abandonnements du souple corps pour ainsi dire fluide et comme fondu dans l'ondoiement des molles étoffes parmi lesquelles il flottait.

En un mot, la grâce de la caresse, Chérie l'avait comme pas une petite fille.

## XXXVII

Une métamorphose étrange : en ce corps de Chérie qui était, venons-nous de dire, la grâce même, depuis des mois se glissait quelque chose de laidement garçonnier.

De la maladresse balourde venait aux mouvements de l'élégante créature dans laquelle arrivaient, comme au hasard, de la grandeur et de la grosseur ne trouvant pas tout d'abord leur place juste, et les gestes de la petite fille, tout à l'heure d'un si joli contournement, devenaient maladroits, gauches, presque comiques.

Elle avait perdu le coquet laisser-aller de la tenue, la résolution décidée de la démarche, et ses attitudes et ses pas se ressentaient du vacillement d'une hésitation niaise. Elle ne savait quelle contenance donner à son corps, comment placer ses pieds, et allait au-devant des gens, toute sotte, les mains bêtes.

Ses petites joies mêmes ne se montraient plus délicates comme autrefois, elles éclataient dans des dégingandements masculins, dans des épanchements de gaieté au gros rire du fond de la gorge. Et au milieu de ces fortes hilarités et de cette pantomime mal d'aplomb, des timidités, des embarras, des déconcertements faisaient tout à coup monter les larmes aux yeux de la jeune fille.

Un être qui n'était plus une petite fille et pas encore une femme, un être au sexe comme indécis et non définitivement arrêté et en train de se chercher, un être mystérieux mû par des impulsions d'une spontanéité irréfléchie et contradictoire, jaillissant au dehors avec une rudesse parfois sauvage.

## XXXVIII

Sous le désarroi momentané des manifestations extérieures avait lieu, dans le corps de Chérie, l'occulte transformation de la fillette en une créature d'amour, en une femme réglée.

Chez la petite Parisienne, cette révolution physique apportant la maturité procréatrice est en avance d'un an, de deux ans sur les autres jeunes filles de la France. C'est un fait constaté par la médecine, qui fixe la puberté parisienne entre treize et quatorze ans. Des lettres de mères qui me sont adressées donnent même une date antérieure à celle indiquée dans leurs livres par les spécialistes de la matière; ces lettres parlent de nombreux cas de puberté qui se sont produits, ces dernières années, entre neuf et onze ans.

Il semblerait que l'effervescente atmosphère des salons, avec ses excitants de l'imagination, ses ferments amoureux, les vibrations musicales que la petite fille emporte encore résonnantes en elle, avivent et précipitent la formation de la femme, ainsi que la tiédeur humide d'une serre-chaude pousse la floraison d'une fleur.

### XXXIX

Un sommeil trouble où, parmi les cauchemars, ont lieu la sourde et tourmentante élaboration de la femme dans la jeune fille, le détournement du plus pur de ses veines pour les fonctions de la maternité, le chaud éveil d'un organisme encore végétant : c'est le sommeil, pendant plusieurs mois, des vierges impubères, jusqu'à la nuit de fièvre où elles se réveillent dans la terreur de ce sang inattendu.

. . . . . . . . . . . . . . . . . . . . . . . . .
. . . . . . . . . . . . . . . . . . . . . . . . .
. . . . . . . . . . . . . . . . . . . . . . . . .
. . . . . . . . . . . . . . . . . . . . . . . . .
. . . . . . . . . . . . . . . . . . . . . . . . .

— Bien sûr, — se disait Chérie, assise le matin sur la petite chaise au pied de son lit, dans laquelle autrefois, tout enfant, elle mangeait sa bouillie et sur laquelle aujourd'hui encore elle se plaisait à mettre ses bas, — bien sûr elle ne serait plus vivante le soir... On meurt, n'est-ce pas? quand on n'a plus de sang... et rien ne pouvait l'empêcher de s'en aller d'elle... son sang.

Comme si elle s'était entendu condamner par un médecin, la fillette, affaissée sur sa petite chaise, pleurait... se pleurait déjà.

— Parler à quelqu'un de ce sang... Non! jamais,

rien ne pourrait la contraindre à cela... elle aimait mieux tout, — laissait-elle échapper à demi-voix, en se parlant à elle-même, et elle continuait à se désespérer, ignorante de son mal.

De cette éventualité, en effet, il est bien rarement question chez les femmes. Les mères redoutent d'avertir leurs filles, les sœurs aînées répugnent à faire des confidences à leurs sœurs cadettes, et les gouvernantes sont généralement muettes près de celles qui n'ont ni mère ni sœurs.

Chérie tenait les deux mains sur ses yeux pour en cacher les larmes, quand entra sa femme de chambre qui, ouvrant son lit pour le faire, regarda la fillette... avec un petit rire où il y avait à la fois de la gouaillerie et de la caresse. Ce rire énigmatique enleva tout d'un coup à Chérie sa peur. Puisqu'elle riait de ce sang, elle ! cette domestique dévouée, c'est que sa petite maîtresse n'était point en danger de mourir.

Et sans plus songer aux suites de ce qu'elle jugeait tout à l'heure si effrayant, sa pensée s'occupait uniquement à cacher ce sang, à ne pas laisser soupçonner qu'il vint d'elle, à empêcher toute divulgation de son état nouveau.

Des mois, plusieurs mois se passèrent et Chérie, tranquillisée, resta cependant assez longtemps un peu honteuse de cette perte de sang comme d'une infirmité, comme d'une souillure apportée à sa nette et propre humanité, comme d'une indignité ayant aux yeux de la jeune fille quelque chose de la déchéance dont la Bible frappe la femme en cet état.

## XL

Ils sont bien complexes, bien mélangés de choses contradictoires, les sentiments qu'amène dans l'existence féminine ce changement : le passage de la petite robe courte à la grande robe.

C'est ainsi que, à ce premier dégoût que la fillette éprouve d'elle-même, se mêle une satisfaction d'amour-propre, une espèce de gloriole intérieure venant de la mise sur le pied d'égalité de sa petite personne avec sa mère, avec une sœur aînée, avec de plus grandes qu'elle, — et parmi une gêne, jusqu'alors inconnue, qu'elle ressent en face de son père.

Il y a également chez la petite fille la jouissance profonde et intime « d'avoir quelque chose de particulier à cacher à ses amies », de posséder en soi du secret, du mystérieux, du non avouable qu'il faut dissimuler. Cela se passant au milieu de retours d'inquiétudes, de la persistance d'un certain trouble moral, d'un restant de peur de la mort, état bizarre où, dans l'éveil de la curiosité de Chérie, existait une continuelle occupation de sa pensée « de savoir pourquoi faire » cette perte de sang revenant tous les mois.

Poussée par une force instinctive dont elle n'a pas conscience, alors la fillette, vis-à-vis de ses petites camarades, joue à la grande fille, s'écarte de leurs poupées et de leurs amusements, se tient courbée sur un livre qu'elle fait semblant de lire, travaille à une tapisserie, et, sérieuse, réfléchie, immobilisée, affecte de faire œuvre de femme.

## XLI

Un des phénomènes psychiques les plus remarquables de cet état, c'est, chez la jeune fille en voie de formation, le soudain effarouchement lui venant maintenant de la présence, de l'approche d'une personne de l'autre sexe. Chez la femme naissante, à cette heure seulement, la pudeur féminine prend naissance dans un embarras, un trouble, un tourment, un petit effroi de l'homme charmants à étudier.

Elle a comme le tremblement émotionné et peureux de celui que demande, sollicite, appelle l'organisme nouveau de son corps.

Hier, les habitués de la maison, elle courait les embrasser, se frottant à eux avec ces familiarités du corps de l'enfance qui se donne de tout son cœur, et elle avait pour eux ces bons gros baisers inconscients du sexe où ils vont. Depuis la dernière visite, quelques mois à peine se sont passés, et tout est changé. On ne saute plus sur vos genoux. La fillette s'est retirée dans un coin, à l'écart, en une attitude fuyante comme dans un mouvement de retraite.

— Eh bien, qu'est-ce que tu as? Tu ne me dis rien?

On ne vous répond pas, on ne se rapproche pas, on reste lointaine et tout embarrassée.

— Oh! Oh!... qu'est-ce que ça veut dire?... Tu bouderais?

Le froid mot de « Monsieur » vient à la bouche de la petite, d'où le tutoiement, le gentil et caressant tutoiement des jours derniers, s'en est allé.

— Et tu ne m'embrasses pas ?

Enfin, la fillette se décide à venir à vous, mais c'est fini des bras jetés autour du cou dans le plein élan d'autrefois. Elle ne vous embrasse même plus. La petite demoiselle se présente de côté, vous tend de loin un bout de tempe : ce qu'une femme accorde de son visage au baiser de l'homme qui n'est ni son mari, ni son amant. Et vous n'avez l'explication du changement et de la transformation de votre petite amie que par un clignement d'œil de la mère, fait derrière la froide accolade.

Une autre particularité. Autrefois, un homme vieux ou jeune s'entretenait-il à voix basse à côte d'elle, la fillette n'y prenait pas garde. Aujourd'hui, elle est toujours dans l'anxiété de l'occupation que les messieurs peuvent avoir d'elle, et croit-elle que l'un d'eux parle de sa personne, elle pâlit, elle rougit. Et la voilà tout à coup qui se lève, qui quitte le salon, qui passe dans la pièce voisine où elle se tient coite. On la cherche, on la découvre, on lui demande ce qu'elle fait là, toute seule. Elle répond : Rien, — ce mot qu'elle dit pour la première fois, et qui va être l'impatientant monosyllabe qui reviendra dans toute son existence nerveuse. Il est besoin presque d'une espèce de violence pour la ramener au salon.

Quelquefois la jeune fille fait mieux : elle remonte dans sa chambre, se couche, faisant dire qu'elle est malade.

## XLII

Ça avait été avant, ce fut encore assez longtemps après le jour où elle devint une « grande demoiselle », ce fut chez Chérie un développement de sensibilité maladive tout à fait anormal.

Les moindres contrariétés causaient des peines immodérées à la jeune fille, comme si son être psychique était devenu d'une susceptibilité impossible. Elle ne pouvait même plus supporter la plus petite taquinerie de ce cher grand-papa, de sa nature pas mal taquin, et qui appelait maintenant sa petite-fille : « Mademoiselle la larme à l'œil et le crêpe au bras ! »

Il venait aussi à Chérie un goût de la solitude, de l'immobilité en un coin de chambre où elle aimait à se tenir parmi le demi-jour, plongée dans une rêvasserie vide et tout absorbée par ce doux et mol enroulement de la pensée des vierges pubères autour de l'inconnu de l'amour.

Enfin, au milieu de cette métamorphose morale, les amitiés de la fillette pour ses petites amies s'exaltaient et se fondaient en épanchements affectueux, en tendresses mouillées, en caresses aimantes prenant le caractère d'une passion.

## XLIII

L'année suivante, année où Chérie avait quatorze ans, l'intérêt de Paris allait tout entier à un roman-feuilleton, un roman qui racontait, dans un journal du soir, une libre histoire d'amour, une anecdote scandaleuse, dont les héros, aux noms à peine défigurés, étaient un homme et une femme que la jeune fille rencontrait dans le monde.

Chérie ne lisait pas les livres qu'on lui disait de ne pas lire, n'y jetait pas même un coup d'œil en cachette quand elle les trouvait traînant à sa portée ; mais autour de ce roman-feuilleton il se murmurait tant de choses, et la fillette surprenait, à son occasion, des clignements d'yeux si bizarres, des sourires si affriandeurs, des jeux de physionomie d'une telle nature, qu'elle se sentait prise d'une envie, d'une envie irrésistible de savoir un peu ce qu'il y avait dedans ; — et cela même, rien qu'à voir l'impatience fiévreuse avec laquelle le maréchal brisait l'enveloppe du journal et le dépliait pour s'assurer si le diabolique feuilleton n'était pas interrompu.

Cette vérification faite, le maréchal repliait soigneusement le journal dans ses plis, le déposait sur la table du salon en passant encore dessus la paume de ses deux mains dans un mouvement de fermeture et de cachetage, attendant la fin de la soirée, le moment d'être seul pour lire tout à son aise.

Une fois, deux fois, Chérie se leva de très bonne

heure, descendit dans les appartements de réception, poussée par un désir irrésistible de prendre connaissance de quelques lignes du feuilleton ; mais le salon était déjà fait, et le journal enlevé par les domestiques.

Une nuit elle se couchait et ne pouvait dormir. Elle avait, dans ses yeux fermés, absolument comme devant elle, le journal tel qu'il se trouvait plié au coin de la table du salon, et sur les grosses lettres de la moitié de son titre le rond de lumière du dessous de l'abat-jour de la grande lampe. Malgré les retournements de la jeune fille dans son lit pour ne plus le voir, le maudit journal semblait se faire plus réel sous le commencement de son titre plus lumineusement éclairé. Et l'obstinée vision amenait chez elle l'idée fixe de lire le feuilleton, ce soir-là. Tout à coup elle sautait au bas de son lit, puis, au bout de quelques minutes, se recouchait.

Elle n'arrivait pas cependant à s'endormir, tourmentée de la volonté de descendre au salon, mais combattue encore, dans sa tentation, par la peur de l'ombre de la nuit dans les escaliers et les immenses corridors du Ministère.

Toute peureuse qu'elle était demeurée, à la fin Chérie ne se sentait pas la force de résister ; elle jetait sur elle un peignoir et, une bougie allumée à la main, se hasardait hors de sa chambre, avançant avec des regards à tout moment retournés derrière elle, inquiète de l'écho de ses pas lui faisant croire à la poursuite de quelqu'un.

Chérie avait ouvert la porte de l'immense salon

qui, à la lueur de son petit bougeoir, lui paraissait être terriblement grand et avoir des profondeurs bien sombres.

Mais il était là, sur la table, le journal, l'imprimé tentant. Elle allait à lui, s'en emparait avec une main de voleuse, se mettait à le lire précipitamment. Tout à coup elle s'arrêtait, elle avait peur du silence du salon de l'hôtel. Elle reprenait le feuilleton tombé sur ses genoux, levant de temps en temps la tête dans un mouvement d'effroi qui lui faisait regarder les portes du salon comme si elles allaient s'ouvrir à un assassin.

Elle continuait à lire, un instant alarmée par le blanc reflet de son vêtement de linge dans la glace ténébreuse, un instant troublée par le volettement lourd contre les lambris d'un papillon de nuit, partagée entre l'intérêt du roman et les peurs de l'heure, et tout à la fois souriante et frissonnante.

Les derniers feuilletons que durait encore le roman, Chérie les lut tous, la nuit, dans le noir du grand salon du Ministère, sollicitée par une curiosité malsaine de vierge.

## XLIV

Au fond, le plus grand attrait de cette lecture nocturne de feuilletons fut la jouissance donnée par l'accomplissement d'une chose défendue et qu'accompagne toujours une certaine anxiété non sans charme, mais Chérie bien réellement n'avait rien ressenti du doux émoi intérieur qu'amène chez une fillette une lecture amoureuse.

Mon frère et moi nous le disons quelque part, le livre obscène, le livre érotique, n'ont aucune action sur la jeune fille française. Quand elle arrive à se perdre par la lecture, elle se perd par un livre sentimental, par un livre chastement romanesque. Il y a plus : l'amour comme elle l'entrevoit autour d'elle, l'amour reproduit dans sa réalité contemporaine réussit rarement à intéresser son cœur. Pour être remuée, touchée, attendrie, approchée de la tentation, il lui faut, dans le livre qu'elle tient entre ses mains, de l'amour qui se passe en des milieux autres que nos salons, de l'amour qui ait même un certain recul dans le passé, de l'amour traversé de malheurs, de péripéties, de fatalités, — de l'amour entouré d'accessoires qui en font une sorte de sentiment idéal et sans copie de ce qu'elle a sous les yeux.

Le livre où elle trouvait tout cela, c'était dans PAUL ET VIRGINIE qu'on lui permettait de lire, quelques mois après.

Ce gracieux et touchant amour des deux enfants commençant au berceau, ces courses par les bois, les deux têtes sous le même jupon bouffant, ce tendre emmêlement de leurs petites existences, et les fuites de Paul devant les grandes vagues au milieu des cris de l'effroi aimant de Virginie, et la soudaine réserve de Virginie à l'égard de Paul, que Chérie, lors de sa formation, se rappelait avoir éprouvée pour les petits garçons de son entourage, et la tendre ingénuité de la parole du jeune créole, et toutes ces fraîches et émouvantes scènes amoureuses entre ces cœurs primitifs, et cette prose enfin, infiltrée d'une jeune, d'une sincère, d'une pure passion, et qui fait du petit chef-d'œuvre un manuel d'amour pour les jeunes filles, produisaient, chez Chérie, un effet jusqu'alors inconnu par elle.

Elle lisait, du feu monté aux joues, le cœur lui battant plus vite qu'à l'ordinaire, et prenant tout à coup d'adorables airs de coupable quand on la surprenait dans la lecture, cependant autorisée, du livre de Bernardin de Saint-Pierre.

L'émotion intimement heureuse que la jeune fille éprouvait de la lecture de PAUL ET VIRGINIE, ainsi que d'autres livres honnêtement amoureux, pour la faire plus complète, plus intense, plus entrante avant dans tout son être, devinerait-on jamais ce qu'elle avait imaginé? Le livre qu'elle lisait, elle le trempait, elle le plongeait dans des eaux de senteur, et l'histoire d'amour arrivait à son imagination, à ses sens, par des pages toutes mouillées, tout humides de parfums liquéfiés.

Un jour même, que dans un roman passionné elle avait versé un flacon d'extrait de magnolia, la liseuse se trouvait mal au milieu de sa lecture.

## XLV

L'année précédente, le maréchal voulait prendre un congé de deux mois à l'automne, pour emmener Chérie dans la Meuse, lui faire prendre quelque temps l'air de la campagne; mais les complications politiques du moment et certaines appréhensions de guerre lui défendaient de s'absenter du Ministère. Cette année nouvelle pendant laquelle la situation s'était détendue, et où sa petite-fille continuait à se montrer maladive, fatiguée, nerveuse, le maréchal pouvait partir vers la mi-août pour le Muguet où de grands changements avaient été faits.

## XLVI

Depuis des années, à partir du jour où le maréchal avait été appelé au Ministère, on travaillait au Muguet.

Dans le principe, il s'agissait seulement de trouver, en ce grand bâtiment mal distribué, trois ou quatre petits appartements logeables pour les invités du maréchal, pendant le mois de septembre. Mais au moment de commencer les travaux, l'architecte persuadait sans peine au maréchal que la bâtisse, avec ses démolitions du commencement du siècle, et dans l'état ruineux où elle se trouvait, était vraiment indigne du parc qui la contenait, du parc connu à trente lieues à la ronde et que venaient tous les jours visiter les baigneurs des stations thermales des environs.

La seconde construction et le revêtement extérieur de l'abbaye ne remontant pas au delà de 1750, l'architecte assurait pouvoir très facilement convertir les bâtiments en un château, un vrai château, et sans qu'il en coutât des millions. A l'appui de son dire, l'architecte avait apporté au maréchal un très intelligent plan de remaniement, où les pilastres ioniens à fleurettes de l'architecture ecclésiastique du xviii° siècle s'assortissaient fort bien avec la nouvelle construction civile, où les arcades cintrées de l'ancien cloître, fermées par d'élégantes fenêtres, formaient une superbe galerie-serre, et où trois pavillons, décorant la façade aux treize fenêtres, donnaient au Muguet un caractère de château royal.

Lors de la présentation du plan, tout en l'acceptant en bloc, le maréchal s'était réservé de le modifier, de le réduire, de le simplifier, certains travaux devant être exécutés d'une façon moins décoratoire et à meilleur marché. Puis, au moment de l'exécution de ces travaux, le propriétaire se laissait toujours entraîner par l'architecte lui démontrant que le moindre changement au plan primitif tuait l'ensemble de sa restauration.

Le maréchal, dans ses courtes visites au Muguet, il faut l'avouer, avait été lui-même fasciné par le *renouveau* du bâtiment et par la belle tache blanche que la gracieuse architecture faisait dans le vert de ce parc bien-aimé auquel il envoyait de temps en temps, pour placer sous sa feuillée pourpre et panachée, un rhododendron de cinq cents francs.

C'est ainsi que le maréchal se laissa aller à la dépense fastueuse d'une cour d'honneur digne d'un petit Marly : une immense cour demi-circulaire fermée par une enceinte de balustres qu'entourait un fossé plein d'arbustes à fleurs. Elle était divisée sur les deux côtés en compartiments enfermés dans des margelles de pierre, aux petites allées cailloutées, aux plates-bandes gazonnées, du milieu desquels s'élevait un vase de marbre blanc. Dans ce décor dessiné par les élégants serpentements de la pierre, se contournaient, comme pièces du milieu, deux grands bassins-rocaille dont les jets d'eau allaient toute la nuit, mettant un bruit frais dans les insomnies du maréchal. Autour de l'hémicycle de la cour, en dedans de la balustrade à jour, étaient rangés les vieux orangers du roi Stanislas, des orangers pareils à ceux des Tuileries.

Cette cour présentait comme fond un perron de neuf immenses marches, où se voyait toujours couché le plus admirable chien de la terre, un épagneul anglais, un survivant de cette race orange et blanche possédée par un lord d'Écosse qui, par une clause de son testament, ordonnait que, le jour de sa mort, tous les chiens qu'il laissait vivants dans son château seraient empoisonnés. *Jamie* avait été donné au maréchal par le comte de Cardigan après la campagne de Crimée.

Luxueusement princière apparaissait cette cour d'honneur avec ses balustres, ses jets d'eau et ce perron où, sur la pierre ensoleillée, se tenait allongé ce beau grand chien à la paresse aristocratique.

## XLVII

Dans sa transformation le Muguet gardait un caractère, le caractère particulier des habitations où s'est écoulée la fin de l'existence des maréchaux de Napoléon Ier.

Le souvenir de la vie ambulante des camps y revivait dans un décor emprunté aux images de la guerre et aux réminiscences d'histoire romaine. Le soldat du second Empire gardait religieusement tout ce que le soldat du premier Empire avait mis et laissé dans ses foyers, d'ornementation militaire. Les grilles du parc, avec leurs piques entremêlées de haches de licteurs, avec leurs piliers de pierre surmontés d'une grenade enflammée, furent conservées telles que le colonel des lanciers de la garde les avait fait fabriquer. Quand on convertit le cloître en une galerie-serre, le maréchal ordonna de respecter une gigantesque croix de la Légion d'honneur mosaïquée dans le pavage et qui, sous les pas du visiteur pénétrant du vestibule dans l'intérieur de la maison, était le *cave canem* du logis glorieux.

Même en son ancien cabinet de travail, demeuré intact dans la partie du château non remaniée, le maréchal ne voulut pas qu'on renouvelât un vieux papier du temps de son père : un papier à bandes bleues et grises représentant très fidèlement le coutil d'une tente.

## XLVIII

Il faisait ce jour-là au Muguet une de ces chaleurs étouffantes comme il en fait dans certaines propriétés de la France situées dans un vallon en entonnoir, au fond de hautes collines.

Chérie, après le déjeuner, était remontée chez elle et, allongée sur sa chaise longue, dans la pénombre tiède de la chambre aux volets fermés, un doigt au milieu d'un livre qu'elle n'avait pas le courage de continuer à lire, indolemment somnolente, les yeux demi-clos, elle aspirait, avec de petits frémissements voluptueux des narines, l'odeur des orangers de la cour d'honneur jetant dans le moment des parfums entêtants.

De l'état vague et de la mollesse fade d'un assoupissement commençant dans le voisinage d'un bouquet trop odorant, Chérie se trouvait tout à coup tirée par une causerie sous sa fenêtre, une causerie de jeunes voix pouffantes de frais rires étouffés.

Chérie alla à la fenêtre et écouta, masquée par les persiennes.

Deux fillettes montées au haut d'une double échelle, un drap blanc sous elles, et chacune en main un petit panier d'école, travaillaient à la cueillette de la fleur d'oranger.

Les deux filles de la campagne, dont on sentait le corps libre et nu sous une camisole blanche et un court jupon, étaient penchées, presque couchées sur la rondeur des arbustes tondus, en un abandonnement amoureux des membres et avec des paresses lascives, laissant voir l'allumement de leurs yeux brillants dans l'ombre des *quissenotes :* cette cage de mousseline servant de coiffure sous le soleil aux Lorraines.

Dans la chaleur et l'odeur d'Orient de la journée, les deux fillettes, tout en épongeant la sueur de l'entre-deux de leurs seins, causaient en patois, — dans ce parler de caresse et de musique et de l'enfance d'un pays, — causaient de la douceur du premier baiser d'amour donné sur la bouche.

Chérie, étonnée de se rappeler si bien la langue de son enfance, resta à écouter tout le temps de la cueillette de l'oranger qui était sous sa fenêtre, laissant entrer dans sa chair ouverte le gazouillement sensuel des deux fillettes, mêlé et confondu avec le brûlant midi du jour, avec les défaillantes senteurs des orangers.

## XLIX

Le soir de la cueillette de la fleur d'oranger, le monde du château se trouvait réuni dans l'ancien cloître où, par les fenêtres toutes grandes ouvertes, commençait à entrer un peu de la fraîcheur de la nuit.

La galerie du cloître où l'on se tenait, et qui avait été convertie en une espèce de serre, était remplie de jeux de toute espèce, de tables couvertes de livres à images, de quantité de sièges divers en bambou et en canne garnis de pompons de laine rouge; au mur du fond se détachaient, de distance en distance, des appliques faites de pistolets d'arçon, dans le canon desquels étaient enfoncées des bougies.

Chérie, la tête renversée au fond d'une causeuse, les bras remontés contre la gorge, dans une jolie pose de paresse, tricotait en laine rose un béguin pour un enfant de pauvre, s'arrêtant de temps en temps, prenant de longs repos, pendant que ses regards allaient au loin devant elle, sans voir.

— Eh! mignonne, à quoi penses-tu?... au chapeau de Henri IV? fit le maréchal, en levant la tête de dessus une grande table devant laquelle il était assis, une plume à la main.

Chérie se leva, alla à son grand-père, sans répondre, l'embrassa par derrière en l'entourant de ses bras, qu'elle laissa un moment pendre sur sa poitrine, regardant distraitement, par-dessus son épaule, la feuille du papier qu'il avait devant lui.

— Eh bien! devines-tu, mignonne?... Je parie que non... Voyons, je vais t'aider... N'est-ce pas? au milieu, voici beaucoup de *N* mis dans un *O*... et tu sais que les *O* sont généralement ronds... Maintenant mon *O* est enfermé dans un grand *Q*... puis ce *Q* est placé entre un 7 et un 8... C'est cependant clair comme tout, mon rébus... et tu ne comprends pas encore petite bêtasse!... Tiens, le voilà.

Et le maréchal se mit à écrire au-dessous, de sa grosse écriture, avec une mauvaise plume crachant de l'encre :

*Les ennemis en auront dans le c... entre sept ou huit heures.*

En même temps le vieux soldat cria son rébus dans toute son énergie martiale.

Chérie s'était rassise, et le petit béguin tombé sur les genoux, toute rencognée de côté dans sa causeuse et recroquevillée sur elle-même, la jeune fille tripotait et pétrissait, entre des doigts remueurs, le manche d'un éventail en bois de violette dont elle respirait à chaque instant la senteur développée par la chaleur de ses mains. Puis elle entrait dans une immobilité complète, de temps en temps seulement allongeant à moitié les bras en de petits étirements nerveux.

Le maréchal s'était remis à la confection d'un second rébus militaire que le maladif curé, qui avait ce jour-là dîné au château, regardait, les deux mains à plat sur ses maigres cuisses, avec une figure béate.

— Monsieur le curé, aurons-nous de la pluie ces jours-ci?... Les arbres du parc en ont diantrement besoin! — dit le maréchal en barbouillant son dessin dans un mouvement d'impatience.

— Pour vous répondre, monsieur le maréchal, — reprit le curé — il aurait fallu que je fisse chanter mes jeunes filles ce matin... Oui ! c'est bien simple... Quand il y a de l'humidité dans l'air, les cordes vocales de mes jeunes filles sont toujours au-dessous de l'orgue... Quand il fait sec, elles ont une tendance à le dominer, à monter au-dessus...

Le secrétaire du maréchal, l'homme pour lequel Chérie avait eu, tout enfant, une passionnette, et qui, rentré en grâce auprès d'elle, était devenu son confident, finissait de gagner une partie d'écarté à un usinier des environs. Remarquant l'absorption de la jeune fille, il vint s'asseoir à côté d'elle, se mit à la plaisanter sur sa taciturnité, sur son air singulier. Chérie ne répondait pas, écoutait ironique, regardant son interlocuteur avec ce regard de sphinx de la femme, ce regard tout plein, à certaines heures, de choses énigmatiques qui ne se laissent pas lire.

— Quels yeux !... Dites donc, il doit y avoir de drôles de pensées derrière ces yeux-là !

— Oh ! je ne les dirai à personne ! s'écria la jeune fille dans un mouvement de refermement de tout son être.

— Et le thé ! sacredieu ! tu l'oublies ce soir, mignonne ! fit la voix du maréchal.

Quand tout le monde monta se coucher, en cette conduite provinciale qu'on se faisait au Muguet, les uns aux autres, dans les escaliers et les corridors du château, parmi les rires et les soufflements de bougeoirs que chacun portait en main, Chérie, arrivée devant sa chambre, donnait, pour le bonsoir, une main inerte à son vieil ami, en lui disant dans une moue d'enfant : — Je m'ennuie ! sur ce ton indéfinissable, sur cette note à la fois navrée et gamine que seules trouvent les demoiselles quand commence à parler chez elles la tendresse d'un cœur vide.

## L

— Ohé, mignonne !... arrive ici à l'ordre ! — criait, à quelques jours de là, le maréchal à sa petite-fille avec sa grosse voix tendre.

Il reprenait : — Sais-tu que tu as une fichue mine !... Serais-tu malade ?

— Non, grand-père... je ne suis pas en train, voilà tout.

— Mademoiselle, faut se purger ! — fit sur le ton d'un commandement militaire le maréchal dont toute la médecine consistait presque dans l'emploi de l'huile de ricin.

Chérie restait souffreteuse, avait, par les plus grandes chaleurs, un sentiment de froid qui la forçait, à de certains moments, de jeter un châle sur ses épaules.

— Ça ne peut pas durer comme ça, — dit, un après-midi, le maréchal. Qu'on m'aille chercher le père Taboureur.

Le père Taboureur, qui exerçait la médecine dans le village voisin, était un médecin improvisé par un décret de 1793, un jour où la République avait eu besoin, pour ses quatorze armées, d'une levée d'officiers de santé pris parmi les garçons de l'Hôtel-Dieu, et partout où elle découvrit des coupeurs de bras et de jambes de bonne volonté. Mais, fait extraordinaire, le père Taboureur, avec des études médicales dans les livres à peu près nulles, se trouvait être un *diagnostiqueur* de premier ordre et d'une telle sûreté de coup d'œil que les meilleurs médecins de Nancy et de Metz, quand ils rencontraient un cas embarrassant, s'adjoignaient l'officier de santé de la première République, qui n'était jamais plus lucide qu'*en plein vin*, comme il disait, c'est-à-dire légèrement ivre.

Un homme tout à fait spécial que ce vieillard de 90 ans pour lire, sur un visage, ce qui se passait dans l'intérieur d'un corps humain et voyant des choses imperceptibles échappant absolument à ses confrères. — Bon ! c'est une fracture du radius ! disait-il de la porte, en entrant chez un villageois, et la fracture de tel ou tel membre il la devinait à l'aspect du genre de contractions de la figure, devinant aussi bien, à certains signes extérieurs connus de lui seul, les maladies internes.

Resté tout à fait un paysan, les deux ou trois fois où il avait eu l'honneur de dîner à la table du maréchal, à chaque question qu'on lui adressait, il saluait, ayant, à la façon des gens de la campagne, gardé son chapeau sur la tête. Et l'original personnage était le père d'une fille qui avait ses quarante ans sonnés et à laquelle, pour un plat brûlé ou une lessive mal faite, il donnait le fouet comme à une petite fille de cinq ans.

Le père Taboureur arriva de suite.

Un vieillard vivace, aux membres desséchés et comme sarmenteux d'une antique vigne, aux yeux noirs et qui paraissaient encore plus noirs sous des cheveux tout blancs.

— Eh bien ! Elodie ? dit le maréchal en faisant sur une main le geste avec lequel on indique l'action de donner le fouet à un enfant. Y a-t-il longtemps?

— Dà ! elle est devenue tout à fait sage, monsieur le maréchal... et voilà trois mois... Ah ! ah !... c'est pour la demoiselle que vous m'avez appelé... Et son regard se projeta sur la malade, un regard où il y avait une fixité intense, et qui était un peu comme une lumière aiguë pénétrant en vous.

Puis le père Taboureur alla à elle, lui prit le poignet qu'il rejeta aussitôt, et dit en se tournant vers la fenêtre toute grande ouverte et par laquelle on voyait jusqu'à l'horizon, l'immense pelouse fauchée pour les regains :

— C'est de ça que mademoiselle est malade !

— Quoi, de ça ? — fit le maréchal.

— Dà ! de toute cette herbe fraîche coupée qui sèche au soleil... La demoiselle a la *fièvre des foins*... Ça vous surprend, vous les Parisiens, cette fièvre... bien sûr que ça ne doit pas pousser sur le pavé de Paris... Elle court tout de même aussi bien que la *fièvre des roses*, dans la saison... aux endroits où on en cultive beaucoup... Dà ! on est impressionnable... dà ! on est nerveuse autant que cela... dà ! il y a donc toujours, dans cette belle grande personne, la petite fille qui s'est mise en ribote... avec l'eau-de-vie camphrée de ses compresses.

## LI

Dans la dernière semaine de son séjour au Muguet le maréchal voulut donner à Chérie le plaisir d'une pêche aux écrevisses.

La pêche n'étant au fond que le prétexte d'une fête organisée par le grand-père pour célébrer la convalescence de sa petite-fille, le maréchal avait invité des voisins, convié un sous-préfet des environs, sa femme, sa jeune belle-sœur, et l'usinier dont la jolie épouse était devenue la société intime de la jeune fille, et encore d'autres femmes et d'autres hommes, parmi lesquels figurait le jeune homme du département cité pour ses équipages de chasse et ses conquêtes parmi les femmes de la magistrature.

Le rendez-vous était indiqué à une lieue du château, près de l'embouchure d'une petite rivière à l'eau courante, appelée le *Glouglou*, et dont les écrevisses jouissaient d'une grande renommée parmi les gourmets de la Meuse. Là, dans un pré touchant à la rivière et boisé de vieux saules, on devait dîner ou plutôt souper, tout en allant, entre chaque service, lever les balances.

Le monde du château et les invités trouvèrent, à leur arrivée, une table servie au milieu de la saulaie et entourée de hautes perches à chacune desquelles était fixée une torche résineuse qu'on alluma bientôt, la nuit venant à tomber.

Comme la rosée, déjà abondante, traversait de sa froide humidité la légère chaussure des femmes, le maréchal donna l'ordre d'allumer un grand feu où, pendant le repas, se levant de table, les dames et les demoiselles venaient, une seconde, tout debout, sécher les semelles mouillées de leurs bottines à la claire flambée, montrant, au bout de pantalons brodés, de jolis bas écossais, pendant qu'elles se soutenaient de leurs bras passés autour de la taille, dans des enlacements caressants et coquets, et avec des paroles rieuses à l'oreille.

On se met à table dans le grésillement des torches pendant que, des hauteurs au loin, tout au loin, et comme des quatre coins de l'horizon, montaient dans l'air des sonorités à peine perceptibles de trompes de chasse.

Les verres à champagne sont à tout moment remplis par les domestiques, l'organisateur de la fête ayant déclaré qu'il entendait bien que tout le monde eût sa *petite touche.*

— Eh bien ! les écrevisses, y va-t-on ? — dit tout à coup le maréchal sans montrer l'intention bien sérieuse de quitter la table.

On s'interroge des yeux et, des convives, il n'y a que Chérie et la jeune belle-sœur du sous-préfet qui abandonnent la table pour aller voir retirer les balances.

Le dîner s'anime de la gaîté bavarde, bruyante, surexcitée, des repas en plein air.

La femme du sous-préfet, une petite créature blondasse, aux cheveux coupés *à la chien* sur le front et qui a le type clownesque et fantasque des Anglaises qui servent des boissons américaines au buffet des expositions, commence, en provinciale exagérant le *chic* Metternich de l'heure d'alors, commence, légèrement ivre, à se livrer à des cascades, à parler la langue des Bouffes-Parisiens, au milieu de désespérés rappels à l'ordre de son mari, un mari slave, morose et inquiet, et qui apporte en cette partie de campagne un rien de l'effarement de Pierrot dans une pantomime accidentée de chausse-trapes.

Le retour de la jeune sœur, encore habillée d'une robe faite au couvent et dont le petit œil noir enveloppe sa grande sœur d'un regard d'agent de police, calme pour un moment la sous-préfète qui, le nez dans son verre, se remet à boire silencieusement du champagne.

Les trompes se rapprochent et, tout autour de la saulaie, mettent dans la nuit leur lointaine musique aux échos mourants.

— Qu'est-ce donc que ces fanfares ? interroge le maréchal en se tournant vers son domestique de confiance.

Le domestique désigne, d'un clignement d'œil, le voisin de la sous-préfète.

— C'est à vous, monsieur Othon, que ces dames doivent cette galanterie ?

Le jeune homme fait de la tête un signe d'acquiescement avec un regard de côté qui met aux pieds de sa voisine l'hommage de la musique de ses piqueurs.

Toute la table est à ces harmonies de rêve et qui semblent, dans la campagne noire et le vague des choses noyées, l'accompagnement d'une chasse fantastique, d'un *hallali* de minuit, quand la sous-préfète, qui s'agite depuis quelque temps sur sa chaise, se lève soudain ; et il jaillit de son corps de mauviette une formidable voix, une voix de contralto, qui met à Ninicne les intonations de bronze d'un *beuglant*, pendant que, sur le maigre torse de la chanteuse, court l'ébauche égrillarde d'un cancan.

Mais au milieu de sa chansonnette, la sous-préfète a perdu un cure-dent japonais que lui a donné M. Othon, et la voilà cherchant son cure-dent à quatre pattes dans l'herbe mouillée, avec des torsions de corps savantes mêlées à des grimaces de petite fille, et répétant, dans un accès de petite colère niaise : — Non, laissez-moi !... il faut que je le retrouve... C'est celui-là que je veux et pas un autre !

— Madeleine, allons, Madeleine... soupire le mari désolé, sans que sa femme daigne l'entendre.

Les femmes ont commencé à se lever de table ; aussitôt Madeleine les attire à une partie de main chaude où la tape est remplacée par un baiser chatouilleux, et où « celle qui l'est » doit deviner le nom du propriétaire des lèvres qui lui ont mis un frisson dans le creux de la main.

Toute tourbillonnante, Madeleine entraîne un peu après les hommes dans la ronde des jeux innocents, les forçant à prendre part à une de ces parties de cache-cache où les mains tâtonnent et où la reconnaissance des personnes se fait avec des doigts libertins; — et tout doucement, s'éloignant de la table, et peu à peu allant plus loin, toujours plus loin, elle emmène se cacher avec elle le jeune Othon, se serrant contre lui dans une terreur jouée des bêtes de la nuit, et s'échappant bientôt d'entre ses bras pour se faire rattraper, et traversant des clartés de lune avec l'échevèlement et la folie de corps d'une faunesse.

Toutefois, en ces échappades, la grande sœur est surveillée par la petite, qui, chaque fois que la situation se complique, arrive à propos et ramène son aînée dans le cercle de la lumière et de la société.

Alors la grande sœur, prenant une pose innocente, murmure un petit *turlututu* bête et mélancolique; après quoi elle se met à sautiller sur ses deux pieds ainsi qu'une chèvre dans une vigne, puis tout à coup échappe à sa surveillante.

En ces jeux, au milieu des lueurs vacillantes des torches balayées par la brise du soir, à tout moment passent de l'ombre dans la lumière et de la lumière dans l'ombre, passent courantes des silhouettes de femmes dont les robes d'été éclairent, une seconde, l'obscur paysage des claires couleurs de douces apparitions. Parmi les joueuses qui toutes sur la tête ont jeté un petit châle battant contre leur visage, la femme de l'usinier, une grande, longue et fluette jeune femme, à la taille mince sans rondeur, à la gorge presque plate, aux yeux noirs tout doux avec une bouche sentimentale où il y a comme la moue d'une petite fille, et répandant autour d'elle une légère odeur sauvage fondue en un parfum d'héliotrope, dans la rapide fuite de sa jupe rose à travers la nuit, apparaît comme un rose fantôme.

Cette femme cependant, le type physique de la chasteté, semble s'amuser du navrement comique des maris et sourire aux désirs qui attaquent dans l'ombre ses petites amies, et ressentir, au fond d'elle, une joie intérieure des naissants adultères qui la frôlent.

Le maréchal, un fort mauvais mentor de jeunes filles, se frotte les mains, répétant de temps en temps :

— Ça va bien, on s'amuse, sacredieu !

La partie de cache-cache continue toujours dans la nuit.

— Mais il commence à tomber une rosée de tous les diables ! s'écrie le maréchal. Si tout le monde venait prendre un verre de punch au château ?


Le départ s'exécute dans le désordre des parties de campagne très gaies, chacun grimpant au hasard dans la voiture la plus rapprochée.

La sous-préfète s'élance sans vergogne sur le marchepied du phaéton de son voisin de table. Elle a même la maladresse de manquer le marchepied et tombe dans les bras de M. Othon qui est obligé de la soulever dans sa voiture. Mais, en se retournant, la sous-préfète trouve, déjà installée derrière elle, sa petite sœur qui vient de faire monter Chérie à ses côtés, et rien ne peut donner l'idée du regard que la petite sœur lance à la grande.

Tout le temps du trajet au château, la tête penchée en avant et fouillant de son petit œil dur le côte à côte des deux amoureux, en s'efforçant d'en percevoir l'invisible, la pensionnaire de couvent, sans parler, indique à sa voisine, en les soulignant d'un coup de coude, les regards longs, les paroles au sourire humide éclairé sur un coin de bouche par la lanterne, les rapprochements tendres des deux corps, et tout ce qui se trahit du contact de deux désirs, emportés la nuit dans la même voiture ; — le coude grêle de la jeune fille, pris de colère par moments et témoignant, par ses coups répétés, comme de l'enragement jaloux de son être de n'avoir pas encore sa part dans cette partie d'amour.

## LII

Le maréchal et sa petite-fille ne revinrent du Muguet, cette année, qu'au commencement de décembre ; Chérie, très bien portante, était devenue une jeune fille ayant déjà de la jeune femme, et toute séduisante, en ses quinze ans, d'une hâtive maturité qu'elle devait au sang espagnol de sa mère.

A Paris, les salons commençaient à se rouvrir. Plusieurs brillantes réceptions avaient eu lieu, et Chérie, dès sa rentrée rue Saint-Dominique-Saint-Germain, tourmenta son grand-père pour aller dans le monde. Appuyée et soutenue par M<sup>me</sup> Tony-Freneuse, une amie intime du maréchal, et qui devait servir de chaperon à la jeune fille, Chérie obtint de faire sa première apparition dans la société parisienne, au bal du Sénat qui devait avoir lieu le 18 janvier de l'année prochaine.

## LIII

La chose avait été d'abord presque promise, puis remise à plus tard, puis enfin décidément accordée, et la voiture, qui menait la petite-fille du maréchal chez le grand couturier de Paris, était en train de dépasser le pont de la Concorde. « Oui, que les petites amies de Chérie se le disent, Chérie aurait à son premier bal une robe de Gentillat! » Et ce grand bonheur se trouvait être si émotionnant qu'il la faisait silencieuse pendant tout le trajet.

Il s'éveillait en même temps chez la jeune fille une curiosité un peu inquiète de l'endroit où elle allait, et que son imagination, d'après les *racontars* des unes et des autres, se figurait comme un endroit à la fois louche et attirant et d'où se répandaient dans la ville des ruines et des catastrophes. Elle apercevrait peut-être là aussi, de tout près, de ces femmes dont on se disait devant elles le nom tout bas à l'oreille, de ces femmes que Gentillat avait la spécialité d'habiller.

— Eh bien, à quoi penses-tu? Descends donc, nous y sommes! — jetait M<sup>me</sup> Tony-Freneuse à la jeune fille qui ne s'apercevait pas que le valet de pied venait d'ouvrir la portière.

La voiture s'était arrêtée rue Taitbout, tout près du

boulevard, un peu au-dessous de Tortoni, devant une de ces laides et plates maisons construites sous la Restauration, à la porte cochère presque plus large que haute, à l'escalier peint en marbre jaune et au bas duquel avait été établie une banquette pour les domestiques.

M⁽ᵐᵉ⁾ Tony-Freneuse et Chérie passaient devant les ateliers d'emballage tenant tout l'entresol et où l'on entrevoyait, par les portes grandes ouvertes, des ouvrières penchées en plein jour, sous la lumière du gaz, sur des amoncellements d'étoffes qu'elles remuaient à pleines brassées.

— M. Gentillat va venir, dit un élégant commis à M⁽ᵐᵉ⁾ Tony-Freneuse.

Un plafond noirci par la fumée du gaz, des boiseries en imitation d'ébène et aux filets d'or, des verdures du vert le plus triste et comme choisi exprès pour faire ressortir la fraîche gaieté des satins des jupes et des corsages : telle était la décoration du salon où se dressait, sur la cheminée, une garniture monumentale composée d'une statuette de Diane et de deux lampes artistiques coulées dans un métal blanc ayant l'éclat aveuglant de ce mur de couverts en alfénide exposés boulevard Montmartre. Entre ces tapisseries passées et vieillottes, parmi ces objets d'un art industriel au froid argentement des choses de pompes funèbres, dans ce milieu terne, éteint, atone, de jeunes femmes lasses, aux traits fanés et fripés, des femmes ayant en quelque sorte perdu à leur métier de porte-manteau l'animation humaine, des femmes gagnées par l'automatisme du mannequin, promenaient sur leur dos mort des robes, des robes toutes vivantes et toutes lumineuses.

Apparaissait en ce moment, dans le cadre de la porte du salon, une femme connue, une femme galante, tenant de loin au théâtre. Elle avançait dans un dandinement ennuyé, distribuait d'inattentives poignées de main aux commis, s'arrêtait brusquement, et les bras aux coudes tendus en avant et pesant des deux mains sur le manche de son ombrelle, elle jetait à Gentillat, dans l'intonation d'une voix d'affaire, d'un bout de la pièce à l'autre :

— J'ai besoin d'un costume... pour danser... oui, c'est forcé... il faut quelque chose de tout à fait bien.
— Là-dessus, tombant sur un canapé qui se trouvait à côté d'elle, elle ajoutait : — Vous savez, je suis fichue... faudra prochainement, mon bon Gentillat, que vous apportiez des fleurs sur ma tombe.

— Ah ! madame Tony-Freneuse ! laisse échapper Gentillat en allant à l'élégante femme avec les marques de considération extérieure que témoigne un fournisseur à une cliente dépensant chez lui, tous les ans, une trentaine de mille francs.

Tourmenté par de continuelles névralgies que lui donnent les senteurs, les odeurs, les parfums des grandes mondaines qu'il approche toute la journée pour les habiller, Gentillat, qui la plupart du temps ne dîne pas le soir, montre un teint rouge et fouetté sur des blancheurs d'anémie. Il est presque chauve, et la couronne de cheveux qui entoure son crâne lisse et ses favoris ont la légèreté du duvet d'un oiseau qui serait couleur gris de poussière. Habituellement vêtu d'un veston à large collet de velours ouvrant en cœur sur la poitrine, et dans lequel sont toujours piquées deux ou trois épingles pour les besoins du métier, il porte un col de chemise très rabattu, un monocle d'or.

Gentillat parle lentement, précieusement, d'une voix chantonnante et papelarde, pendant que ses mains, chargées de bagues, caressent et pelotent presque voluptueusement des morceaux de soieries se trouvant à leur portée.

— Mais, là-bas, faites donc voir cette jupe à Madame... C'est Gentillat qui hèle au passage une demoiselle-mannequin traversant le fond du salon — et, sur la femme qu'il fait volter, il exhibe sous tous les aspects cette jupe : un simple plissé en batiste écrue, cerclé de rubans de velours grenat, avec un bas de jupon en broderie à point, sur un ruché en andrinople.

Qui pourra rendre le ton avec lequel il dit, tout en passant des doigts amoureux sur la batiste :

— Il faudrait voir cela... au soleil... remuant?

— Eh ! l'autre, venez aussi ! crie-t-il à une deuxième demoiselle qui fait voyager sur ses épaules un manteau.

Gentillat est, ce jour, en veine d'esthétiser, et une main traînant dans des satins, tout le temps qu'il parle, il dit que c'est l'été, devant les fleurs, qu'il cherche la gamme des tons de ses toilettes, et il se plaint, avec des notes désolées, de rencontrer chez ses clientes une certaine résistance à accepter le jaune... — Le jaune, la plus triomphante de couleurs, n'est-ce pas? soupire-t-il, en s'adressant au peintre de la femme élégante qui se trouve là et dont il murmure le nom aux deux femmes.

— Le jaune, la couleur préférée de l'Orient, répond l'artiste, vous aurez bien du mal à l'introduire dans la toilette de la femme occidentale.... et, cependant, au XVIII<sup>e</sup> siècle, la nuance *citron amorti* a été un moment fort à la mode.

— Justement, — s'exclame Gentillat, en se tournant vers son premier commis, un joli garçon, portant les cheveux coupés sur le front *à la York*, — justement, il n'y a pas plus de huit jours, M. Cyprien, qui est en train de réunir une collection de livres relatifs à la mode, m'a apporté un petit volume où, dans une description d'un tableau de Vanloo, Agar, vous savez, la femme d'Abraham, porte un corset de cette tonalité. Mais je me laisse aller à causer. Madame vient...

— Monsieur Gentillat, je viens pour obtenir de vous... mais là, tout à fait, un petit chef-d'œuvre... Vous êtes coutumier du fait, n'est-ce pas?... M<sup>lle</sup> Haudancourt, la fille du Ministre de la Guerre... va au bal du Sénat du 15... C'est son premier bal... elle aurait besoin d'une toilette où se lise votre signature.

Gentillat tombait dans une pose méditative, un coude dans une main, le menton dans l'autre, tout en regardant Chérie dont il étudiait, d'un air sévère, le galbe.

L'examen dura assez longtemps ; au bout de quoi, le couturier, comme sous l'inspiration du dieu du goût, jeta en phrases coupées :

— Toilette entièrement en tulle... pour une jeune fille il n'y a que le tulle... Corsage plissé avec quatre rangs de tuyauté autour du décolletage... oui, au bord de la peau, quelque chose qui ressemble à du cygne... Pour la jupe, derrière, pans de *peplum*, en satin blanc avec deux glands... deux petits glands comme des œufs de pigeon... Maintenant, sur l'épaule, un bouquet de myosotis et de violettes... c'est comme cela que je vois Mademoiselle.

## LIV

Des jours très pris, très occupés, les jours qui suivaient, des jours donnés à l'essayement de la fameuse robe, à des séances de deux heures au bout desquelles le cœur était au moment de manquer à Chérie qui rentrait à l'hôtel de la Guerre, légèrement migrainée, et attendait le dîner allongée sur une chaise longue.

D'abord, une séance en tête à tête avec la *corsagère* seule. Elle entre, tenant un de ces morceaux de grosse toile dont les tailleurs se servent pour le matelassement de leurs habits, et la voici coupant et épinglant sur le corps de la fillette cette toile dans laquelle elle enferme les contours vivants de cette jeune poitrine, de ces épaules, de ce dos : ce qu'elle fait avec une exactitude dans laquelle elle semble se complaire amoureusement, si bien que lorsqu'elle a fini, dans ce rêche chiffon tenu par des épingles, elle emporte véritablement un moule parfait du torse.

Succèdent les séances où l'on a affaire simultanément à la *corsagère*, à la *jupière*, chargée des relevés de la jupe et des détails de la traine, à la demoiselle spéciale pour le montage de la jupe qui ne regarde pas la *jupière*, enfin à la demoiselle aux épingles.

Le corsage est apporté tout couturé, couturé et baleiné, mais seulement bâti au-dessous des bras et à l'épaule; et aussitôt qu'il se trouve en place : crac, crac, c'est la corsagère qui défait violemment le *bâti*; crac, crac, qui casse le fil à petits coups de doigts colères, puis rassemble les morceaux disjoints et les fait se toucher étroitement, sans boursouflure ni godage, les réépinglant avec une application attentive dans laquelle s'apaise et se tranquillise sa vivacité brouillonne de tout à l'heure.

Arrive le tour de la *jupière* pour draper la jupe sur un dessous de soie et qui, tout le temps aux pieds de la femme qu'elle habille, se trainant par terre sur une main et sur une hanche, tourne, tourne indéfiniment à l'effet de déterminer la rondeur de la jupe, *entournant* presque la cliente de son éternel tournoyement de cul-de-jatte.

Peut-être est-ce dans les modes, ce produit exclusif du goût et des doigts parisiens, que seulement subsiste encore à Paris l'amour-propre de l'ouvrier, ce sentiment, hélas! s'en allant tous les jours, ce sentiment noblement orgueilleux qui, dans notre industrie d'autrefois, apportait un peu de l'ambition de l'artiste, ne visait pas seulement au salaire et s'efforçait, en la confection des *jolités* inférieures, de s'approcher de la perfection, d'y faire acte de maîtrise. Eh! bien, à l'heure présente, dans ces ateliers de modiste masculin, chez ce petit monde ouvrier de femmes aux légères mains associées aux imaginations du patron, c'est là maintenant qu'il faut chercher la fiévreuse émulation du petit chef-d'œuvre. Réussir une toilette, façonner une délicate chose ayant presque les qualités d'un objet d'art, voilà qui les pousse à travailler à l'envi, et sans jamais se lasser et se rebuter, surtout quand la femme est, comme Chérie, jeune, jolie, élégante, et qu'elle n'a pas la *taille de couturière*, et qu'on la trouve « tout faite » ainsi qu'il se dit en ces endroits pour exprimer qu'elle est divinement bien faite.

La robe semblait finie, terminée, quand Gentillet faisait son entrée dans le petit salon. De la porte, presque à la distance d'où l'on regarde un tableau pour en juger l'effet général, pendant quelques secondes le couturier enveloppait la robe d'un regard impassible où rien ne se laissait lire, puis après un silence à la Napoléon s'écriait : — Non, ce n'est pas cela ! et de ses doigts prestes, en un clin d'œil, une pince faite au-dessus de l'entre-deux des seins, une pince faite près de l'aisselle, sans diminuer le décolletage, et rien qu'en en modifiant l'ondulation, le serpentement, il le changeait absolument, rendait la toilette toute virginale.

Et, encore du farfouillement de ses doigts, pendant un instant, dans le tulle de l'épaulette, dans l'aérien tissu ne cachant rien, ne voilant rien, ne masquant rien, de cette épaulette ainsi reprise et qui n'en était pas une cependant, il entourait l'aisselle d'un enveloppement pudique, de quelque chose comme la tombée ombreuse d'une blanche aile d'oiseau qui pendrait au-dessus de la mousse d'un nid.

Puis sur l'assemblage des devants, des petits côtés, du dos, qu'on aurait cru parfait, définitif, les deux pouces de Gentillat se promènent à plat de chaque côté des coutures, les soudant petit à petit, ne laissant entre elles que la suture invisible existant parmi des morceaux de papier collés bout à bout, — et il réépingle, réépingle, réépingle.

Un travail de juxtaposition sur les rondeurs et les rentrants de ce corps, comparable à l'affinement d'un contour, laborieusement cherché par un sculpteur dans sa glaise, et dont il se recule de temps en temps et à laquelle il revient, toujours resserrant et amenuisant la ligne, sous un placage, sous une adhérence de l'étoffe qui semble impossible.

Les doigts, les doigts de ce diable d'homme, on ne peut vraiment exprimer ce dont ils étaient capables, et le merveilleux chiffonnage qu'ils mettaient soudainement dans une étoffe touchée par eux, et la magique vision qu'ils vous donnaient un instant d'un brimborion de toilette, vous apparaissant comme arrêté, comme cousu, et qui s'en allait en un flot lâche d'étoffe, quand ils se desserraient, ces doigts! C'est ainsi qu'au dernier moment, ne se trouvant pas encore satisfait de la forme de l'épaulette, dans une poignée de tulle plaquée d'une seule main sur l'épaule de Chérie, le couturier laissait entrevoir, parmi le jour de ses doigts, ce tulle miraculeusement froncé, dessiner et le bouillonné, et le petit biais, et la ruche de la plus gracieuse et de la plus chaste épaulette de robe de jeune fille.

Tandis que l'illustre Gentillat donnait la dernière main à la création de cette robe, qui était la curiosité, l'occupation, l'entretien de l'atelier, de temps en temps la porte du petit salon s'entrebâillait, et par la porte arrivait, dans une intonation chatte, cette demande à tour de rôle de chacune des demoiselles :

— Veut-on me permettre de voir un peu ?

## LV

Le soir où Chérie devait faire ses débuts dans le monde, le maréchal qui avait invité ce jour à sa table quatre ou cinq vieux compagnons d'armes priait sa petite-fille de s'habiller avant le dîner, tout fier de la montrer à ses convives.

La jeune fille, légèrement en retard par les soins donnés à sa toilette, descendait dans les appartements de réception, la pensée seulement occupée de la contrariété de son grand-père et sans un sentiment bien conscient de son décolletage, de l'exhibition de ses épaules et d'un peu du joli néant de sa gorge naissante.

Des regards que, dans la salle à manger, elle surprenait errants sur sa poitrine, la jetaient tout à coup dans un embarras pudique de sa nudité, et elle passait le restant du dîner à remonter à toute minute, avec une insistance presque comique, les épaulettes de sa robe.

Il y avait surtout ce vieux galantin de Fremichamp qui, assis de l'autre côté de la table, son monocle encastré dans l'orbite droit, ne la quittait pas de l'œil et, de temps en temps, avec une inflexion protectrice de la tête, jointe à un sourire, adressait à ses charmes un compliment prometteur pour l'avenir. Sous la fixité de ce regard persécuteur, Chérie entrait dans une rage sourde, disait à l'homme, tout bas, toutes les sottises imaginables, aurait été heureuse de pouvoir le battre.

Bientôt, dans le petit salon où l'on prenait le café et où la jeune fille se trouvait seule de femme au milieu de six hommes, dans l'intime rapprochement de l'étroit local, elle éprouvait une telle gêne de la montre de sa chair nue que, sous le prétexte du bois qui ne brûlait pas ce soir-là, elle jetait un petit châle de soie sur ses épaules.

Arrivée au Sénat où la chaperonnait M$^{me}$ Tony-Freneuse, le mouvement de honte ressenti à l'hôtel du Ministère se dissipait tout à fait dans l'enrégimentement de Chérie au milieu d'une population de jeunes femmes et de jeunes filles décolletées et, un moment, dans l'émotion fiévreuse du plaisir, elle appartenait tout entière à l'éblouissement du premier bal.

Alors, machinalement, ses yeux tombaient sur ses bras qu'elle avait toujours vus habillés, recouverts, — et nus, elle les voyait longs, longs, longs, si longs qu'ils lui paraissaient disgracieux. Il lui semblait même, chose tout à fait extraordinaire, il lui semblait que son éventail, quand elle s'éventait, se trouvait beaucoup plus loin de son visage qu'à l'ordinaire.

Un moment elle était distraite de sa préoccupation par la demande d'une contredanse qu'elle refusait, elle n'aurait su dire trop pourquoi... Puis, presque tout de suite, ses yeux revenaient obstinément à ses bras qu'elle cherchait à dissimuler, à placer le moins en vue qu'il était possible, leur inventant d'ingénieux raccourcis, — et persécutée, toute la soirée, par la désolante optique sous laquelle elle apercevait son décolletage.

## LVI

Je ne sais pas qui a dit : « L'amour est un épisode dans la vie de l'homme, il est l'histoire de la vie des femmes. »

En effet, la nature exige de la femme qu'elle aime continuellement, et l'on peut assurer qu'il n'existe pas une créature féminine dont les tendresses, ouvertes ou cachées, n'aillent pas, tout le temps de son existence, à un être de l'autre sexe, tout rapproché d'elle ou lointain. Son cœur, on ne le trouverait jamais vide d'amour, et celle qui n'a pas de mari ou d'amant, ou qui en manque dans le moment, ou même qui n'est pas assez grande pour en avoir, a toujours un amoureux, un amoureux tout au moins cérébral.

L'amour, vous le rencontrez chez la petite fille, chez la fillette, chez la vraie femme, sous trois formes, trois manifestations, trois aspects différents. Passionnette chez la petite fille, amourette chez la fillette, c'est, chez la vraie femme, l'amour : l'amour de la tête et du cœur, généralement complété par la satisfaction des sens.

Amourette, voici bien le nom de l'amour chez la jeune fille de quinze ans, et avec tout ce que l'amourette a de frais, d'ingénu et d'angéliquement coquin. Il ne se trouve que cela dans la cervelle de la fillette, et la pensée de la plus pure, de la plus chaste, n'est occupée que de cela, rien que de cela. Vous croyez qu'elle pense à la chose dont ses doigts s'amusent, et elle songe uniquement à un retournement de tête d'un agréable jeune homme arrivé hier sur son passage, à une *lorgnerie* admirative de sa petite personne, aux Champs-Élysées, la semaine dernière ; car, au milieu des fleurs des jardins publics, dans l'ombre des bois des environs de Paris, en pleine nature, qu'elle fait si bien semblant de goûter, elle ne sent, ne perçoit, ne regarde rien, — elle est seulement en quête d'amoureux « bien de figure ».

D'ordinaire, la jeune fille se montre sensible, *prenable* à l'admiration de l'inconnu, de l'homme qui passe, du promeneur qu'elle ne reverra peut-être jamais, séduite par le romanesque de cet imprévu et électrique échange de sentiment amené par le hasard. Des amourettes, bien entendu, où n'arrive rien, où l'on ne se parle même pas, où l'on s'entrevoit à des intervalles de temps infinis, mais intéressant son imagination, son cœur qui a besoin de battre, de battre à vide.

Une curiosité psychologique, ces amourettes, — ces amourettes de rencontre et les autres, celles que les amitiés et les relations des parents rendent un peu plus intimes, — toutes n'ont rien de profondément aimant; les abandons et les retours, les enterrements et les résurrections s'y succèdent; presque jamais l'envie du mariage ne s'associe étroitement à l'idée de la préférence. L'amoureuse n'est pas même parfaitement certaine de celui qu'elle croit uniquement la remplir. On dirait qu'il y a encore de l'enfant chez elle, et qu'elle fait *joujou* avec le sentiment, plus désireuse d'amouracher que d'être aimée.

A cette heure de la femme, bien plutôt que de la sérieuse tendresse c'est en elle, en quelque sorte, une rage d'innocente coquetterie générale, un état de papillonnage platonique tout à fait singulier, et qui étonnent parfois la volage jeune fille, grondant *la folie de son petit cœur*, sans le pouvoir rendre raisonnable.

Et ce travail de se faire, à l'aide de grâces et de petites rouéries charmantes, une cour d'adorateurs de tous les jolis garçons de leur entour, ce travail dure parmi les fillettes jusqu'à leur prise de possession par un véritable amour.

Maintenant, chez les Parisiennes de quinze à dix-sept ans, l'amourette et le bal allant généralement ensemble, ces deux choses se confondent de telle façon que, pendant au moins deux ans, pour les jeunes filles de cet âge, l'humanité est uniquement représentée à leurs yeux par des danseurs qu'elles ont le privilège de voir perpétuellement idéalisés dans les figures d'un *cotillon* céleste, et en faveur desquels, s'ils viennent à mourir, elles redeviennent seulement un rien *pratiquantes*, et songent à dire une neuvaine.

Un petit agenda portant pour titre : CAHIER DE PROBLÈMES et où, en pleine mathématique, un journal intime écrit au crayon à contresens de l'écriture des devoirs, un journal des plus riches en points d'exclamation, en phrases raturées, en lignes de points sous lesquels se dissimulent des pensées qui rougissent pudiquement de se formuler, et encore semé, à travers les pages, de violettes, de folioles de roses, de brins de réséda desséchés, de tout un herbier de gentils souvenirs, va nous donner presque une année entière de cet état d'âme amoureux de Chérie.

*Mai* 18... — Je suis heureuse ! De quoi ? je n'en sais rien ; je crois que c'est d'être jeune et jolie.

13 *juin*. — Enfin, nous voilà installés depuis ce matin dans une grande propriété, à Saint-Cloud ; quand je dis Saint-Cloud, c'est en face, à Boulogne, sur le bord de la Seine, boulevard de l'Empereur. Grand-papa est retenu par les affaires. On n'ira pas au Muguet cette année, et comme cela il sera plus à portée des conseils pendant le séjour de l'Empereur ici. Grand-papa m'a promis que, tous les dimanches, il y aurait à la maison un dîner, et que l'on danserait

au piano après... Je le décide ce soir à faire un tour dans le parc ; je rencontre un de mes danseurs du Sénat, il a salué, s'est retourné plusieurs fois. Mon mal de tête persiste. Je m'ondule et me couche. Bonsoir.

*Jeudi.* — Fifi, on avait oublié de le rentrer, et ce matin, sa cage était brisée à terre. Grand chagrin. Enfin, il est dans les environs. Nous l'avons vu et entendu chanter. Quant à la serine, on n'en a pas de nouvelles.

*Dimanche.* — Vite, vite, il est temps de se lever, la grand'messe est à dix heures... Je suis mécontente, j'ai eu des distractions tout le temps, ce n'était pas cependant la faute des jeunes gens. Il n'y en avait qu'un, et encore, mon Dieu ! quelle tête ! Après déjeuner, j'ai étudié mon piano... J'ai dîné seule et j'ai été faire un tour avec mon institutrice, mais elle a choisi des endroits solitaires où nous n'avons pas rencontré un chat. Je ne puis dormir. Lisons donc alors. Je commence la BELLE DRAPIÈRE, d'Élie Berthet. Voilà grand-papa qui revient de chez l'Empereur, j'éteins la lumière.

*Mercredi.* — On a fait de la musique hier. C'est drôle, le lendemain de ces jours-là, je n'ai de goût à rien de ce qu'on veut que je fasse, et le train-train de la maison m'ennuie.

*Samedi.* — J'ai été à Paris me faire arracher une vilaine dent de lait. C'est ridicule à mon âge... En chemin de fer j'ai été beaucoup regardée.

*Dimanche.* — Cette grande folle de Dangirard est entrée dans ma chambre en tenant une lettre de

Lucie Preaudeau, et m'a dit : «Sais-tu, Chérie, que tu as un nouvel adorateur ? Devine un peu. Il est épris, dit-il, d'une adorable brunette qui l'a décoré au cotillon, et il garde précieusement la décoration. Ce doit être de Joyenvalle. »

*Dimanche*, 28. — Le petit Julien m'a confirmé ce que Germaine Dangirard m'a dit; comme je lui en parlais sans dire, bien entendu, le nom de la personne aimée, il nous a raconté qu'il l'entendait souvent chanter, en cour, une romance dans laquelle son portrait est tracé ; il y a dans le portrait : « Des lèvres qui appellent les baisers. » Oh ! oh ! voilà du romanesque !...

On a reconduit ce soir les dîneurs au chemin de fer. J'avais mon imperméable et le capuchon, je me suis aperçue qu'il m'allait très bien, car... A quoi bon en parler ? à quoi cela me sert-il ?

*Lundi, 6 juillet*. — Est-ce bien vrai qu'il aurait dit cela ? Quand j'y pense, je ne puis m'empêcher de sangloter. Oh ! mon Dieu ! est-ce bien possible ?

*Dimanche*, 12 *juillet*. — Après dîner, tout le monde a été faire un tour au parc. Il y avait beaucoup de monde, mais peu de jeunes gens, quoique tous très bien ; il y en a surtout un qui ne m'a pas quittée du regard tout le temps que nous nous sommes promenés... Enfin, aujourd'hui, je me suis amusée ; à quoi bon dire pourquoi ? Je me comprends et personne ne me lira !

*Dimanche*, 19 *juillet*. — Décidément, c'est amusant cette promenade du parc ! Oh ! quels yeux ! des yeux !

*Dimanche, 26 juillet.* — J'ai joué aux danseurs une polka pour laquelle j'ai reçu des compliments, et j'ai dansé moi-même une valse avec M. Henry. J'étais à côté de lui en le reconduisant, et cela m'ennuyait de marcher seule ; j'ai prétexté la fatigue. Il m'a offert son bras. J'avais très chaud et, sur le pont, il m'a croisé mon châle sur la poitrine, craignant que je n'attrapasse froid, puis, voulant voir si j'avais encore chaud, il m'a passé la main autour de la taille et sur le cou. Ça m'a fait tressaillir. Aurai-je jamais un mari si prévenant ? Il a agi comme s'il avait été mon papa ou encore mieux ma maman. Drôle de petit homme !

*Lundi, 27 juillet.* — Je ne sais ce que j'ai, mais je suis triste ; je crois décidément que je suis... (le mot, aussitôt écrit, avait été une première fois rayé d'un coup de crayon bien noir) ; mais de qui ? de quoi ? C'est là la question. Est-ce du Conseil d'État ou de l'École polytechnique ? il est vraiment amusant d'être amoureuse de trois cents jeunes gens. Quelle bêtise !

*Lundi, 1ᵉʳ septembre.* — Que je suis donc paresseuse. Voilà bien que je t'abandonne, cher journal ; cependant, depuis juillet, il s'est passé bien des choses... et je me suis aperçue que je n'ai pas enlaidi, car, lui, il m'a joliment regardée et faisait bien attention à tout ce que je disais. Voyons, comptons ; il y en a au moins trois qui me trouvent à leur goût. Et Portelette, donc, j'allais l'oublier ! Qu'il soit amoureux de moi tant qu'il voudra, pour moi je ne peux pas le sentir. Dieu, qu'il est commun ! Or j'aimerais mieux un homme distingué, laid comme les sept péchés capitaux, qu'un homme commun. Pouah ! quelle horreur ! Je ne puis dire comme cela me répugne.

*Samedi, septembre.* — On me dit que Léon Cochemer, le fils du directeur du cours de la Ferme-des-Mathurins, a fait de vilaines choses. Je me rappelle que, quand nous étions à faire nos devoirs chez son père, et qu'on savait que M. Léon était là, il y en avait qui demandaient à aller au cabinet pour le voir. Petit garçon, il avait une très jolie figure.

*Jeudi, fin septembre.* — Comme le temps passe vite ! Quand nous sommes arrivés ici, tout était si vert... Ce à quoi nous pensons souvent arrive : M. Henry se marie... Pourrai-je relire sans rire mon journal du 26 juillet ? Ce qu'il y a de sûr, c'est qu'il était très ému, et un peu tout le monde, et moi je n'ai pas fait exception à la règle. Au dire de M<sup>me</sup> Tony-Freneuse, quoiqu'il y ait très peu de temps qu'ils se connaissent, M. Henry est très épris de sa fiancée. « Elle est, dit-il, fort gentille, a le teint très blanc, et le vert lui va à ravir. » Il était tout drôle, et lui, si facilement familier, était devenu tout à fait timide. Il n'osait pas s'approcher ; il a fallu lui dire de venir s'asseoir à côté de moi, et encore l'a-t-il fait d'un air embarrassé. Enfin, en partant, il n'osait presque pas me donner la main. A propos de quoi je lui ai dit en plaisantant que c'était bien, qu'il ne voulait rien dérober à sa fiancée... Tout ce que je viens d'écrire est d'hier, aujourd'hui il n'y a rien eu d'intéressant.

*Lundi, 3 octobre.* — Je me suis trouvée aujourd'hui nez à nez avec le *Ciel-bleu*. Au fait, je le cite ici comme une vieille connaissance, et j'oublie que je n'ai pas encore prononcé son nom dans ces pages. Eh bien ! celui que j'appelle le « *Ciel-bleu* » est un jeune homme qui habite la propriété à côté de nous et qui fait l'angle de la rue de la Mairie. Il est de moyenne taille, brun plutôt que châtain, avec de grands yeux bleus et une moustache naissant. Il a, par exemple, le nez un peu long. Il possède un joli bateau amarré à la berge. Quand il est sur la Seine, sans avoir l'air d'y toucher, il me regarde sous sa voile ; quand il est chez lui et que je passe devant sa maison, il se met aussitôt à jouer du piano toutes les fenêtres ouvertes.

*9 octobre.* — Depuis le 3, le *Ciel-Bleu* passe une partie de la journée devant la maison. Il a arboré mes couleurs à son pavillon.

*Samedi, octobre.* — Je crois qu'il est parti. Tout est fermé chez lui. Cependant une fenêtre est restée ouverte avec une chaise au-dessous, où est posée une paire de rames. Son bateau est toujours à sa place, et au haut du mât est placée une petite plume comme pour me dire : « Je ne suis pas encore parti. »

*Lundi,* 17. — Il n'est pas parti encore. Vers quatre heures, comme je travaillais à la fenêtre, il revenait à cheval et s'est arrêté pour caresser son cheval qui s'est mis à se cabrer en faisant des courbettes.

*Jeudi,* 22. — Je passais devant sa maison quand mon institutrice, sous un prétexte, m'a fait presser le pas, mais il est accouru à la grille et n'en est parti que quand il ne pouvait plus m'apercevoir.

*Fin novembre.* — J'ai retrouvé, rue du Faubourg-Saint-Honoré, M. L. qui a été on ne peut plus aimable ; je devrais dire quelque chose de plus qu'aimable. J'ai bien souvent rencontré ses regards. On a un peu dansé. Après avoir invité la fille de la maîtresse de la maison, il est venu immédiatement à moi et, comme on allait jouer une valse, il a demandé un quadrille parce que cela dure plus longtemps... Je me sens assez de dispositions à l'aimer, oui, que trop... mais non, je tâcherai de vaincre ce sentiment; cependant j'aimerais assez me marier avec lui. Il est si beau! Ses yeux, quand il vous parle, sont si expressifs! Mais non, je ne veux plus y penser.

*Vers le 10 décembre.* — Je l'ai revu et c'est tout dire ; ses yeux me fascinent, ils sont si beaux !

*21 décembre.* — Il y était ce soir. J'ai dansé plusieurs fois avec lui. Puis on a joué aux jeux d'esprit. Les cavaliers se sont mis entre les dames. Il m'a offert un fauteuil que j'ai pris. Il y avait une place à côté de moi. Il est resté debout tenant le dossier de ma chaise et me regardant. Il attendait un regard qui lui dise : « Mettez-vous-là. » Mais j'ai eu la force de me retenir. On a donc joué aux gages. Quand on a tiré le mien et qu'on m'a dit : A qui donnez-vous ça (un baiser) ? j'ai répondu : à Mᵐᵉ Tony-Freneuse. Et à qui donnez-vous ça (une chiquenaude) ? J'ai répondu : A Emmeline Lauverjat. Puis, l'interrogatoire fini, je me retourne et je le vois, le lorgnon dans l'œil, me regarder d'un air qui semblait me dire : « Petite malicieuse, vous me payerez cela ! » Au second tour, m'étant placée sur le canapé, il a approché sa chaise tout près de moi et alors nous nous touchions presque.

*Vendredi, 24 décembre.* — Il est venu hier et m'a invitée pour le cotillon, mais trop tard, hélas ! Je le lui ai reproché à un *lancier*, et comme, à la fin de la soirée, il n'avait pas de danseuse pour ce susdit cotillon, je lui ai procuré Blanche Champromain. Il m'a mis mon écharpe sur la tête, et dans ses yeux j'ai cru voir qu'il pensait à un b....r.

Moi j'y ai pensé aussi !

*Le dernier dimanche de décembre.* — Aujourd'hui, j'ai été aux Champs-Élysées et j'ai rencontré le *Ciel-Bleu* qui s'est enhardi à me saluer... Rosalie m'a avoué qu'elle apprenait à tricoter près de M<sup>lle</sup> de Montmélian parce que son frère, qui avait envie de la demander en mariage, voulait s'assurer qu'elle ne sentait pas mauvais de la bouche. . . . . .

Quelle désolation ! Je ne retournerai peut-être pas rue du Faubourg-Saint-Honoré ! Grand-papa ne voit pas avec plaisir que je me trouve trop souvent avec les mêmes jeunes gens... Je n'entends sur son compte que des compliments, et mon oreille écoute avec plaisir toutes ces louanges.

*Dimanche, 3 janvier.* — Il a dansé le cotillon avec moi et m'a donné son bouquet. Tous les autres cavaliers ont donné deux bouquets, mais lui n'en a donné qu'un, et à moi ; aussi je l'ai décoré avec ma couleur favorite : le bleu. Aux *barrières*, j'ai pris une fois un ruban, lui aussi. Puis je suis retournée à ma place, et aussitôt il est revenu immédiatement à mes côtés.

*Jeudi*, 7. — Si vous saviez, mademoiselle, me disait Charles Masselot, l'École est dans le désespoir ! — Mais, mon Dieu ! pourquoi ? — Mais on dit qu'il n'y aura pas de bal cette année à l'École polytechnique, et, par conséquent, nous ne vous verrons pas. — Mais s'il n'y en a pas à l'École, il y en aura bien un aux Tuileries. — Ce n'est pas la même chose ; aux Tuileries nous n'y allons que pour souper, excepté quand vous êtes là, oh ! alors !...

*Dimanche*, 10. — Revu le *Ciel-Bleu*. Il ne m'a pas oubliée ; il vient tous les dimanches aux Champs-Élysées pour me rencontrer.

*Mercredi*, 12. — M. Lechasseux trouve que j'ai l'air fier et hautain ; tant mieux, c'est ce que je désire à son égard. Hardevilliers est charmant. Il m'a présenté un M. Lamberton, qui est très bien de figure.

*Vendredi*, 29. — Hier nous nous sommes beaucoup amusées à l'Hôtel de Ville. Nous n'étions pas dans la grande galerie, mais nos danseurs venaient nous chercher. Au moment où je valsais avec Charles Masselot, arrivent deux couples qui nous bousculent. Je manque de tomber. Il me soulève en me serrant un peu fort dans ses bras et, s'en apercevant, il tourne la tête et me regarde. Moi, je fais semblant de penser au choc et je me mets à rire... Les polytechniciens sont charmants. Ils ont cela de particulier qu'ils vous serrent très fort et vous regardent beaucoup.

5 *février*. — Un nouvel ancien adorateur, Widerspach... J'apprends la triste fin de ce pauvre Lagardère. Il n'y a pas un an qu'à un bal, en dansant avec moi, il me disait à propos d'un sermon où j'avais été : « Non, je n'y vais pas, moi, au sermon, mais si j'étais sûr que chaque fois que j'irais, j'aurais une place à côté de vous, je n'en manquerais pas un seul. » Et dire qu'il est en train de rendre compte de ses actions et qu'il souffre peut-être mille morts! Demain je commencerai une neuvaine à son intention.

7 *février*. — Mes cheveux qui étaient si blonds autrefois deviennent châtains, presque bruns et cela me désole.

*Mardi, 9 février.* — ... Il y avait aussi un jeune Turc auquel j'ai beaucoup plu, et avec lequel j'ai dansé. Je l'ai choisi à la figure du *serpent*, et au *rond* je me sens tout à coup prendre doucement par la taille, c'était mon Turc... C'est dommage qu'il soit Turc, sans cela il est gentil.

*Samedi*, 21. — Mon cœur déborde d'une affection que je voudrais répandre au dehors. J'éprouve un besoin d'aimer. Je voudrais un ami... Tantôt je suis triste à en pleurer, alors je me fourre dans un roman; tantôt je suis gaie et je bouscule tout le monde, et Lina en première ligne, qui ne se prête pas avec beaucoup de complaisance à mes folies. D'autres fois je resterais, des heures entières, étendue sur un canapé, à rêver, à penser à lui. Il y a si longtemps que je ne l'ai vu! Je pense beaucoup à aller chez les Erlanger, parce que j'espère le rencontrer là.

*Dimanche, 7 mars.* — Mon espoir a été déçu, mais

toute la soirée j'ai cru le voir, car il y avait là un jeune homme qui lui ressemblait extraordinairement. J'ai dansé assez souvent avec lui et je l'ai choisi au cotillon... Cet après-midi j'ai été aux Champs-Elysées avec Juliette. Nous avons rencontré beaucoup de nos danseurs qui nous ont saluées. Tout à coup elle me dit : — Chérie, Chérie, ton adorateur, il a une singulière tournure. — Eh! bien ? lui ai-je répondu d'un ton glacial, qui a fait de suite rentrer son ironie. C'est vrai qu'il n'était pas bien mis et qu'il avait un chapeau qui n'était plus neuf. Mais enfin ça n'en était pas moins lui, et pour rien au monde je ne laisserai toucher à un de ses cheveux... Clotilde m'a fait bien rire aujourd'hui ; elle me racontait qu'elle se mariait uniquement pour que sa mère ne la fit plus coucher, toutes les nuits, avec deux tranches de veau sur les joues, des gants huilés aux mains et aux pieds des mécaniques pour les comprimer.

*Lundi, 9 mars.* — J'ai été au sermon. Le prédicateur a dit, et je trouve cela très juste, que les jeunes filles étaient des anges, et les hommes des égoïstes qui, dans leurs lois, avaient laissé un triste lot à la femme.

*Jeudi, 12 mars.* — M$^{me}$ Tony-Freneuse a toujours des corsets et des jupons de la même étoffe et de la même nuance, des jupons et des corsets en satin bleu ou en satin rose ou en satin blanc, et elle fait mettre dans les ourlets de ses jupons des sachets d'iris. Elle est la première qui ait eu à Paris l'idée de cette mode.

*16 mars.* — Oh! qu'il était gentil hier dans sa veste et sa culotte de velours noir, son gilet blanc, ses bas rouges! Tout frisé, avec ses yeux caressants et sa petite figure joufflue, le prince impérial a un peu l'air de ces Infants d'Espagne que l'on voit sur de vieux tableaux tout noirs. Ça se passait à une représentation d'enfants chez la princesse Mathilde. La représentation finie, monté sur le théâtre au milieu des petits acteurs qui gaminaient, il était tout sérieux, n'osant jouer, empêché par le grand cordon de la Légion d'honneur qu'il portait pour la première fois... Ça ne fait rien, ça n'a pas empêché le petit coquin de me regarder joliment.

. . . . . . . . . . . . . . . . . . . . .
. . . . . . . . . . . . . . . . . . . . .
. . . . . . . . . . . . . . . . . . . . .
. . . . . . . . . . . . . . . . . . . . .
. . . . . . . . . . . . . . . . . . . . .

*26 mai.* — J'ai 16 ans et je regrette mes 15 ans! Oh! c'est que je me suis tant amusée!

## LVII

A seize ans, sans être précisément jolie, la petite-fille du maréchal était adorable.

Ses traits, pour ainsi dire, ne se laissaient pas voir; ils disparaissaient sous l'animation, le montant, l'esprit parisien de la physionomie. Chez elle s'entrevoyaient vaguement un mince ovale aux contours délicats des tempes et des joues, un petit nez droit avec un méplat moqueur au bout, une assez grande bouche, dont le sourire découvrait de toutes petites dents nacrées. Et ses yeux n'étaient ni bleus, ni gris, ni verts, ils étaient couleur *noisette*, de cette coloration marron indescriptible qui lui mettait sous ses abondants cheveux devenus châtains, sous ses noirs cils, comme une chaude clarté irisée du violacement d'un morceau de cristal de roche fumé.

Et de petits pieds maigres et de petites mains un rien grassouillettes et qui avaient conservé le caractère des mains d'enfants, et de menus détails de sa personne, les ongles, les oreilles, montrant dans Chérie un être humain, amoureusement parachevé, et non une femme fabriquée à la grosse par le Créateur et dont il existe tant de douzaines en ce bas monde.

D'une taille moyenne, Chérie avait les épaules tombantes, si tombantes que, lorsqu'elle se décolletait, pour ne pas se trouver tout à coup nue, elle était obligée de serrer la coulisse de son corsage, de façon que le lendemain ses bras portaient très souvent des traces d'ecchymoses; et avec ses épaules abattues, elle possédait une taille citée par les couturiers et les couturières parmi les deux ou trois tailles célèbres de Paris : une taille non cassée, non *guêpée*, mais ronde, mais flexible, mais rattachée aux hanches par des mouvements de grâce qui faisaient le plus joli spectacle du monde de la vue de Chérie sans châle et sans mantelet, montant un escalier devant vous et balançant sous vos yeux l'ondulante et molle ascension de son souple torse.

## LVIII

L'intelligence des yeux, le sourire compréhensif de la bouche, l'éclair du front, existaient au suprême degré chez Chérie. La jeune fille lisait peu, ne réfléchissait qu'à ses moments perdus, mais elle vivait dans cette atmosphère subtile, excitante, suggestionnante, où la femme tout naturellement s'habille mieux et pense plus spirituellement qu'ailleurs. Aussi ce qu'elle disait se trouvait toujours intelligemment tourné, et devant les grands ou touchants événements de la vie elle n'avait jamais le mot bête.

Chérie ne montrait pas un goût des choses tout à fait supérieures, cependant elle n'appartenait pas d'une manière servile aux admirations du gros public ; la vie commune avec des gens de goût avait développé en elle une sorte de petite indépendance artistique et littéraire qui la poussait à l'amour des œuvres sinon très élevées, au moins distinguées.

Ce n'était point une grande cervelle, répétons-le, et le beau, le beau de premier ordre, n'y laissait pas une impression excessivement profonde ; cependant elle le sentait un peu, non avec les circonvolutions de son cerveau, mais, oserai-je le dire, sensitivement, au moyen de son délicat et susceptible système nerveux.

Ce qui était bien génial en la petite-fille du maréchal, c'était la mesure dans les rapports sociaux, un tact d'exquise civilisée qui la défendait à tout jamais d'une maladresse, d'une bévue, d'un impair, une intuition des usages de la vie mondaine semblant un vrai don de Dieu.

Au fond, intellectuellement, Chérie représentait la moyenne ordinaire des jeunes filles, mais avec la compréhension à demi-mot de la Parisienne, avec un tour d'esprit aiguisé par le ferraillement des conversations des salons, enfin avec le prestige trompeur d'une intelligence un peu de surface et à fleur de cerveau. Et si le jugement n'était pas par trop sévère, je dirais qu'elle était la femme *article-Paris*, un être de goût, gentil comme la bimbeloterie qui porte ce nom, — la femme article-Paris, toutefois avec une petite note originale d'exotisme qu'elle tenait de sa mère.

## LIX

Que sur cette définition on ne prenne pas cependant trop en mépris Chérie, on ne la trouve pas indigne tant que cela de l'amour d'un homme qui ne serait pas un homme tout à fait ordinaire. Une femme mérite-t-elle seulement d'être aimée lorsqu'elle est, lorsqu'elle est... qualifions-la sans respect : une intelligence *hommasse?* Non, une femme est bien plus séduisante auprès de nous par les qualités féminines d'une intelligence qui ne sont pas les facultés de l'entendement masculin, par une gaieté spirituelle, par une ironie enjouée, par de l'observation plus affinée que profonde, par une impressionnabilité rêveuse des milieux, par de jolies paroles amenées par des sensations essentiellement de son sexe, par des traductions imprévues et originales d'émotions, d'enthousiasmes, d'antipathies : en un mot par des manifestations de la pensée qui ont quelque chose de la grâce, de la gentillesse, et même de la nervosité de sa personne.

Et, mon Dieu, n'est-elle pas même adorable parfois chez la femme civilisée, l'ignorance, oui, l'ignorance, avec la jolie interrogation ingénue de ses yeux?

Puis vraiment est-on en droit de lui en vouloir d'être plus admiratrice d'une fleur que de la palette d'un coloriste, et de se sentir plus intimement remuée par la tristesse d'un crépuscule que par la mélancolie des pages d'un livre de génie?

## LX

Mais ce que Chérie possédait avant tout, c'était l'aristocratie de la femme, cette qualité par excellence qui demande l'assemblage de distinctions si multiples et si diverses.

Sa personne n'accomplissait rien qui ne fût marqué au cachet d'une élégance supérieure à l'élégance de l'humanité ordinaire, et cela sans le chercher, sans le vouloir, et le plus naturellement du monde. Il semblait qu'il y eût en elle le dernier mot de la plus exquise civilisation et toutes les acquisitions et les sélections d'une race merveilleusement perfectionnée. Cette grâce souveraine n'avait toutefois rien de la grâce du passé, était toute moderne, et apparaissait en ce type parfait, comme la réunion de toutes les élégances physiques féminines du xixᵉ siècle. S'asseyait-elle, marchait-elle, adressait-elle un mot à quelqu'un, son immobilité, ses gestes, sa tenue, son ton, montraient une originalité dans le comme il faut, une séduction, un charme fait de quelque chose que les autres femmes autour d'elle ne possédaient pas. Et cette originalité de la distinction, elle la portait dans des choses morales, dans d'inconscients mouvements de l'âme, dans la joie, dans le chagrin.

Chérie était la femme qui n'est jamais tout le monde, Chérie était l'être rare.

L'aristocratie personnelle de la jeune fille, quoiqu'elle appartînt à une famille bourgeoise, ne se trouvait avoir aucune parenté avec l'aristocratie de la bourgeoisie, à la grâce toujours un peu rêche et sans fondant.

## LXI

La pensée de la jeune fille de seize ans ne va jamais à son passé, s'arrête très peu à sa vie présente : elle est, cette pensée, quand elle ne se trouve pas distraite ou amusée, elle est tout entière à l'avenir, à l'attente de l'inconnu hasardeux que lui ménage l'année suivante, ou l'année d'après, ou l'autre année enfin, à l'appel presque craintif du bouleversement heureux ou malheureux, apporté prochainement dans son existence par le mariage ; cela dans un émoi anxieux durant de longs mois et qui a quelque chose des transes d'un joueur devant un retournement de cartes.

Chérie était semblable à toutes les jeunes filles de seize ans.

## LXII

Des embrassades sur les deux joues parmi de gracieuses tendresses, puis des causeries aux sièges rapprochés et se touchant presque, en un petit coin de la grande pièce : des causeries chuchotantes et doucement rieuses, au milieu desquelles celle qui écoute, d'un adroit et preste geste tenant de la caresse, donne de temps en temps, pour la faire bouffer, un petit coup sur la jupe de celle qui parle : — c'est au Ministère de la Guerre, dans la chambre de la petite-fille du maréchal, la réunion des amies de Chérie qui a, elle aussi, son jour, un jour de demoiselles.

Le mobilier de la chambre, un ancien mobilier du premier Empire, est tout à fait *jeune fille*. Ce sont des fauteuils, des chaises en acajou, avec des coussins volants en piqué blanc, où l'on voit, brodés très en relief et également en blanc, deux cols de cygne accolés au-dessus d'un grand chiffre, qui par une coïncidence bizarre se trouve être un C.

Les élégantes fillettes sont en train de discuter un chapeau de Laure, porté la semaine dernière par

Mme Tony-Freneuse, quand l'une d'elles, une jolie et indolente personne, au sourire gras fait par la rondeur des coins de sa bouche à la forme italienne, laisse tomber d'une voix molle, se complaisant dans le récit :

— Écoutez... A la dernière sauterie chez Mme Dassonville... vous ne savez pas, j'ai entendu le petit Vatinelle demander à Mme de Lunezy un de ses gants... Il lui demandait cela avec son petit œil *louchon* et battant de la paupière qu'il a quand il vous dit des bêtises aimables... Le gant était la chose qu'il désirait le plus d'une femme, c'était le moule et l'empreinte de sa main, un objet gardant un peu de la vie de ses doigts... Mme de Lunezy riait beaucoup, lui disait qu'il était un *fol*, et qu'il ne savait vraiment pas qu'il s'adressait à une mère de famille... Une heure après, elle s'asseyait au piano où, pour jouer quelque chose, elle ôtait ses gants... vous devinez, n'est-ce pas ? sur quoi était fixé le lorgnon du petit Vatinelle... La dame se lève à la fin de son morceau et les oublie tous les deux, ses gants... Une paire de gants, toute une paire de gants, vous ne voyez pas trop ça dans une collection amoureuse, hein ?... on a l'air d'avoir acheté un lot dans une vente... Aussi le petit Vatinelle reste indécis... Enfin on est au moment de s'en aller... Mme de Lunezy revient au piano et prend un seul de ses gants... n'est-ce pas, il était bien indiqué alors qu'elle lui donnait l'autre !

— Il n'y a que Nanette pour voir des choses comme cela, là où nous ne voyons rien, dit une petite voix à l'accent enfantin et grognon.

L'on revient au chapeau de M^me Tony-Freneuse, quand une grande diablesse de fille dégingandée et qui, depuis quelques minutes, riait d'un souvenir intérieur, s'écrie : — Oh ! c'est trop fort... je ne puis pas garder cela pour moi seule... il faut que je vous le verse dans l'oreille... Vous avez connu la petite Hélène Brebion ?

— Oui, dit Chérie, celle qui, au cours, contre des perles nous échangeait du coton qu'elle soutenait être du *coton du sérail*, et qui était le coton avec lequel se fardait sa mère... Ah ! c'était déjà une maligne ?

— Parfaitement, c'est celle-là qui vient d'épouser cet imbécile de Montmélian... Eh ! bien, quelques jours après son mariage... son beau-père, qui est sourd comme un pot... l'accompagne faire sa visite de noces à une sœur à lui... Or cette sœur, une vieille fille, se trouve attaquée d'une maladie bizarre... les médecins, je crois, appellent ça une *tympanite*... Oui, la pauvre femme fait du bruit, à tout moment, sans s'en douter le moins du monde.

— Oh ! la sale que cette Germaine ! s'écrie avec une intonation américaine, une fillette.

Germaine, sans se troubler, continue : — Or le frère et la sœur se mettent à causer affaires, succession... et la sœur, tout en parlant de ses dispositions en faveur de son neveu, du mari de la visiteuse... d'avoir à tout moment, vous m'entendez, des sonorités... et le beau-père de ne rien entendre... et la jeune femme de pouffer... Alors, toute la visite durant, le beau-père sourd, fort intrigué, ne cesse de répéter : « Peut-on comprendre ce que la petite peut avoir à rire comme cela tout le temps, quand nous nous entretenons de choses sérieuses ! »

Le jeune monde féminin qui est là se tord de bonheur, en proie à une de ces innocentes et triomphantes gaietés que les histoires scatologiques ont le privilège de développer chez les femmes encore enfants et chez les plus distinguées.

Au milieu de l'hilarité générale, entre une jeune fille à la beauté surtout faite de la mélancolie de sa figure.

— Tiens, Georgette... D'où vient comme cela si tard Georgette? dit en chœur la jolie société, qui a les larmes du rire dans les yeux.

— D'où je viens... — fait la jeune fille avec une note triste dans la voix, — du couvent des Carmélites... voir Julie Cherizey... Ah ! ça fait un singulier effet de causer avec une personne aimée dont on est séparé par une grille et un rideau... et qui vous parle agenouillée sur ses talons... J'ai attendu longtemps au parloir, bien longtemps... et, quand elle est arrivée, elle m'a dit : « Aujourd'hui, c'est un jour de récréation, nous ôtons les chenilles des groseilliers et, par une grâce spéciale, on nous a permis de les ôter avec un petit morceau de bois. »

## LXIII

Dans le nombre des jeunes personnes que le commerce de la société mêlait à son existence, Chérie avait deux amies plus intimes, plus aimées que les autres.

La première était M<sup>lle</sup> Tony-Freneuse, la fille de la femme à la mode devenue le chaperon de Chérie dans le monde, et avec laquelle elle passait sa vie presque tous les soirs.

Celle-ci avait dans les yeux le bleu clair et froid d'un œil de geai, des cheveux roux, de la nuance jaune dénommée *queue de vache*, une taille raide et des gestes gauches dans des robes qui prenaient sur elle une coupe vieillotte, et encore une expression indéchiffrable de la physionomie, enfouie dans l'ombre de grands chapeaux sous lesquels elle disparaissait. Cette jeune fille, jalouse de la beauté et de la grande tournure de sa mère, sous une apparence bonasse se trouvait être le plus féroce mystificateur, apportant, dans des charges à froid et qui ne respectaient rien, apportant le sérieux implacable d'un rapin qui blague un bourgeois. La moquerie était son existence, et la moquerie fabriquée avec toutes les ironies, l'ironie énorme des *fumisteries* aussi bien que l'ironie du plus délicat persiflage et dans lequel la parole compassée, et prenant des temps, et froidement réfléchie de la *bonne petite femme*, dévoilait une impitoyable observation.

La seconde amie, M<sup>lle</sup> Georgette de Suzange, qui s'était fait une part plus large et plus profonde dans le cœur de Chérie, avait été une voisine de première communion.

Des yeux bleus, du bleu sombre d'une pensée, une peau à la blancheur particulière, prenant aux lumières une pâleur de clair de lune, une physionomie où se montraient des yeux tristes et une bouche souriante : c'était le portrait de cette jeune fille à la nature tendre, rêveuse.

Mlle Tony-Freneuse, qui la détestait, l'avait ridiculisée dans le monde avec cette phrase : — Tu sais, c'est la demoiselle qui veut épouser un homme intelligent !

## LXIV

Parmi les autres jeunes filles que les hasards de la vie mondaine de Paris avaient liées avec Chérie, quelques-unes présentaient des types originaux de Parisiennes.

Germaine Dangirard, la fille d'un référendaire à la Cour des Comptes, était une grande fille de cinq pieds deux pouces, très grosse, très forte, très rouge, et laide d'une laideur repoussante de santé.

Agée seulement de dix-sept ans, et paraissant en avoir vingt-cinq, l'énorme jeune personne avait gardé les enfantillages du premier âge, sautant sur les meubles et s'asseyant par terre au milieu du tapis pour jouer avec un chien, le jour de la première visite qu'elle faisait dans une maison.

Une langue excessive aussi, que celle de cette colossale enfant. Elle dénaturait tous les mots de son vocabulaire affectionné par l'adjonction de la terminaison en *mar* : *chicmar*, *chouettemar*, et ces étranges pénultièmes étaient entremêlées de « A

Chaillot! Va t'asseoir! » et suivies du dévidage de locutions drôlatiques pas du tout jeune fille. En ces années où le *gniouf gniouf* de Grassot, le répertoire de Thérésa, les cascades des Bouffes, les rengaines et les refrains des cafés-concerts avaient pénétré dans l'intérieur des familles bourgeoises et en agrémentaient l'égayement intime, la puissante et joviale fille du référendaire était dans les coins de salons officiels le vulgarisateur de cette gaieté cocasse, sans queue ni tête, à laquelle elle apportait parfois de son cru une *bobêcherie* ahurissante.

C'est M<sup>lle</sup> Dangirard qui, à propos d'un mariage dont il était question à son sujet, s'entretenant par avance avec une amie des émotions de sa future nuit de noces, finit par cette phrase : « Baste, tiens, que c'est bête!... je me ferai, pardieu, chloroformer! » phrase qui valut une réputation d'esprit au journaliste qui l'avait imprimée. Et ces blagues blasphématoires, Germaine Dangirard, la plus honnête fille de la terre, les trouvait tout naturellement.

M<sup>lle</sup> Andrée Cheylus que le médecin de la famille faisait passer pour poitrinaire, dans l'espérance que sa mère restée veuve, et qui n'aimait au monde que sa fille, la lui donnerait un jour en mariage comme au seul homme capable de la faire vivre, M<sup>lle</sup> Andrée Cheylus avait un petit nez, une petite bouche, de petits traits fabriqués d'un rien et, sa voix n'était qu'un souffle. Desserrait-elle les dents pour dire plus de quatre mots, cela surprenait et, quand la surprise avait lieu, la jeune fille usait de sa voix si doucement qu'on aurait dit l'écho modulé de paroles prononcées dans une chambre de malade. Faisait-elle un geste, un vrai geste, cela tenait du miracle. Une heure elle gardait la même attitude sans que la vie de son corps dérangeât un pli de sa robe, se contentant seulement, de temps en temps, de projeter en avant d'elle un peu de son regard enfermé sous des lobes de paupières, pareils à ceux qu'Overbeck met aux personnages agenouillés dans ses encadrements de prières.

Dans cet immobile recueillement, elle semblait l'héroïne d'une vie morte et benoîtement tranquille, ou encore une princesse infortunée de roman de chevalerie, attendant avec une calme confiance le généreux et amoureux libérateur.

La vie de Mlle Cheylus s'écoulait dans une espèce de somnambulisme où, particularité curieuse, une distraction de nature se mêlait à une absorption de comédie, et où s'amalgamaient à la fois le rêve et l'éveil vigilant, enfin dans une absence moitié vraie, moitié artificielle, au fond de laquelle la rusée *mouchardait* et surprenait tout ce qui se passait autour d'elle.

Jolie, mais dans l'infiniment petit, et trop à la façon d'une réduction, il y avait dans sa personne menue un peu de la silhouette resserrée et anguleuse de la vierge gothique qu'en voyage elle portait toujours à la main dans un coffret.

Au fond, sous l'apparence de victime de la fillette, on rencontrait une volonté de fer en même temps qu'une rouerie de vieux conseiller aulique sous son air intéressant de fausse poitrinaire.

Mlle Claire Dapogny, une blondinette assez agréable, était dans le monde le type et la personnification de la demoiselle-actrice. Toutes ses attitudes, ses poses, ses inflexions, ses manières de dire, semblaient empruntées au théâtre. Elle vous donnait la main avec un geste contourné et plongeant qu'elle avait volé à Mme Plessy et, quand elle entrait dans un salon, il se faisait un soulèvement de son torse, un remontage mécanique de ses traits, un relèvement de ses paupières, un sursaut soudain et factice de la vie et de l'amabilité sur son corps et sur sa figure qu'on remarque chez les comédiennes passant les portants des coulisses.

Dans la vie elle était toujours en scène, comme si elle avait figuré sur les planches. Et il n'y avait que le théâtre qui l'amusât, et elle ne lisait que des pièces de théâtre, et elle possédait même un petit talent très distingué d'interprète de proverbes.

Mlle Emmeline Lauverjat, un excellent cœur, mais une créature charpentée comme un homme, et aux bras sans rondeur et tout plats, désolait sa mère par son goût des exercices masculins.

Dans une promenade à la campagne, découvrait-on un nid en haut d'un arbre, on voyait ma jeune fille soudainement ôter ses jupons et, sa robe attachée avec une épingle entre les jambes, bientôt apparaître parmi les branches les plus élevées. Passait-on le long d'un pré où pâturaient des chevaux de ferme, la voici qui sautait sur un poulain et galopait à cru, à travers la campagne, en poussant des *hue* et des *dia* comme un vrai charretier. Sa mère enfin faisait-elle une réparation à son hôtel ou à sa maison des champs, on trouvait Emmeline gâchant le plâtre avec les maçons.

M¹¹ᵉ Nanette Malhotier, la fille d'un haut et puissant universitaire qui avait épousé sa blanchisseuse, était une belle personne au teint pâlement rosé d'une rose thé, à la bouche entr'ouverte dans la molle découpure de lèvres charnues sur l'ivoire de larges dents, aux superbes yeux garnis de cils d'animal, de cils durs et semblables à de petites épingles noires et n'enveloppant pas son regard d'une pénombre veloutée.

Elle offrait des traits sommeillants, l'apparence léthargique de ces natures de femme qu'on appelle *eau dormante*, et parfois se montrait effrayante par une espèce d'automatisme des gestes et des mouvements auxquels se reconnaissent les Pasiphaé modernes.

Cette jeune fille, on la sentait sensuelle des pieds à la tête, sensuelle rien qu'à la façon dont elle mangeait du foie gras sans pain. Aux vivacités de la conversation qui se tenait auprès d'elle, Nanette avait aussi un retroussement d'une seule narine, un retroussement singulier, bizarre. Toujours inoccupée, ne lisant pas, ne faisant pas de musique, ayant en horreur les travaux de femme, elle passait sa vie dans une concentration, un repliement sur elle-même où tout à coup une sensation interne mettait, une seconde, un tremblotement presque invisible à ses lèvres.

Excessivement myope, elle portait toujours un

pince-nez, et sa myopie la rendait embarrassante par la proximité de l'approche de son corps qui se frottait contre votre habit, et par un regard qui, abrité derrière le verre du double lorgnon, allait au fond de vous impudemment.

Du reste, à quelques années de là, et presque aussitôt son mariage, de scandale en scandale, la femme du monde galante descendait au métier de lorette.

Mlle Blanche Champromain, une mignonne jeune personne donnant à voir la mine boudeuse d'un enfant qui fait ses dents, et les yeux comme pleins de sable des petites filles prises de l'envie de dormir, ressemblait avec sa taille courte et ses jambes de basset aux petites femmes fantoches chromolithographiées sur les boîtes d'allumettes-bougies pour les fumeurs.

Louise Neviance, c'était chez elle un mélange de vivacité et de grâce, une bien portante gaieté, une honnête et franche coquetterie, une bravoure dans les sentiments tout à fait rare, avec, Dieu merci ! beaucoup de l'amusante injustice que les femmes passionnées ont pour ceux ou celles qu'elles n'aiment pas, et une voix à laquelle un rien d'enchifrènement, on ne le croirait pas, donnait à son parler un petit charme doux et voilé.

Lucie Préaudau : taille mesurant 47 centimètres, et des toilettes du dernier chic.

Une délicate créature d'apparence idéale et baptisée dans le monde du surnom de *la Distinction*, attaquée à certains moments de la journée, surtout après le manger, d'une fébrilité singulière se traduisant par de petits rires enfantins, par de petits cris insensés, par de petits propos bêtes et exaltés, par le *chatouillage* imbécilement fou d'une amie, par le tripotage frénétique d'un jeu de cartes pendant un piquet, durant une ou deux heures. Au bout de quoi, tout à coup, cette effervescence tombait, et la jeune fille redevenait sérieuse, puis disparaissait, reparaissant quelques minutes après, en main un livre de messe relié et doré par Gruel, et se rendant à un salut ou à quelque chose autre se passant dans une église.

Une cervelle, une vraie cervelle d'oisillon dans laquelle jamais, au grand jamais, n'avait pris place une idée, et une parole qui n'allait, depuis que la femme était en âge de penser, qu'à des choses absolument matérielles, et cela avec des exclamations, des émerveillements, des soupirs, des lamentations, toujours à la recherche de la gentillesse.

Quand elle ne sortait pas le soir, elle restait jusqu'à deux heures du matin à se frotter les ongles dans son lit avec une peau.

Dans le nombre de ces jeunes filles avec lesquelles Chérie entretenait des relations, se trouvait une Américaine, M^lle Diana Peterson, dont l'ingénuité du visage gardait quelque chose de l'adorable étonnement des yeux de l'enfance, et qui possédait cette peau, cette peau lactée, l'orgueil caché de l'homme du Nouveau-Monde se regardant comme le plus blanc des blancs de la terre entière.

M^lle Diana Peterson avait l'entrain physique, la grâce libre et conquérante, la virtualité de coquetterie d'une jeune race, un amusant diable au corps de tout l'être, mélangé de la plus étonnante paresse à apprendre la langue française, ce qui faisait de la séduisante étrangère, habitant Paris depuis des années, une interlocutrice qui ne vous répondait que par l'intelligence et le montant de jolis sourires.

## LXV

Mais, parmi les connaissances de Chérie, une jeune femme, tout nouvellement mariée, la femme de M. Malvezin, le chef du cabinet du Ministère de l'Instruction publique, commençait à prendre sur la petite-fille du maréchal une influence délétère, une influence qui devait grandir tous les jours entre les deux amies, en leur communion dans le spiritisme dont elles se déclaraient des adeptes passionnés.

Suzanne Malvezin, la possédée, la détraquée, la toquée, présentait le plus parfait type de la malade morale du xix$^e$ siècle, fourni par deux ou trois femmes du monde officiel de l'Empire.

Une force mystérieuse la poussait invinciblement et fatalement vers l'excentrique, l'étrange, le malsain, auquel elle apportait toutefois un cachet original, personnel. Car il existait chez Suzanne Malvezin une intelligence peu ordinaire et nourrie d'une lecture immense, la lecture de tous les livres possibles, mais dont elle n'avait, dans son butinage désenchanté, extrait seulement que l'amertume, les irrespects, les blasphèmes, et qui avait doté d'un scepticisme de vieillard la toute jeune créature, se complaisant dans les théories du nihilisme et affirmant, entre deux bâillements splénétiques de sa jolie bouche, qu'il n'y a ni bien ni mal, ni vice ni vertu. Ce scepticisme, contraste singulier, s'alliait dans le moment avec une foi exaltée aux tables tournantes, avec une espèce de religion *névrosée* à laquelle la jeune femme apportait la facile merveillosité d'une cocotte.

C'était dans cette tête des idées si anti-naturelles, si déréglées, si cocasses, si incongrues, si disparates, si mal mariées ensemble, que sa conversation offrait, la plupart du temps, un sautillement insupportable, avec des jeux de physionomie ne concordant pas aux paroles, et de soudains silences où l'on avait tout à coup devant soi, vaguement souriant, un visage inanimé, évanoui.

Toute sa vie était mangée, dévorée par une activité fébrile, sourde, concentrée, dissimulée sous la tranquillité des grandes lignes de son corps immobile, mais qui se trahissait par l'usure complète des pouces de ses gants à la fin de chaque journée.

La coquetterie de cette singulière jeune femme du monde, comment en bien exprimer la démence ! Elle ne paraissait en quête que d'arrangements bizarres, de maquillages horrifiques, de détails de toilettes spectrales. Elle se faisait, à l'aide de la belladone, des regards ayant perdu leur caractère humain dans la largeur des pupilles, emplissant tout l'œil d'un foyer diffus, sans point lumineux. Et elle travaillait avec la fumée d'une bougie recueillie sur un plat d'argent, elle travaillait laborieusement, par-dessus le délicat charme de ses traits charmants, à la composition d'un visage aphrodisiaque et cadavéreux, où il y avait de l'échappée de l'hôpital mêlée à une espèce de génisse inquiétante et fantasque : un visage ne cherchant plus à éveiller l'amour autour de lui, mais semblant vouloir allumer les passions d'outre-tombe des sergents Bertrand.

Énigmatique créature que cette jeune femme au physique aussi bien qu'au moral : cette jeune femme se nourrissant de citrons dans lesquels elle mordait à pleines dents, et de bonbons, et de liqueurs, et de produits pharmaceutiques, et de laudanum surtout, dont elle buvait presque de pleins dés d'or.

Comme complément de cette hygiène, Suzanne Malvezin passait une partie de son existence dans l'eau glacée du plus gigantesque des *tub*, trempant, heureuse là-dedans, les chairs un peu bleues, ainsi que les terribles et gracieux monstres féminins fabriqués par la mythologie scandinave.

## LXVI

En ces années 1867 et 1868, tous les jours d'hiver, des bals, des bals dont Chérie manqua à peine un seul.

Bals des Tuileries où, au premier bal, la robe rose frangée d'argent de la jeune fille faisait sensation à côté de la voyante robe rouge de la princesse de Metternich, à côté de la robe de M<sup>me</sup> de Korsakow, à la ceinture formée par un chapelet d'émeraudes de la grosseur d'un œuf de pigeon.

**Bals du monde officiel** : bals du Ministère des Affaires étrangères où Chérie se rencontrait avec M<sup>me</sup> de Pourtalès, la princesse de Sagan, M<sup>me</sup> Chasseloup-Laubat, M<sup>me</sup> Léopold Magnan, la comtesse de la Ferronays, la comtesse de Mercy-Argenteau, la marquise de Cadorre, la comtesse Walewska, la baronne de Boigne et sa fille, M<sup>lle</sup> Heckeren, la comtesse de Bastard, la vicomtesse Aguado, la princesse d'Alsace d'Hénin, M<sup>me</sup> de Janzé, M<sup>me</sup> Halphen, la baronne de Rothschild, la duchesse Fernan Nuñez et sa fille, la marquise de Lima, la duchesse de San Cesarino, M<sup>me</sup> Haritoff, lady Tempest; bals chez la baronne Haussmann; dimanches dansants chez M<sup>me</sup> Troplong; et encore, chez le duc Tascher de la Pagerie, les sauteries entremêlées de *conversazione* et de lectures.

**Bals de la grande société parisienne** : bals chez la duchesse Pozzo di Borgo, dans son hôtel aux quatre grands salons, à la galerie blanc et or; bals chez la marquise de Lillers; bals chez la marquise d'Aoust, où se rendait le jeune faubourg Saint-Germain, et où, dans les cotillons conduits par M. de Barbantane, un rival du marquis de Caux, était introduit pour la première fois le *pas au domino*; bal chez la marquise de Castellane, inaugurant son nouvel hôtel, quartier de l'Impératrice; bal de M<sup>me</sup> Greffulhe; bal chez M<sup>me</sup> de Chanterac; bal de la comtesse de Kersaint; bal de la comtesse de Nugent; bals chez M<sup>me</sup> Moitessier, la mère de la charmante marquise de Flavigny.

Bals de la société étrangère : bal de M^me d'Algara en son hôtel, rue Blanche ; bal de M^me Louchet de Willork en ses salons de l'avenue des Champs-Élysées ; bal chez M. et M^lle Macokomb ; bal chez M^me Ridgway en leur hôtel tout fraîchement bâti, rue François I^er ; bal de M. Werbruck, boulevard Malesherbes, où toute la colonie américaine est représentée par ses plus jolies femmes : M^me Thompson, M^me Clay, M^me Spencer et sa fille, la belle M^lle Maden, la ravissante M^lle Farnell ; bal chez M^me Hoffmann, femme du premier secrétaire de la légation des États-Unis.

Bals tout spéciaux de jeunes filles : bals des samedis de M^me de Larbro, la gracieuse créole et la femme d'un des directeurs du Ministère de la Marine ; bals de la marquise d'Aoust, de la marquise de Mortemart, de la marquise de Moustier, dont les grands bals alternaient avec de petits bals *en blanc;* bals chez la comtesse de Caraman ; bal dans l'hôtel du marquis de Talhouët, l'un des plus charmants bals donnés à de jeunes femmes ; bal chez M^me la comtesse de Cossé-Brissac, lieu de réunion des jeunes filles du faubourg Saint-Germain.

## LXVII

Ce pauvre maréchal, il était vraiment amusant avec son adoration fanatique de Chérie : « Ma petite-fille, oh ! ma petite-fille ! » disait-il quelquefois, et après une oraison intérieure en l'honneur de sa grâce, de sa beauté, de son esprit, de son originalité, il finissait par cette phrase, phrase prononcée tout haut et qui ne répondait à personne : « Au fond, moi, je ne suis qu'un vieux troupier ! »

Sa petite-fille lui semblait une créature fabriquée d'une autre chair que la sienne, un être d'une nature supérieure, et il n'y avait de bien que ce que Chérie faisait, que ce que Chérie disait. Il s'inclinait devant ses volontés, ses désirs, ses caprices, sans que la jeune fille prit beaucoup la peine de plaider en leur faveur. Il tenait en réserve des pardons, des indulgences, des complaisances inépuisables. Même les choses que, dans son for intérieur, le maréchal trouvait un peu excentriques pour une fillette, il suffisait qu'elle les exécutât pour qu'à ses yeux elles devinssent des choses convenables : elle était si différente des autres, sa petite-fille, et si particulièrement douée !

C'est ainsi que dans ce temps où une jeune fille risquait à peine un bijou de marcassite, n'osait porter une plume uniquement que sur un chapeau rond et au grand jamais sur un petit chapeau fermé, se voyait défendre la soie et le satin, ne pouvait s'habiller que de tarlatane ou de tulle, Chérie, sauf les diamants, obtenait de s'habiller comme une femme mariée.

Il apparaissait positivement dans l'amoureuse paternité de ce soldat gouailleur un rien de la foi bête d'un homme follement épris d'une femme dont les paroles charmeresses et la séduction de toute la personne ont, selon une locution vulgaire, le pouvoir de lui persuader qu'il fait nuit en plein jour.

Voici la scène qui s'était passée la veille entre le grand-père et la petite-fille. Un peu pour la voir et beaucoup pour la forcer à se coucher à des heures raisonnables, le maréchal lui fit promettre de venir lui dire bonsoir, à sa rentrée à l'hôtel, toutes les fois qu'elle irait au bal sans lui. Comme le maréchal dormait fort mal, elle n'avait qu'à gratter à sa porte pour qu'il lui criât aussitôt : — Entre, mignonne.

Elle était donc entrée, tenant son bougeoir à la lueur duquel le maréchal ayant regardé la pendule, se mit à grommeler : — Quatre heures !... Tu sais... tu ne devais pas dépasser trois heures.

— Quatre heures !... quatre heures !... Où as-tu vu cela, grand-père ?... Tu es mal éveillé !

Alors se dirigeant vers la pendule, et ouvrant carrément le couvercle de verre des heures, elle faisait faire à rebours à la grande aiguille tout le tour du cadran, disant : — Regarde donc bien... il n'est que trois heures !

La chose était exécutée avec une grâce tellement gamine, et cela disait si clairement : « Pour toi, grand-papa, il est l'heure que je veux qu'il soit ! » que le maréchal, entre deux baisers de l'espiègle, acceptait, sans plus rien dire, et l'heure et le singulier remontage de sa pendule.

## LXVIII

Chérie éprouvait-elle, par extraordinaire, une certaine résistance à obtenir la chose qu'elle désirait, elle se savait un moyen infaillible de l'arracher à la faiblesse aimante de son grand-père.

Les vieux militaires qui ont une grande fille éprouvent à la voir monter à cheval en leur compagnie une jouissance toute particulière, une jouissance où se rencontre l'émotion du père mêlée à l'orgueil du soldat. Ça les charme de retrouver, sur un cheval fringant, un peu de leur bravoure dans la faible et peureuse créature enjuponnée qui est leur fillette, et il y a plaisir à surprendre de quel regard, à la fois inquiet et fier, ils enveloppent ses audaces équestres.

Aux côtés de leurs filles faisant de l'équitation, les vieux corps de ces pères semblent, sur leurs reins superbement raidis, retrouver une jeunesse; il vient même à leurs chapeaux un rien du penchement casseur qu'avaient leurs chapeaux bourgeois, du temps qu'ils étaient sous-lieutenants.

Rien donc ne pouvait donner l'idée de la bonne humeur du maréchal, quand il arrachait à Chérie la promesse d'une promenade matinale pour le lendemain au Bois.

Et le lendemain, par un riant matin, quand la jeune fille était vêtue de cette amazone qui la faisait si joliment élancée, avait sur la tête ce petit chapeau d'homme à haute forme mettant en elle du garçonnet mutin, alors que les deux chevaux trottaient côte à côte, et que la requête légèrement essoufflée de Chérie arrivait au maréchal un peu en arrière, avec des regards et des sourires s'envolant de son voile bleu, et que semblait lui apporter le vent de la course, — le grand-père ne se trouvait pas la force de refuser quoi que ce soit de ce que lui demandait la fuyante écuyère.

## LXIX

C'était dans le cabinet de Siesmayer, le fameux horticulteur de Versailles.

Là se voyaient contre les murs salpêtrés et recouverts d'un papier pistache, sur lequel s'enroulaient des dessins rocaille couleur œillet d'Inde :

Un diplôme de la Société d'agriculture de Soissons.

Une carte de France avec les tracés de chemins de fer.

Un almanach anglais : GARDINER CHRONICLE ALMANACH 1867.

Un baromètre dans une boîte noire octogone.

Une chromolithographie encadrée dans un petit cadre en bois blanc verni, et qui représentait une tige d'arbre à fleurs, sous laquelle était imprimé : *Ceanothus Marie Siesmayer.*

Un vase de Sèvres moderne gros bleu, le prix d'un concours floral, et où, dans un médaillon,

Vénus fouettait l'Amour avec une branche de rosier.

Une caisse de sûreté surmontée d'un Bottin sur lequel était juché un vieux pot à moutarde contenant un bouquet fané.

Un bureau avec un amoncellement de factures maintenues par un presse-papier fait d'une coquille épineuse en fonte.

Une petite bibliothèque vitrée remplie d'une collection des Bon Jardinier, et d'un dictionnaire de Larousse, aux volumes renfoncés çà et là par de gigantesques pommes, de monstrueuses poires, figurées dans leur exacte représentation en carton colorié.

Chérie, sans les regarder bien précisément, avait les yeux sur le Gardiner Chronicle Almanach, le *Ceanothus Marie Siesmayer*, les pommes monumentales, etc.

Son grand-père l'avait emmenée pour lui faire voir la riche collection de rhododendrons de M. Siesmayer, qui était en pleine floraison dans le moment, mais la pluie qui tombait les chassait du jardin et les tenait calfeutrés dans ce mauvais petit cabinet avec une vieille dame venue, elle aussi, pour voir les rhododendrons, une vieille dame que le maréchal semblait connaître un peu, et qui était accompagnée de son fils, un jeune homme qui n'était ni bien ni mal.

C'était dans le salon de M. Joli-Adam, un notaire de l'ancienne école, demeurant dans un quartier du vieux Paris.

Là se voyaient des boiseries blanches, d'immenses

armoires pour les dossiers, en forme de portes-
fenêtres grillagées et voilées de rideaux verts, où,
dans le vide de leurs cintres touchant au plafond,
étaient placés des bustes de philosophes antiques en
plâtre imitant le bronze.

Une grande table oblongue, au tapis vert usé, par
les pièces de cent sous comptées dessus.

Des fauteuils en merisier, recouverts en velours
d'Utrecht jaune, ayant devant chacun, soit un petit
carreau de pied fleuri de grosses roses à 1 fr. 75,
soit un crachoir rempli de sciure de bois.

Des chaises en crin noir à la lyre d'Apollon sculp-
tée dans le bois du dossier.

Une cheminée sur laquelle, entre les deux lampes
carcel à galerie circulaire de temps immémorial, la
garniture se trouvait complétée par une lithographie
dans un mauvais cadre noir posé au milieu de la
glace, et qui représentait le portrait de Denis de Vil-
liers, *doyen des notaires*, peint par Robert Lefèvre,
lithographié par Mauzaisse.

Chérie, sans les regarder bien précisément, avait
les yeux sur les bustes des philosophes, les lampes
carcel, le *doyen des notaires*.

Elle aurait bien voulu rester à la porte dans la voiture, mais son grand-père insistait pour qu'elle l'ac-
compagnât. Ce brave homme de Joli-Adam, toutes
les fois qu'il le rencontrait, le tourmentait pour voir
la petite fille devenue une grande demoiselle : on ne
pouvait vraiment lui refuser ce plaisir. Du reste, il
avait un seul mot à lui dire, et ils ne feraient qu'entrer et sortir.

Mais il se trouvait que le notaire était en affaire avec un client qui n'en finissait pas, et on attendait assez longtemps, en compagnie d'un vieux monsieur que le maréchal semblait connaître un peu, un vieux monsieur très aimable accompagné de son fils, un jeune homme qui n'était ni bien ni mal.

A la sortie du cabinet de l'horticulteur, à la sortie du salon du notaire, le maréchal disait à sa petite-fille :

— As-tu fait attention au jeune homme qui était là ?

Chérie répondait à cette question par un sourire d'une malice charmante.

— Voyons, comment le trouves-tu ?
— Je ne veux pas me marier.
— Si cependant...
— Je ne veux pas me marier, monsieur mon grand-père.

## LXX

Chérie disait vrai.

La toute jeune fille gâtée par ses parents, heureuse dans sa famille et laissée libre de goûter aux plaisirs du monde, n'est point pressée de se marier. Ignorante encore de la passion et des attachements violents, elle trouve si agréable ce léger et courant coquetage avec les sentiments et les inclinations qu'elle fait naître autour de sa personne, si doux ce joli partage d'elle-même entre l'adoration de tous.

Au fond, ce tendre et ce plaisant émoustillement de son cœur, qui ne l'enlève pas aux baisers de ses vieux parents, qui ne l'arrache pas brutalement de sa maison, du petit foyer de sa chambre, de ses habitudes virginales, qui ne met pas sens dessus dessous sa vie : cet émoustillement lui suffit complètement, et c'est peut-être à cet âge de la femme toute sa conception de l'amour.

Même s'il existe chez elle une préférence pour un des jeunes gens qu'elle rencontre, le mariage ne s'offre pas à son esprit comme un corollaire de l'amour, au contraire. A ce propos, je me rappelle dans une représentation de PHILÉMON ET BAUCIS, à l'Opéra-Comique, avoir entendu une fillette de treize ans laisser échapper tout haut : « C'est vraiment ridicule, cette histoire de gens qui s'aiment après leur mariage ! » Et ce qu'elle disait là, cette fillette, était la conclusion logique, rigoureuse, de ce qu'elle avait lu. Car dans les livres, et les livres qu'on permet de lire aux jeunes personnes, avez-vous jamais trouvé qu'il fût question de l'amour entre un mari et une femme ?

Maintenant, les jeunes filles de trois ou quatre ans plus âgées que ma fillette de l'Opéra-Comique, et dans une situation élevée, éprouvent plus que d'autres une certaine résistance au mariage. Elles sont perpétuellement en défiance, redoutent d'être courtisées, d'être demandées pour leur fortune, pour leur position dans le monde. Elles songent à telle de leurs jeunes amies mariée depuis deux ans, dont le mari a complètement mangé la dot ; à telle autre déjà abandonnée par le sien ; à celle-ci encore dont on voit le jeune époux qui avait très fort abusé de la vie, au bout de six mois passer toute la journée à découper des images d'Épinal, habillé d'une blouse, la blouse du gâteux ; à celle-là enfin, si gaie, si amusante autrefois, et qui vient de leur avouer qu'elle est rouée de coups et qui, au milieu de ses larmes, n'a pu s'empêcher de sourire quand elle est arrivée à comparer ses sauts sous les coups de son mari « aux sauts d'un caniche de cirque ».

Enfin la meilleure et la plus commune raison pour ne pas se marier des très jeunes filles qui refusent des partis, c'est que la jeune fille de seize ou de dix-sept ans est toujours persuadée, comme l'était Chérie, que les partis de cent mille livres de rente ne cesseront pas de se présenter quotidiennement et jusqu'à la fin des siècles.

## LXXI

Ce qu'on ne croirait guère, c'est que cette jeune fille, femme depuis des années, et dont l'imagination était uniquement occupée d'amour, ne savait encore rien de l'union des sexes et du mode de procréation des enfants. Oui, elle ignorait les matérialités de l'amour, ou du moins ses suppositions sur les rapports entre hommes et femmes se trouvaient si vagues, si troubles, si confuses, qu'il était presque resté dans son cerveau la chaste nuit qu'il fait sur ces matières dans les cervelles de l'enfance.

Toute jeunette, Chérie n'avait point eu la curiosité vicieuse, n'avait jamais sollicité les confidences de petites amies plus avancées qu'elle. Le hasard ne lui mit jamais entre les mains un très mauvais livre. Ses regards égarés sur les statues des jardins publics n'amenèrent pas un travail dans sa pensée, et à la campagne, devant le spectacle fortuit de l'amour des animaux, il ne lui vint pas un moment l'idée que les bêtes et les gens fussent des amoureux faisant l'amour de même.

Enfin les vilaines choses révélatrices qui rendent les fillettes savantes, ces notions arrivant on ne sait d'où, du mur de la rue, de la chanson de l'écurie, ces notions avaient pénétré chez Chérie pour ainsi dire cachetées; elles demeuraient au fond d'elle dans leur enveloppe close, jusqu'à l'heure où tout d'un coup la lumière se produit chez la femme, éclaire soudainement tout ce qu'elle a en elle, sans le savoir, d'acquisitions dormantes dans l'obscurité.

Ainsi donc qu'il arrive à bon nombre de grandes demoiselles, elle était innocente, encore innocente, avec une affectation toutefois de science dans le dire, où perçait la vanité de la petite personne de ne paraître rien ignorer. Il restait encore un peu en elle de la petite fille qui, au Cirque, intriguait l'oreille de ses voisins par cette phrase : « Ah ! cette fois-ci c'est décidément une jument! » Le sexe de l'animal, la chère enfant l'annonçait d'après la selle à franges que portait le cheval.

Et les naïves croyances et les chimériques concepts qui avaient eu place dans le cerveau de la petite fille en ces temps ! A son premier séjour au Muguet, les femmes du château emmenaient quelquefois Chérie en promenade à la Fontaine-au-Chêne. C'était dans un petit bois, sous une large pierre plate, une source sortant de terre avec de gros bouillons. Cette Fontaine-au-Chêne, on disait aux bambins et aux bambines du pays que là venaient au monde les petits enfants. Et petites filles et petits garçons penchés sur le clair bassin où courait le fugitif reflet de leur visage emporté par le rapide courant, s'attendaient, à la prochaine secousse, à voir enfin sortir le petit frère ou la petite sœur de dessous la grosse pierre qui leur semblait, de temps en temps, toute branlante par le jaillissement de l'eau. On pouvait seulement les arracher à leur attente en leur déclarant que les petits enfants ne sortaient de la fontaine que quand la Récolène se trouvait là. La Récolène était la sage-femme du pays. Donc il y avait la Fontaine-au-Chêne pour la naissance des enfants bien gentils, et le Trou-aux-Crapauds, un autre endroit aux environs du château, pour la naissance des enfants méchants.

Cette légende racontée dans ce bois, au pied de cette fontaine, et prenant en quelque sorte auprès de Chérie une autorité, une confirmation, de par le paysage au milieu duquel elle avait été écoutée, entrait profondément dans la petite, et plus tard l'impression de plaisir que lui donnait la lecture d'un conte d'Ondine, de fée protectrice d'une source, la retenait longtemps, et comme paresseusement, dans la croyance que les sources de la terre étaient les mères des petits humains.

Les idées que la fillette avait sur l'union amoureuse de l'homme et de la femme étaient tout aussi plaisamment antinaturelles. Les petites filles ne s'imaginent le mariage que par la noce, par la cérémonie. Elle, Chérie, lorsqu'elle était tout enfant, le mariage, elle se le figurait comme un tour de valse entre un monsieur et une demoiselle dans une chambre noire où on les enfermait tout seuls. Le mariage, une simple figure de danse dans l'obscurité, rien de plus, rien de moins. De quelle façon cette idée était-elle née et d'où était-elle venue ? Puis plus tard, lorsque près d'elle on avait commencé à parler mariage, avec les paroles à l'oreille, les réticences, la mimique diplomatique employée près des jeunesses qui grandissent, le mariage avait subi dans son esprit une transformation, une métamorphose. Le mariage était devenu le fait de coucher toute nue avec un homme, mais un fait où il ne se passait aucune action physique, et seulement tout rempli de l'horreur pour une fifille d'être vue en état de complète nudité.

Et devant l'épouvantable perspective, tous les soirs, la petite Chérie, comme préparation *in anima vili*, déshabillait sa poupée à laquelle elle avait fait faire une robe de mariée, et la couchait toute dévêtue, d'après le programme de sa conception du mariage, — la quittant, sa chère poupée, avec un peu des tendresses effarouchées d'une mère qui se retire devant un gendre à réputation d'horrible mauvais sujet.

Cette dernière imagination, aussi bien que le tour de valse, peu à peu disparut de sa pensée, mais ne fut remplacée par rien de précis, rien de formulé, et chez Chérie l'idée de l'accomplissement du mariage demeura comme volontairement voilée. Le mariage, elle le voyait dans un milieu de vie commune, de cohabitation intime, de tendresses partagées, tout en se doutant qu'il existait au fond un certain inconnu qu'elle se plaisait à laisser dans le lointain, et de la connaissance hâtive duquel la détournait l'appréhension d'un instinct pudique.

## LXXII

Le coup de lumière, la brusque illumination, la soudaine science du mal vinrent à Chérie d'une manière assez singulière.

La direction scolaire, légèrement fantaisiste, de M. Judocus Cochemer avait paru laisser au maréchal trop de « trous » dans l'instruction de sa petite-fille. Aussi la retirait-il du cours de la rue de la Ferme-des-Mathurins, pendant qu'elle était dans la seconde division et lui donnait-il une institutrice, obligée de faire recommencer complètement à la fillette ses études.

Un jour — Chérie avait alors plus de seize ans, — l'institutrice donnait à la jeune fille pour composition de style : PENTHÉSILÉE, *Reine des Amazones*.

Chérie, fort ignorante de l'Histoire fabuleuse, pour s'aider dans sa composition ouvrait un dictionnaire d'Histoire et de Biographie, un dictionnaire autorisé par le Conseil de l'Instruction publique, et où elle trouvait cette phrase : « Chaque fois qu'une Amazone tuait un ennemi, elle recevait un homme dans ses bras. » Par quel enchaînement d'idées cette pauvre phrase maladroite apprit-elle à la jeune fille ce qu'elle ignorait, et comment, à la lecture de cette phrase, toutes les choses autrefois saisies par ses oreilles, sans vouloir écouter, comment toutes les choses vues sous les paupières baissées de ses yeux se refusant à voir, lui donnèrent-elles dans l'instant la clef de l'amour et du mariage ?

Cela est inexplicable et cependant cela est.

## LXXIII

— Un mari quelconque, pourvu qu'il me mène dans le monde tous les soirs ! s'écriait, en ce temps-là, une amie de Chérie.

La vie rêvée par cette future mère de famille se trouvait être l'existence réelle de la petite-fille du maréchal, passant toutes ses nuits en des bals, des concerts, des raouts, des fêtes, sans plus demeurer une soirée à la maison, et toujours, toujours dans le monde, — tout l'hiver de 1868.

Aux salons ouverts à la jeune fille, l'an dernier, venaient s'ajouter, cette année, les salons de la duchesse Hamilton avec ses soirées intimes d'une admission si difficile, et le salon de la duchesse de Maillé, et le salon du duc de Bisaccia, et le salon de la duchesse de la Rochefoucault-Doudeauville : les trois illustres salons de Paris, où se réunissait la société de Paris la plus qualifiée.

Cette même année 1868, à la fin de janvier, Chérie était l'objet d'une sorte d'ovation dans une fête de nuit donnée par le *Skating-Club* sur le lac du bois de Boulogne aux patineuses du grand monde. Parmi les fourrures sombres et fauves des duchesses de la Trémouille et de Berghes, des marquises de Canisy, de Montsabré, de Crisenoy, de Montgomery, de Galiffet, des comtesses de Pracomtal et de Tocqueville, des baronnes de Poilly, de Courval, de Briois, des jolies demoiselles Hamel et de Dion, sous l'éclairage électrique reflété dans la glace du lac, la petite-fille du maréchal apparaissait dans une fourrure toute blanche, nouée par des faveurs bleues s'envolant derrière elle, et qui la faisait ressembler à un délicieux petit mouton de pastorale.

## LXXIV

Bientôt, chez Chérie devenue déraisonnablement mondaine, il n'y eut plus qu'une seule et unique pensée : faire sensation là où elle se montrait. Être remarquée, très signalée, être trouvée jolie par tout le monde au milieu de la bruyance d'une admiration presque gênante, ce fut là son effort, son travail.

Dans les bals, les spectacles, les courses, il lui fallut des arrivées où tous les regards et les lorgnettes se dirigeaient sur elle, où des gens montaient sur des banquettes, où son nom était dit çà et là, et encore là, par des bouches à des oreilles approchées tout contre, et où, sur son passage, se levait le léger brouhaha que laisse derrière elle le sillage d'une femme à la mode.

Chérie en était à cette heure de coquetterie générale par laquelle passent bon nombre de Parisiennes, de coquetterie sans tendresse de cœur et qui s'adresse aux foules, de coquetterie faisant implacablement fi du sentiment d'un quelconque, quelque digne qu'il soit d'être aimé. Dans cette ambition cabotine des hommages universels, il lui arrivait de *soigner*, à la façon d'une actrice, ses entrées, et d'appartenir cœur et âme, tout le temps qu'elle passait dans le monde, à la production d'*effets*.

De la petite-fille du maréchal, un peu plus, tous les jours, s'en allait la discrète pudeur qu'alarment la grosse louange, le compliment public, une admiration qui n'est plus un murmure discret. Les élégances de Chérie sortaient de l'anonymat, de l'ombre, du silence respectueux où se dissimulent et se cachent les rougissants succès des jeunes filles, et, un jour, les journaux et les gazettes donnèrent ses toilettes.

## LXXV

Chérie, Paris entier le reconnaissait, avait un goût de toilette tout particulier et, lors de son apparition dans un lieu mondain, il était curieux d'observer chez les autres femmes la reconnaissance humble, *écrasée*, presque douloureuse, que leur imposait la supériorité de sa mise.

Une mise, où un illustre couturier ou une célèbre

faiseuse entraient bien pour quelque chose, mais où aussi la personnalité de l'habillée mettait, dans ce qui la parait, du caprice, de la fantaisie, quelquefois un aimable et piquant désordre, et toujours une harmonie délicieuse.

Personne comme Chérie pour discerner, au premier coup d'œil, la *disposition* distinguée par excellence, personne pour sentir et adopter l'originalité d'une coupe, personne pour découvrir le merveilleux petit chapeau sans apparence, qui la coiffait « à l'air de son visage » et tenait sa figure dans la transparence souriante de gais reflets.

Et une imagination inventive au possible dans le déplacement d'un biais, dans la transformation d'un volant, dans l'ajouté d'une ruche, dans des modifications de rien, dans une retouche de génie, donnant le je ne sais quoi de suprême à une toilette, et qu'elle faisait faire à sa femme de chambre sous sa direction.

Une vieille femme définissait ainsi devant moi le goût de toilette de l'ancienne Parisienne : être bien chaussée, être bien gantée, avoir de jolis rubans, — la robe n'étant alors qu'un accessoire, — c'était tout, et chaussures et gants et rubans toujours dans de douces nuances. Chérie avait gardé cet amour des douces nuances de la Parisienne d'autrefois, et elle ne voulait à aucun prix voir sur elle du brutal, du voyant, des couleurs *coups de pistolet*, introduites dans la toilette française par les étrangères, par les Américaines.

Chérie détestait également « l'aspect draperie » en train de venir aux choses portées par son sexe, et à ce propos elle se livrait à de grandes discussions avec Gentillat et, les jours où elle était en veine de taquinerie, elle lui déclarait que les couturiers faisaient non pas des robes, mais des rideaux, mais des lambrequins, et qu'il n'y avait décidément que les femmes pour donner à un tissu l'enveloppement caressant et la tombée molle qu'il doit avoir sur un corps féminin.

De douces nuances dans des confections souples et moelleuses : voilà ce dont Chérie s'habillait, et si bien, et si élégamment, qu'elle était regardée dans le monde, en ce temps, comme la créatrice de la vraie toilette de la jeune fille riche.

Dans cette toilette, le côté précieux, idéal, éthéré de la jeune fille, se révélait par une sorte de spiritualité du chiffon, par l'emploi presque unique d'étoffes de nuage et de vapeur.

Ce rare goût de se mettre ainsi, Chérie l'avait dans le monde et dans le *chez soi*. Pour la ville, pour la sortie dans la rue, elle l'avait encore, mais moins parfait, et ainsi qu'une personne allant ordinairement en voiture.

Il n'y a que les femmes habituées à marcher à pied qui sachent tout à fait s'habiller pour la rue.

## LXXVI

Le talent de se bien mettre, il ne faut vraiment pas trop rabaisser ce don chez la femme, ce don départi à un si petit nombre d'entre elles.

Pour l'arrangement et la combinaison sur soi de ce que nous nommons dédaigneusement le *chiffon*, cela demande à une femme de si fines et si délicates aptitudes, un goût tellement sûr de lui-même, et par là-dessus la nature très spéciale d'un corps propre à faire valoir tout ce qui l'habille.

Il est encore besoin, dans une toilette réussie, d'une séduction d'ensemble allant des bottines au chapeau, d'une distinction faite de la perfection de chaque détail, d'une netteté sans sécheresse, d'un *joli*, enfin, où il n'y a jamais rien de la figure de modes.

La toilette, un don, oui, mais aussi une science qui a ses méditations légères, ses aimables recherches, ses trouvailles, ses illuminations subites.

Au fond, la toilette pour une femme, c'est le moyen de témoigner de l'artiste qui habite en elle, — le moyen révélateur par excellence et bien supérieur au produit médiocre d'un pauvre talent d'agrément, au gribouillage d'une méchante aquarelle ; — c'est le moyen d'exposer sa grâce, sa gentillesse, sa beauté, parmi l'arrangement, le coloris, l'harmonie d'un heureux tableau ; c'est le moyen de faire de sa personne, dans les sociétés civilisées, à travers les incessants changements de modes et d'ajustements, un charmant et frêle objet d'art, toujours renouvelé, toujours nouveau.

## LXXVII

Sans être du tout peintre, la coquette jeune fille s'habillait le soir avec la parfaite connaissance des *mues* que les couleurs subissent dans la lumière orangée des soirées et, le matin, elle se montrait l'ingénieuse *harmoniste* que voici :

Après un lent et détaillé examen de sa figure, de l'épiderme de son cou, de ses épaules, de ses bras, Chérie sonnait sa femme de chambre qui entrait portant une petite échelle et de grands coupons de tarlatane choisis dans une dizaine de nuances.

La femme de chambre allait à la fenêtre et, sur les petits rideaux entièrement tirés, tendait avec des épingles piquées dans la tenture le morceau de tarlatane indiqué par sa maîtresse.

Dans le jour de la chambre modifié par le passage de la lumière à travers la transparence colorée de l'étoffe, dans cet air doucement teinté rose, teinté azur, teinté jaune saumoné, teinté violet gorge de tourterelle, Chérie étudiait longuement avec l'œil d'un coloriste la tonalité aérienne s'accordant le mieux avec la qualité de son teint du jour, le lumineux brouillard coloré donnant à voir le plus avantageusement la vie de sa chair, — *faisant tendre et retendre la fenêtre*, sans pitié pour la fatigue de sa femme de chambre qui, tout le temps, en haut de son échelle, restait les bras en l'air à repiquer les épingles mal attachées.

— Non, le rose ne me va pas décidément aujourd'hui... Il ne me fait pas la peau argentine, mais du tout... Le bleu... tiens, c'est drôle, il me semble que ça me durcit... Passons à une autre... Au fait si on essayait le maïs...

Et la nuance que Chérie trouvait la plus favorable à la *photogénie* de sa peau, à l'éclairage harmonieux de sa beauté, et qui la dotait du charme inexplicable, un jour apporté à d'autres femmes par les couleurs d'une toilette de hasard, — cette nuance choisie avec soin, cette étude, cette préméditation, devenait la note dominante de sa toilette de l'après-midi.

## LXXVIII

A ce moment de son existence toute donnée au façonnement de son être en une figuration d'élégance, et de l'élégance portée au dernier raffinement, dans l'élaboration coquette de cette *gloire*, pour ainsi dire, apportée par la toilette au corps et au visage de la femme, parmi ces aspirations féminines à chercher dans les fantaisies de la mise et de la parure, une jolie et radieuse *surhumanité*, Chérie avait adopté pour tenue de chambre cette toilette un peu théâtrale, mais qui lui allait divinement bien, et qui reflétée dans sa psyché lui montrait, au milieu d'éclairs brisés, un rien du rêve que toute femme fait à l'endroit de sa beauté.

Sa robe était une robe du xviii° siècle qu'elle avait trouvée en pièce, une robe bleu de lapis, un lampas semé de deux boutons de rose à la queue entre-croisée et nouée par une dentelle d'argent frisée, dont le nœud et les deux petits bouts détachés pendillaient recroquevillés sur l'étoffe. Elle avait fait couper cette robe sur un *haïck*, ce vêtement de l'Orient qui tombe tout droit sans plis. Là-dessous une chemise et un petit cotillon bordé de malines. Des revers de sa robe, sur sa poitrine, se répandait un jabot, un flot de valenciennes lui remontant autour du cou en une espèce de col de son invention, tuyauté et ruché, et qui encadrait le bas de son visage dans un nuageux chiffonnage de linge. Elle portait encore des bas de soie bleus brillantés de petites paillettes, dans des mules de drap d'argent. Et rien n'était plus voluptueusement coquet que l'opposition des grandes cassures de l'épais satin de Lyon sur les jeunes rondeurs de son corps presque nu, avec le bouffant et l'envolée de sa poitrine et de l'entour de son cou, avec la chenille, la fanfreluche, le pasquillage argentés de la broderie.

Ainsi parée, ainsi costumée, ainsi délicieusement travestie, et les mains toujours dans des gants pour qu'elles restassent blanches, Chérie demeurait en sa chambre, en des adorations paresseuses de sa personne, dépensant de la coquetterie pour elle toute seule, et dérangée désagréablement, par une visite, de l'état vague et un peu mystique où elle se trouvait.

Elle passait ainsi de longs après-midi, enfermée jusqu'à sa sortie, qui n'arrivait jamais avant quatre heures.

Parfois en ces heures de contemplation amoureuse d'elle-même, de rêvasserie autour de toilettes idéales, du balancement de sa cervelle dans le bleu d'élégances séraphiques, il se déclarait à l'improviste chez Chérie un désir excentrique, une envie de choses toutes terrestres, dont le besoin de satisfaction immédiat, soudain, la violentait et mettait dans sa tête l'obsession d'une idée fixe. Avait-elle alors du monde auprès d'elle, il fallait voir avec quel air douloureux elle écoutait ses petites amies, et la façon dont elle répondait tout de travers, et comme son ennui, sa préoccupation, ses absences leur disaient clairement :
— Mais allez-vous-en donc !

Il était venu à la jeune fille, tout à coup, comme cela, le goût dépravé de manger des cornichons de l'épicier d'à côté, et non ceux de l'hôtel qui n'étaient pas assez vinaigrés, oui, de manger des cornichons en buvant de la mauvaise bière.

Alors, les amies pour ainsi dire poussées par les épaules à la porte, elle envoyait de suite sa femme de chambre chez l'épicier et la crémière, et la petite fée à la robe aux boutons de roses, faisait sur un coin de la table un *lunch* de ces verts cornichons qu'elle croquait presque avec de la violence.

## LXXIX

En ce temps, les thés de l'Impératrice à Compiègne, leur vogue parmi la société bonapartiste, avaient amené chez quelques merveilleuses de Paris une mode née et morte avec l'Empire : le thé de cinq heures.

Ce thé, à la composition presque exclusivement féminine, et où n'étaient admis que quelques intimes du sexe masculin, formait un conciliabule de mondanités galantes, des assises tenues entre les reines de la mode, dans lesquelles se débitait la première édition des scandales du jour, se discutaient les toilettes de la veille, se minutait la correspondance avec les couturiers et les modistes, se dressait le programme des plaisirs de la soirée, et où l'amant en titre *prenait langue* avec sa maîtresse, et où se donnaient, pour la nuit, les rendez-vous de l'amour et de l'amitié.

Parmi les thés cités alors, le thé de M$^{me}$ Tony-Freneuse, la femme du fonctionnaire à la tête d'une des grandes administrations de la ville de Paris, venait en seconde ou en troisième ligne.

M$^{me}$ Tony-Freneuse recevait ses amis dans un petit salon octogone, aux murs et au plafond tendus de satin, et où ne se voyait pas un seul bibelot, mais où le mobilier, fabriqué par le premier tapissier de la capitale, était un pur chef-d'œuvre dans l'ordre de ces mobiliers du xix$^e$ siècle qui ne sont que capitonnage et rond et mol et élégant contournement d'étoffe, que n'arrête et ne termine jamais la bordure sèche d'un bois.

La tenture dont elle l'avait fait *habiller*, ce petit salon, selon l'expression de la maîtresse de maison, présentait une série de panneaux brodés sous la direction de Worth, et qui, disait-on, lui avaient coûté 60.000 francs.

Dans ce milieu tout moderne, il se trouvait cependant un meuble d'un très joli goût d'invention, une jardinière se pliant et se repliant à la façon d'un petit paravent, et dont la caisse très basse apparaissait surmontée et enclose de hautes baguettes de cuivre doré contre lesquelles, tout l'hiver, étaient palissadés les plus beaux camélias.

Avec la jardinière, une monumentale bouilloire d'argent, un des objets de fabrication moderne admirés à la dernière Exposition, et dans laquelle l'on entendait tout le temps chanter le bouillonnement de l'eau, composait tout l'art et tout l'art industriel décorant ce salon.

La jolie M⁽ᵐᵉ⁾ Tony-Freneuse était couchée sur une chaise longue que la jardinière à compartiments entourait de trois côtés, comme d'une espèce d'alcôve de verdure, fleurie d'une dizaine de camélias, à la nuance rose de Chine, se détachant sur le satin bleu de ciel de la tenture et des meubles.

Légèrement *migrainée* ce jour-là, elle étalait les grâces affaissées d'une Parisienne souffreteuse, sa tête un peu penchée en avant, montrant au sommet un enroulement de cheveux semblable à un nid de couleuvres prêt à se dénouer. Et, dolente, elle se plaignait des exigences des romanciers demandant aux femmes qu'elles ne soient point des créatures humaines, et qu'elles n'aient pas dans l'amour les mêmes lassitudes et les mêmes dégoûts que les hommes : ces doléances coupées d'amusantes interrogations de la mine et du bout de nez de la gracieuse femme, adressées à deux jeunes gens et à une visiteuse qui étaient déjà là.

Assis sur un tabouret aux pieds de M⁰ᵉ Tony-Freneuse, un délicieux auditeur du Conseil d'État, aux revers de l'habit doublés de velours noir, et encore tout odorant de l'eau de senteur *chic* d'une salle d'armes fashionable, s'amusait à ployer une badine contre son genou, ainsi qu'on redresse un fleuret, ne répondant pas, se contentant de sourire.

— C'est, je suis sûre, n'est-ce pas, votre avis, princesse ?

— Oui, oui, faisait la princesse avec une intonation où l'on sentait l'indifférence de l'interlocutrice de M⁰ᵉ Tony-Freneuse pour les dissertations sur l'amour.

La princesse Kolokolsoff était une étrangère, une Moscovite, passant sa vie à Paris. Elle avait le bout de nez rouge d'un voleur de chiens anglais, et des yeux clignotants et sans sourcils, dans l'épatement carré d'une petite face blême. Décolletée à la mode du xviiiᵉ siècle, de trois heures de l'après-midi à deux heures du matin, sa gorge, d'une flaccidité presque liquide, débordait, ainsi que les congélations d'une fontaine, au-dessus d'une robe en cuir de Russie : l'invention d'un illustre couturier qui s'était imaginé d'accrocher un tas de petits morceaux d'acier enfermant la princesse Kolokolsoff comme dans un nécessaire de Vienne, et donnant à l'étrangère au type kalmouck quelque chose d'une idole de chambre.

Cette Russe, en langage de diplomate, avait la *chair froide* des femmes d'affaires, des femmes politiques, une chair toute particulière, parfaitement différente de la chair des femmes qui aiment l'amour, qui aiment le plaisir.

Au bout de quelques instants de réflexion, la princesse russe ajoutait avec le doux accent de son pays, qu'on pourrait appeler le gazouillis d'une créole du Nord :

— Et puis... l'amour... votre amour à vous... je n'ai vraiment pas voix au chapitre là-dessus... Parmi les femmes de notre pays, il y a beaucoup moins... comment dites-vous cela ?... ah ! voilà, beaucoup moins d'*emballement* que chez les Françaises... Oui, dans les femmes russes, il se fait un très curieux dédoublement de leur être... et au milieu des choses intimes de l'amour... c'est assez difficile à exprimer... on dirait qu'il y a un troisième personnage, assistant à leurs côtés, comme témoin... et un témoin tout cérébral, à la physiologie de la chose.

— Diable, là-dedans, ce physiologiste en tiers... très gênant, princesse, oh! oui, oh! oui, fit avec un bégayement ou plutôt un enrayement non de la parole, mais de la pensée qui ne se suivait pas toujours, un petit monsieur propriétaire d'un rien de chair sur son maigre corps, et les cheveux coupés ras, comme s'il eût encore voulu alléger sa personne de leur poids : un jeune homme, le fils d'un richissime agent de change, dont la vie tout entière était une vie d'*entraînement*, et qui se lamentait d'avoir de gros os, et qui se privait de manger, et qui se promenait en courant pour attraper la pesanteur spécifique d'un jockey, et un jour courir aux courses en jockey.

— Au fait, s'écriait tout à coup le délicieux auditeur au Conseil d'État, assis aux pieds de Mᵐᵉ Tony-Freneuse, vous ne connaissez pas l'imagination extravagante qu'a eue le banquier Beffarol pour sa nuit de noces ?... Écoutez... Il avait fait placer derrière une portière... vous entendez bien, derrière une portière... la porte restait ouverte... il avait fait placer cinq mandolinistes avec l'ordre de jouer très avant dans la nuit... et, sa jeune femme couchée, il opérait son entrée dans la chambre en chemise de soie rose... donnait un coup de poing dans la portière, d'où partait aussitôt la musique... et parmi le *pianissimo* de la mélodie et dans le tendre de sa chemise transparente, éclairée par la lueur d'une lampe d'albâtre, s'avançait vers le lit conjugal... Les mandolinistes en jouant se tordaient de rire.

Là-dessus, une troupe de jeunes femmes et de jeunes filles faisant grand tapage dans la pièce à côté, et parmi lesquelles étaient Juliette et Chérie, envahissaient le petit salon, suivies du maréchal qu'on se disait tout bas à l'oreille du dernier bien avec Mᵐᵉ Tony-Freneuse.

Le maréchal qui avait la goutte et qui portait la main dont il souffrait contre sa poitrine, soutenue par l'entournure de son gilet, en dépit de son mal, tout guilleret, et aux lèvres le plus caustique des sourires, allait conter, à demi-voix, une égrillardise à la maîtresse de maison.

— Chérie, mon enfant, rends-moi le service d'aider Juliette à servir le thé, disait Mᵐᵉ Tony-Freneuse, un rien soulevée sur le coude et retombant dans un gracieux allongement.

Sur ce mot, le bataillon des demoiselles se groupait autour de la table de thé, bourdonnant et chuchotant et riant, avec de jolis rires fous, des ironies de Juliette.

Les hommes se rangeaient en cercle autour de la causerie du maréchal et de M<sup>me</sup> Tony-Freneuse qui, au milieu du récit très gai et très militaire du grand-père de Chérie, interpellait tout à coup le jeune auditeur au Conseil d'État.

— Monsieur d'Eauvillars, est-ce que vous ne dîniez pas, dans le temps, chez la personne dont parle le maréchal?

— Non, madame... mais je la connais un peu à travers un de mes amis... chez lequel elle allait dormir.

— Dormir?

— Et du sommeil de la plus pure innocence... Voilà... j'ai lieu de supposer que, dans le passé, elle n'a pas toujours dormi dans les mêmes conditions chez mon ami... mais pour le moment, ça se passait ainsi... Chez la dame, on ne se couche pas de la nuit, et on sonne toute la journée... Or mon ami se trouve être boursier, c'est-à-dire absent de onze à cinq heures de chez lui... Eh! bien, toutes les fois qu'elle avait sérieusement envie de dormir... elle venait sommeiller sur un grand divan turc qu'il a chez lui, tout le temps de la Bourse... Le concierge était tellement habitué à ses visites qu'il lui remettait la clef, sans même le dire à mon ami quand il rentrait... Lui, cependant, voyait de suite, à un signe, qu'elle avait passé la journée chez lui... Il possède une garniture de cheminée de vieux Chine, composée de deux perroquets bleu céleste et violet... et, ses perroquets, il les trouvait retournés... Ils rappelaient, à ce qu'il paraît, à la dame un vieux parent à nez aquilin, qui l'avait rendue très malheureuse dans son enfance... et quand elle s'endormait le regard dessus... elle prétendait que ça lui donnait le cauchemar.

— Oh! les gens sérieux, écoutez donc comme c'est drôle! — fit Chérie en apparaissant dans le cercle masculin, une tasse de thé à la main. — M¹¹ᵉ Dangirard nous raconte qu'elle a eu une grand'mère qui, du temps du premier Empereur, afin de se faire la bouche gracieuse pour le bal où elle devait se rendre le soir... devinez ce qu'elle faisait... elle répétait devant sa psyché, cent fois le matin, si elle la voulait toute petite, sa bouche, elle répétait : *Un pruneau de Tours*, et si elle la voulait grande, riante, montrant toutes les dents, elle répétait alors cent fois : *J'avale une poire*.

Devant le peu de succès de son histoire, Chérie regagnait le coin des demoiselles qui, dans le moment dispersées, se trouvaient devant les trois glaces du petit salon où, toutes grandes filles qu'elles étaient, elles répétaient avec toutes sortes de simagrées amusantes, qui l'une : *Un pruneau de Tours* ; qui l'autre : *J'avale une poire*.

— Ah! c'est Mᵐᵉ Laubespin dont parle le maréchal, — s'écria un vieux beau, dont la chair tremblante de la figure semblait de la gélatine blanche retenue en place par le triangle d'un faux-col de fer. M^me Laubespin, je l'ai beaucoup connue il y a quelques années... Alors ce n'était qu'une femme galante du monde... Aujourd'hui, à ce qu'on dit, elle est passée à l'état de *frôleuse*.

— Frôleuse ? qu'est-ce que c'est que ça ?

— En général, la maîtresse d'un salon littéraire où l'on fabrique des académiciens... et une femme qui ne met jamais de poudre de riz à ses épaules et peut se frotter, sans qu'il y paraisse, à votre habit noir... en travaillant à vous incendier doucement... au profit de son candidat.

— Mais cette fois-ci l'incendiaire aurait pris feu.

— Sait-on le nom de l'heureux mortel ?

Le maréchal cita un nom connu, très connu, d'homme marié.

— Ça n'a pas dû porter un coup violent à sa femme... On dit qu'elle ne pouvait pas seulement l'entreregarder... son mari ! jeta l'aspirant jockey.

— Il en était ainsi autrefois, laissa tomber la princesse Kolokolsoff, mais c'est changé depuis. Elle ajouta de cette voix dont la musique faisait contraste avec la froide science humaine des paroles : — Il avait fait comme beaucoup de maris parisiens qui ne se sentent pas aimés tout d'abord... Sa jeune femme, lors de son mariage, avait des habitudes très simples... Il a développé et encouragé chez elle des goûts de lorette... combattu sa répulsion par des cadeaux... triomphé de son antipathie à l'instar des riches entreteneurs.

En ce moment la porte s'ouvrait, et la petite

Mᵐᵉ Malvezin, la nouvelle mariée, faisait son entrée.

Outrageusement décolletée dans une magnifique robe, et qui cependant semblait la robe débraillée et loqueteuse d'une chanteuse de concert en plein air, le teint tout farineux de poudre de riz, les lèvres comme saignantes de vermillon, les pupilles de la grandeur de pièces de quatre sous dans une noire cernure artificielle, les cheveux fulgurants et le front entièrement mangé par les cheveux, la jeune et jolie et élégante femme, ses yeux ne fixant rien, un sourire automatique aux lèvres, le corps affalé, jouait de son mieux l'ahurissement d'un *bestiau*.

Mᵐᵉ Malvezin qui portait, selon la mode de ces années, un gros bracelet de fiançailles en or, rivé au marteau comme un anneau de bagne, allait s'asseoir près de Mᵐᵉ Tony-Freneuse, cherchant une pose naturelle... fausse.

Dans le silence qui suivait l'entrée de Mᵐᵉ Malvezin, l'on entendait la voix lente et modulée de l'ironique Juliette disant au milieu des demoiselles :

— Non, décidément, maman et moi nous n'y remettrons plus les pieds... C'est trop plein de toilettes de femmes riches qui portent des robes d'il y a soixante ans, des robes, vous savez, qui finissent au poignet... et les malheureuses n'ont pas de bracelets... Et vous croyez gai de rencontrer la femme de l'envoyé de Hollande, une piétiste... si plate... C'est encore plus plat que les autres femmes plates, les piétistes!... Que voulez-vous? Dans cette maison on reçoit un général, et ce général s'appelle Cagnard... Ils ont aussi quelquefois un conseiller d'État, mais tout petit, tout petit, encore plus petit que Conneau... et leur homme illustre, c'est Larabit... Les femmes, vous demandez?... Il y a d'abord la femme du député qui a eu ces drôles d'histoires... Puis c'est la bonne Madame... Chérie, tu sais, qui raconte perpétuellement les fausses couches de ses filles... avec des soupirs... et qui a toujours à côté d'elle cette tortillarde qui a les dents gâtées, et qui fait perpétuellement comme ça... — là-dessus une grimace diabolique, — et l'autre qui a un corsage comme deux soucoupes qui vont tomber... Et toujours, toujours, la duchesse d'Otrante en vert!

M<sup>me</sup> Malvezin faisait signe à M. d'Eauvillars de venir s'asseoir à côté d'elle et lui racontait cette histoire.

Elle se sentait triste, elle venait d'assister à un bien étrange spectacle. Elle avait été au couvent avec une jeune fille. Cette jeune personne, de grande naissance et très riche, était devenue amoureuse d'un cousin, l'aimant autant qu'elle l'aimait, un cousin d'une noblesse et d'une fortune égales à la sienne. Mais les parents avaient d'autres vues sur les enfants, si bien que le mariage était empêché pendant des années et, quand enfin l'union des deux amoureux fut célébrée, leur amour se dépensa avec une telle fureur que tous deux étaient mourants, et que, tout mourants qu'ils étaient, ils paraissaient encore prêts à s'aimer. Et de par ordonnance des médecins, dans le double lit où ils se trouvaient couchés ensemble, on les avait séparés par une glace sans tain, de la largeur et de la hauteur du lit, une glace qui leur permettait de s'entrevoir, sans que leurs chairs amoureuses se touchassent.

L'histoire était très jolie ; mais, comme toutes les histoires vraies de M$^{me}$ Malvezin, on ne savait jamais bien précisément si elle ne les avait pas tirées de son imagination.

— Ce n'est pas possible, ce que vous contez là ! dit une voix.

— C'est la vérité pure... Tout le dramatique inédit de Paris, on ne s'en fera jamais une idée !

— Que racontez-vous donc là-bas ? interrogea M$^{me}$ Tony-Freneuse.

— Voici : une femme connue de tout Paris, mais sans parents, sans relations intimes, et qui avait perdu son mari quelques mois auparavant, tombe gravement malade, ces jours-ci. Sa femme de chambre pour la coucher ne prend pas la peine de la déshabiller entièrement. Un médecin cependant est appelé, quand on s'aperçoit qu'elle est au plus mal. Il ordonne des sinapismes. Les poser, ça ennuie la femme de chambre qui est en train de nocer dans le sous-sol. Elle se fait remplacer par le cocher qui, complètement saoul, pose les sinapismes sur les bas de la mourante qu'on ne lui avait pas retirés des jambes.

— Voulez-vous vous taire ? Vous êtes abominable avec vos récits ! fit M$^{me}$ Tony-Freneuse reprenant négligemment : — Mais qu'est-ce qu'on joue ce soir ?... Monsieur d'Eauvillars, prenez donc un des journaux qui sont là, et lisez-nous les spectacles.

M. d'Eauvillars lisait : — Opéra : LE TROUVÈRE et

LE MARCHÉ DES INNOCENTS; Théâtre-Français : PAUL
FORESTIER, joué par les comédiens ordinaires de
l'Empereur; Opéra-Comique : LE PREMIER JOUR DE
BONHEUR; Théâtre-Italien : DON GIOVANNI; Odéon :
KEAN OU DÉSORDRE ET GÉNIE, avec Berton et Sarah
Bernhardt; Théâtre-Lyrique : LA FANCHONETTE; Châ-
telet : GULLIVER; Vaudeville : LES FAUX-BONSHOMMES;
Gymnase : MISS SUZANNE ET LE COMTE JACQUES; Variétés :
BARBE-BLEUE; Porte-Saint-Martin : Représentation au
profit de M<sup>lle</sup> Thierret; Ambigu : LE CRIME DE FAVERNE;
Bouffes-Parisiens : UN FAUX NEZ EN CARTON; LE LUXE
DE MA FEMME; PAUL FAUT RESTE, critique en vers de
M. Augier...

— Pardon, vous dites, vous? fit M<sup>me</sup> Tony-Freneuse,
qui déjà n'écoutait plus M. d'Eauvillars.

— Je dis, répondit le vieux beau, que la femme
américaine préfère toujours son mari à ses enfants,
tandis que la femme française donne toujours la préférence à ses enfants sur son mari.

Cette phrase amenait une orageuse discussion sur
le mariage et subsidiairement sur l'amour, dans
laquelle hommes et femmes apportaient chacun leur
mot.

Comme le maréchal soutenait que l'amour ne cons-
tituait pas un sentiment particulier, que les phénomènes qu'il produisait se rencontraient dans l'amitié,
le patriotisme, etc., la petite M<sup>me</sup> Malvezin, qui, sous
sa comédie d'égarement, se trouvait une grande
liseuse de livres allemands, lui ripostait que Son
Excellence lui paraissait un très pauvre clerc en ces
matières, que l'amour donnait naissance à un senti-

ment qui avait une *couleur* distincte et qui était une chose *qualitative.*

Bientôt la causerie générale s'éteignait, faisant place à nombre d'apartés intimes et riants, à de paresseux entretiens aux paroles intermittentes, sur lesquels se penchaient, avec un tas de petites choses parlantes sur la figure : ici une jolie tête de blonde cruelle dans une diaphanéité rose; là une brune tête balayée d'ombres prudhonniennes avec deux fossettes dansant aux coins de la bouche; plus loin une tête aux yeux de reptile et de pierre précieuse, au cou serpentin, au masque énigmatique d'honnête bourgeoise et de courtisane; plus loin une tête écrasée par une masse de cheveux noirs, le regard velouté dormant sous de lourdes paupières et offrant l'expression paresseuse et indolente d'une orientale; plus loin encore une tête diadémée de cheveux en couronne, au front haut et resserré d'une Diane de la Renaissance, aux traits finement sculptés, au sourire enchanteur des yeux et de la bouche riant si bien ensemble : tout un monde de femmes belles, de femmes jolies, de femmes agréables, trouvant le moyen d'être à la fois belles et jolies et agréables par la vie de leur physionomie.

Doux, chaud, moelleux, était ce petit salon, avec un rien de mystère que le jour tombant, l'heure entre chien et loup de six heures, mettait, en cette saison, sur ces hommes et ces femmes. Il y faisait heureux et, la félicité de l'endroit, on ne la sentait pas seulement faite du bonheur particulier de chacun de ceux qui se trouvaient là, il semblait qu'il s'y glissât un peu de la quiétude de ces années où il n'y avait ni alarme pour l'avenir, ni perspective de *krach* à la Bourse, ni peur d'une collision avec l'étranger, ni quoi que ce soit au monde qui rend une humanité songeuse ; — oui, une quiétude dans l'air, plongeant tout le monde en une tranquillité sensuelle.

Et dans un coin un aimable préfet, au teint fleuri d'un viveur sous des cheveux blancs, prêchait gentiment le matérialisme au jeune d'Eauvillars, lui disant :

— Voyez-vous, au fond, la vie c'est un bon fauteuil, un bon dîner, un bon cigare, et le reste... Les gens qui cherchent autre chose dans l'existence ne sont pas des gens raisonnables !

## LXXX

L'amour du bal devenait pour Chérie une rage, une passion effrénée. Le jour de la journée n'existait plus pour la jeune fille, elle le dormait, et en un sommeil qui gardait une activité fébrile, et dans lequel elle trouait ses draps à la place de ses orteils frottant perpétuellement contre la toile.

Elle n'avait plus de plaisir à vivre que la nuit, aux lumières, dans l'enivrement de la musique, le tourbillonnement de la danse, la surexcitation des regards, des compliments, des frôlements énamourés. Il fallait pour la tenir éveillée, amusée, intéressée, le bruit, l'agitation, la gaieté nerveuse, l'espèce de frénésie capricante du bal, et cela jusqu'à six heures du matin, jusqu'à la dernière figure du cotillon.

Notez qu'elle n'était amenée au bal par aucun sentiment tendre, aucun penchant, aucun petit coup de cœur pour un danseur quelconque, mais seulement par une sorte de fièvre chaude de son être, un besoin exaspéré de rendre tout le monde amoureux d'elle, un prurit de coquetterie féroce, inhumaine.

Elle rencontrait là aussi, il faut le dire, un peu du plaisir grisant apporté à l'homme et à la femme par l'excès des exercices physiques et l'outrance des gymnastiques forcenées, par la brisante fatigue de la danse dont elle sortait lassée à ne pouvoir plus se tenir debout sur ses pieds quand on lui jetait aux épaules sa sortie de bal.

## LXXXI

Dans cette succession de bals sans trêve ni interruption, ni repos d'un jour, pour n'en point manquer un seul par l'oubli ou la fatigue d'un coiffeur, et même ne pas voir son attente reculée d'une heure ou deux, la petite-fille du maréchal avait imaginé un moyen à la fois ingénieux et expéditif.

Chérie se faisait coiffer par sa femme de chambre avec des *gazons*, de grandes herbes vertes tressées en couronne au-dessus de ses cheveux épars, et lui tombant jusqu'aux jarrets : coiffure qui scandalisait les rigides mères de famille, et d'où était venue à la petite-fille du maréchal le surnom de *l'échevelée*.

## LXXXII

Dans la vie mondaine, en ces bals, ces concerts, ces soirées, la jeune fille respire de la volupté.

Tout sollicite ses sens, tout éveille ses désirs, tout parle à l'être physique. C'est le bruit lubrifiant de la musique instrumentale, c'est la romance langoureuse que chante un joli ténor, c'est la valse, cette danse où la valseuse tourne entre les bras de l'homme, à la fois enivrée et défaillante, c'est cette torpide chaleur charriant des senteurs de plantes tropicales, c'est ce verre de champagne... c'est, enfin, ce délire particulier qui, aux heures de la nuit, vient aux femmes en ces lieux de vertige où l'on voit de modestes fillettes soudainement transformées et, avec toutes sortes de coquetteries provocantes et d'effronteries naïves, montrer leurs maigres poitrines aux petits seins naissants et de la chair décolletée, qui semblent heureuses de boire de la lumière et des regards d'hommes.

Mais, dans l'échauffement amoureux apporté par le monde à la jeune fille, qu'est-ce que la musique, les romances et tout le reste, auprès du spectacle de ce monde lui-même? Là, tout le temps, les sourires des yeux et de la bouche, les poses, les attitudes, les jeux de l'éventail, causent amour, déclarent des sentiments prêts à se rendre, avouent des liaisons; et au fond, sous la convention et le mensonge d'une réunion appelée : bal, concert, soirée, il n'y a guère que des rendez-vous et des rencontres passionnées.

La jeune fille commence à percevoir que ces assemblées n'ont lieu ni pour la danse, ni pour le buffet, ni pour les plaisirs qu'on annonce y prendre et, avec les lucidités que la femme, toute jeune qu'elle est, a des choses de l'amour, et avec ce qu'elle surprend dans un regard, et ce qu'elle devine dans un chuchotement de contredanse, et ce qu'elle entrevoit dans des riens invisibles, elle ressent la sensation de se trouver dans un endroit où l'on s'aime tout autour d'elle et où, tout autour d'elle, est nouée une tendre chaîne de relations intimes.

Vivre là-dedans, en ayant sous les yeux l'exemple tentant des autres femmes, c'est cruel, savez-vous, pour de grandes filles en âge de faire des enfants.

## LXXXIII

Chérie était une femme possédant à la fois un cœur aimant et des sens. Elle n'avait rien de commun avec ces Parisiennes lymphatiques dont les facultés amoureuses s'annihilent et se perdent dans les fatigues de la vie mondaine, et chez lesquelles l'amour est, le plus souvent, seulement une affaire de cervelle montée.

D'apparence frêle, la jeune fille, bien constituée et en puissance de toutes ses forces vitales, était douée du tempérament nervoso-sanguin des vraies femmes amoureuses. Il y avait aussi, chez elle, il ne faut pas l'oublier, du sang de sa mère, du sang des colonies espagnoles, de ce sang chaud qui demande que la femme, dans les veines de laquelle il circule, soit mariée jeune.

Ce besoin du mariage éclatait dans une particularité caractéristique. La vue des enfants produisait sur Chérie une espèce d'*affolement caressant* : cette exaltation singulière des tendresses qu'on remarque chez les jeunes filles faites pour la maternité et qui en ont, pardonnez-moi l'expression, soif et faim.

Donc, ainsi amoureusement passionnée de corps et d'âme, et vivant dans la plus extrême pureté, Chérie avait la visitation obstinée et tracassante du *désir*, l'obsession d'images, de visions, d'appétences troubles, et elle ne pouvait défendre aux rêves voluptueux de violer la chasteté de ses nuits.

## LXXXIV

En cet allumement des sens, en ces tourmentes de la chair, en ces tentations de la chute, la jeune fille du monde est très souvent sauvée par un secours providentiel que les livres n'ont point encore révélé.

Ce n'est ni l'action catholique, ni même encore une attache bien rigide à la pure honnêteté. C'est simplement un sentiment féminin, mais personnel exclusivement à la femme raffinée.

Une existence d'élégance, l'incessante occupation de ce qui pare et embellit, une perpétuelle recherche de l'idéal dans le joli, enfin la fuite en tout de la *terrestréité*, ainsi qu'on disait au xviii⁰ siècle, donnent, de la faute matérielle, aux jeunes filles comme Chérie, quelque chose de la peur qu'ont les hermines d'une souillure à leur blanche fourrure.

La vertu, la morale, nous le répétons, n'entrent pour rien dans cette défense et cette sauvegarde de la jeune fille du monde : une sorte d'adoration religieuse de son corps, de sa divine petite personne ; c'est cela, rien de plus. La jeune fille a tout bonnement fait d'elle une espèce de petite Sainte-Vierge, placée dans une châsse de satin blanc, et elle veut, à ses propres yeux, demeurer toujours l'immaculée madone de sa châsse.

Toutes les fois que Chérie se sentait prête à aller plus loin qu'elle ne voulait, la petite vierge mondaine qui était en elle la retirait blanche et pure de son commencement d'entraînement.

## LXXXV

Chez la jeune fille qui, pour ajouter à la sensation de ses lectures, mouillait tout à l'heure à pleins flacons d'eaux de senteurs les livres d'amour qu'elle lisait, le goût des parfums, à ce moment de son existence, devenait une exigence impérieuse. Ce goût tenait de la passion des femmes de l'Inde passant leur existence végétative dans la fumée des cassolettes, dans la pluie pulvérisée des eaux odorantes.

Il arrive souvent aux Parisiennes d'une nature délicate et nerveuse d'affectionner les parfums violents. A les voir, ces mourantes créatures, on croirait qu'elles doivent se satisfaire avec la suave et fugace émanation que l'iris laisse au linge de corps. Non, il faut que leurs vêtements, leur chevelure, leur peau, soient imprégnés de ce que les distillations de la parfumerie obtiennent de plus fort, de plus *nauséeux*, des matières animales et végétales, et que, perpétuellement, leur personne baigne dans les effluves vaporeux et les molécules en dissolution des odeurs concentrées.

Respirer dans l'atmosphère des exhalaisons entêtantes, dans une sorte d'embaumement écœurant de l'air, c'était devenu, pour Chérie, une habitude, une despotique habitude, et quand elle ne l'avait pas, cette amosphère *ambrosiaque*, il manquait à sa vie quelque chose : elle ressemblait à un fumeur privé de fumer.

Elle vivait donc au milieu des « extraits triples d'odeurs » à baptême anglais : *Kiss me quick,* — *Lily of the Valley,* — *New Mown hay,* — *Spring Flowers,* — *West-End,* — *White-Rose,* — *White-Lilac,* — *Ylang-Ylang.* Et tous les « bouquets », tour à tour, Chérie en portait, chez elle ou dans le monde, les terribles aromes, — tous les bouquets, depuis le « bouquet de l'Impératrice Eugénie » jusqu'au « bouquet des Baisers dérobés », bouquets qui toujours enveloppaient la jeune fille du mélange flottant des esprits de tubéreuse, de fleurs d'oranger, de jasmin, de vétyver, d'opoponax, de violette, de fèves de Tonka, d'ambre gris, de santal, de bergamote, de néroli, de romarin, de benjoin, de verveine, de patchouli.

A sentir le mouchoir trempé de ces bouquets, Chérie éprouvait du bonheur ayant quelque chose d'un très léger spasme. Il se faisait une détente de ses nerfs, une douce résolution de son moi, une sorte de contentement chatouilleux, un engourdissement à la fois jouisseur et un peu léthargique de son corps, duquel, très souvent oublieuse des gens qui se trouvaient autour d'elle, Chérie se soulevait, pour aspirer de nouveau la senteur à pleines narines, frénétiquement, dans un renversement du buste où sa tête s'en allait un rien en arrière, avec des yeux se fermant de plaisir.

Ce mol bien-être physique s'alliait à une teinte riante apportée tout à coup aux idées de la jeune fille. Cardan, Rousseau, Zimmermann veulent que l'odorat soit le sens spécial de l'imagination ; je ne sais... Ce que je serais disposé à croire plutôt, c'est que les parfums et l'amour donnent des jouissances qui voisinent de bien près, de si près que l'odeur de la civette fait chanter les oiseaux en cage.

Ainsi, Chérie aimait follement les odeurs, et même, il n'y a pas à le cacher, elle adorait le musc tout autant que l'Impératrice Joséphine dont le cabinet de toilette de la Malmaison, au bout de quarante ans, en dépit des grattages et des lessivages, était resté musqué comme aux premiers jours. De toutes les envies secrètes de la jeune fille, le croirait-on, la plus ardente était d'avoir en sa possession un grain de musc du Thibet et de la province de Ta-tseen-loo, un grain de musc de première qualité, exempt de toute sophistication et authentiqué par l'enveloppe en caractères rouges et reproduisant dans une image grossière la chasse au chevrotain porte-musc, représenté avec sa poche *moschifère*. Et Chérie, d'ordinaire très peu causante avec les gens d'âge, déployait dans le monde une amabilité dont on la plaisantait pour un savant très vieux, très laid, très ridicule, qui s'était engagé à lui faire venir ce grain de la province de Ta-tseen-loo.

Quand la jeune fille l'eut enfin, son grain authentique, elle le garda parmi ses bijoux dans une petite boîte de laque d'or, de la grosseur d'un pois.

## LXXXVI

Maintenant, tous les matins, à son premier réveil, la jeune fille se levait et, encore endormie, d'une main cherchant à tâtons, atteignait un vaporisateur, et se mettait à insuffler l'intérieur de son lit de la senteur de l'héliotrope blanc.

Puis, aussitôt, elle se refourrait entre les draps parfumés, prenant soin de les ouvrir le moins possible. Et, la tête enfoncée sous la couverture jusqu'aux yeux, elle prenait une jouissance indicible à se sentir pénétrée, caressée, rafraîchie par l'humidité odorante de la vaporisation dans laquelle il lui semblait, son être encore mal éveillé, à demi s'évanouir, s'en aller, lui aussi, comme s'il était volatilisé, en parfum et en bonne odeur.

A la fin elle se rendormait, trouvant une volupté dans un sommeil où il y avait un peu d'ivresse cérébrale et d'asphyxie.

## LXXXVII

Alors revenait assez souvent à la mémoire de Chérie le souvenir d'un parti qu'elle avait refusé, sans qu'elle pût se rappeler absolument pourquoi. L'homme qui la demandait en mariage était cependant riche, jeune, agréable de figure, et très bien apparenté dans le gouvernement. Au fond, il n'y avait pas d'illusion à se faire, il ne s'était pas représenté depuis un parti sortable.

## LXXXVIII

Le mariage de Chérie, en effet, ne se faisait pas aussi facilement qu'on aurait pu le supposer. Des empêchements, des obstacles divers et particuliers, venaient à l'encontre de l'établissement de la jeune fille, toute petite-fille de maréchal de France qu'elle fût.

Le maréchal n'était pas riche. Sa fortune consistait dans cette belle et grande terre du Muguet : au fond, une ruineuse propriété d'agrément et dont l'entretien mangeait bien au delà des douze mille francs de revenu des deux fermes attenant au parc. Puis la restauration princière des bâtiments à laquelle le maréchal se laissait aller pendant ses ministères, et qui, comme toujours, dépassa de beaucoup les devis, en dépit des forts appoints payés tous les ans sur son traitement, se trouvait bien loin d'être entièrement soldée.

Le maréchal passait à juste titre pour une nature dépensière et généreuse qui, de toute sa vie, n'avait su faire des économies et n'avait jamais pu refuser, quelque cher qu'il coutât, un caprice à sa petite-fille.

Mais ce qui, plus que le manque d'une grande fortune, rendait Chérie difficilement mariable, c'était la gâterie dans laquelle elle avait été élevée. Pour une fille devant toucher une dot très médiocre, on ne peut le cacher, il existait chez les épouseurs une espèce de terreur du luxe entourant sa jeunesse.

L'imprudente jeune fille indignait aussi les mères de famille par l'indépendance de sa tenue, le bon plaisir de ses toilettes et ses méprisants dédains à leur égard. Elle jouissait d'une dangereuse réputation d'excentricité, et les *marieuses* de la société, en leurs consultations, quoiqu'elles fussent forcées de reconnaître qu'on ne pouvait alléguer le plus petit fait contre sa conduite, déclaraient bien haut l'imprudence qu'il y aurait à une mère aimant son fils de lui donner Chérie comme femme.

En ce temps aussi, où les esprits commençaient à accepter les théories médicales sur l'hérédité, l'histoire de la folie de la mère de la jeune fille, tous les jours plus connue, devenait encore une cause d'éloignement des prétendants.

Quant aux ambitieux, quant aux jeunes hommes pensant tirer parti pour leur carrière de l'influence du maréchal aux Tuileries, — le maréchal, depuis dix-huit mois, avait quitté le Ministère, — l'évolution déjà commencée de la politique impériale vers le libéralisme, et le caractère anti-démocratique bien connu du grand-père de Chérie, leur permettaient de se rendre compte, en y réfléchissant un peu, que le retour du maréchal au Ministère était tout à fait improbable dans l'avenir.

## LXXXIX

Sous le second Empire, le mari rêvé par une jeune fille du monde est presque toujours un fonctionnaire, un haut fonctionnaire.

L'homme de l'administration, en ces années, a pris soudainement un prestige qu'il n'avait jamais eu à aucune autre époque. Ce n'est plus le fonctionnaire constitutionnel de la pauvre Restauration et du bon roi Louis-Philippe, resserré et gêné dans ses attributions, ses arrêtés, ses vouloirs. Le fonctionnaire du second Empire revêt sur lui quelque chose de la toute-puissance du maître d'alors. Dans son rôle militant d'agent de la politique répressive et de délégué autocratique du pouvoir souverain, il exerce la domination morale que prend sur les esprits du peuple et des femmes un gouvernant militaire ; il apparaît comme un civil qui aurait le sabre. Au fond, un préfet de ce temps est un vice-roi de département, et être la femme de ce vice-roi, voilà l'ambition sourde de la plupart des jeunes filles du monde officiel, de Chérie comme des autres.

Enfin ce parti prépotent est-il d'une origine bien obscure et n'a-t-il point du tout de naissance, la demoiselle à marier, quelque entichée de noblesse et de titres qu'elle soit toujours, entend tellement, de tous côtés, annoncer la prochaine proclamation d'une noblesse impériale, se trouve les oreilles si emplies du projet à l'étude d'anoblissement de tous les grands fonctionnaires de l'Etat, qu'elle a la persuasion de faire crédit à son futur mari, pour quelques mois seulement, du comté ou de la baronnie en train de s'élaborer dans les bureaux de la chancellerie du Ministère de la Justice.

## XC

Tour à tour toutes les amies et les connaissances de Chérie se mariaient.

Des mariages, Chérie en apprenait, en apprenait... Pas de jour, presque, où le concierge ne lui remît une lettre de faire-part que, dans son impatiente curiosité, elle lisait en montant les escaliers. Mariages de petites amies de son âge, mariages de petites amies plus jeunes qu'elle. Toutes, l'une après l'autre, devenaient des « madames »; il n'y avait guère vraiment qu'elle qui restât fille : — Oh! elle coifferait sainte Catherine, bien sûr!

Chaque semaine, pour ainsi dire, des soirées de

contrats, des visites de trousseaux, des messes de mariage : une suite non interrompue d'occupations mondaines, tenant la pensée de la vierge nubile dans une émotion amoureuse et la rivant, sans un moment de relâche, à son idée fixe : le mariage. Et encore ces *lunch*, précédant le départ des mariés, ces *lunch* à la gaieté comme rêveuse de tout le monde, et où la mariée, au dernier mariage, a attiré Chérie dans un coin avec des mains de caresse, pour lui dire quelque chose qu'elle a oublié au milieu de sa phrase commencée, et qu'elle a fini par un sourire heureux. — C'est donc bien bon cela qui vous fait oublieuse ainsi ! se disait pendant plusieurs jours Chérie, ne pouvant chasser de ses yeux le visage heureux de la mariée.

A quelque temps de là, chez ces mêmes amies mariées, les confidences « qu'on était grosse », et l'inspection de la layette, et le baptême, et le marrainage, et toutes les choses qui mettent le désir et l'émulation de la maternité chez les grandes demoiselles.

Puis l'intimité avec ces jeunes ménages, dans ces milieux conjugaux, parmi la tendresse des couples autour des berceaux, c'était un peu comme si Chérie traversait des intérieurs pleins d'une impudeur glorieuse, de l'état radieux d'un concubinage autorisé, de la conjonction exultante d'un monsieur et d'une dame au-dessus de la blonde tête d'un enfant : tableau prenant par instants, aux yeux de la jeune fille, l'aspect d'un phallus dessiné sur un mur.

## XCI

Dans le contact journalier de son existence avec ses amies mariées, le léger regret d'un premier mariage manqué se changeait vite chez Chérie en le désir impatient d'en retrouver un autre et, ce désir de se marier à toute force s'accentuant peu à peu avec le temps, était devenu à la longue une envie déraisonnable, presque maladive, et où se confondaient l'excitation des sens et le dépit irrité de l'amour-propre de la jeune fille.

Un état dans lequel Chérie ne semblait avoir gardé ni le sens critique, ni le goût difficile d'une jeune et jolie et délicate femme, et paraissait disposée à prendre pour mari n'importe qui de la société, sans être arrêtée par sa laideur, son air commun, son âge même ; un état dans lequel elle se donnait en spectacle avec l'affiche de ses visées et la tristesse de ses déceptions.

Un supplice maintenant pour elle, quand elle se voyait forcée d'embrasser une amie qui arrivait lui annoncer son mariage ; elle l'aurait mordue.

Avec les hommes, Chérie se montrait aussi bien extraordinaire. Elle prenait en grippe les messieurs à marier qui ne songeaient pas à la demander en mariage, et très souvent passait plusieurs jours au lit, après s'être figuré, dans un pur rêve de son imagination, qu'il avait été question d'elle pour un mariage que venait de faire manquer la volonté de son grand-père.

Et des combinaisons dans sa cervelle pour devoir amener une union matrimoniale qu'elle désirait, des combinaisons à donner la migraine à un joueur d'échecs!

La malheureuse, dans cette chasse au mari, à l'effet de continuer à soutenir les fatigues des bals et des *cotillons* menés jusqu'au petit jour, se mettait à suivre un régime de vin de Bordeaux et de viandes rouges, à vivre pendant plusieurs mois d'une nourriture échauffante qui la rendait très malade.

Elle en arrivait enfin à aller tous les jours goûter, sur le coup de deux heures, à la porte des Tuileries, chez le pâtissier Guerre, dans l'espérance d'allumer là une passion légitime.

## XCII

C'était la nuit d'un premier vendredi de janvier, la nuit d'un jour des Rois.

Depuis vingt-quatre heures, Chérie n'avait pas mangé, ayant seulement trempé ses lèvres à de l'eau pure. Assise dans un fauteuil, devant la cheminée de sa chambre, toute déshabillée sous son peignoir, elle regardait, d'un air singulier, les aiguilles de la pendule.

Minuit sonnant, Chérie se levait, prenait une paire de bas de soie noire qu'elle pliait en croix sur un miroir. Ces bas noirs en croix, et ce miroir, elle les plaçait sous son traversin, ainsi qu'une carte où elle avait écrit avec une plume liée au quatrième doigt de la main gauche, le jour, l'heure, l'année de sa naissance, et l'âge de la lune, et le nom de l'étoile du matin.

Puis déshabillée, un pied posé sur la barre du lit, elle jetait cette invocation dans la nuit :

> Je mets le pied sur l'*anti-bois* ;
> Je me couche au nom des trois Rois.
> Je prie Gaspard, Melchior et Balthazar
> De me faire voir,
> En mon dormant,
> Le mari que j'aurai
> En mon vivant.

Alors elle se couchait sur le côté gauche.

Hélas ! les superstitions du passé hantent les femmes de la plus haute société aussi bien que celles de la plus basse, et il est peu de jeunes filles du très grand monde qui, certains jours, n'interrogent l'avenir au moyen d'antiques sortilèges et de vieilles incantations magiques.

Chérie ne s'endormait pas.

L'anxiété de la faim, une sorte de remords de ces bas noirs mis en croix et qui lui semblaient, ainsi disposés, un sacrilège, une indéfinissable terreur se levant de la chambre, la tenaient éveillée.

A la fin elle tombait dans un court sommeil, et se réveillait sans avoir rêvé.

« Est-ce qu'elle ne se marierait donc pas ? »

Au bout d'une heure elle se rendormait, et presque aussitôt se trouvait les yeux tout grands ouverts.

Il faisait dehors, cette nuit, une pleine lune à la

blanche lumière aveuglante et une persienne mal fermée et qui s'était ouverte donnait passage à un jet de cette inquiétante clarté, mettant sur le linge de Chérie, jeté sur une chaise au pied de son lit, un peu de la lueur électrique qu'elle avait vue sur un linceul dans un drame du boulevard.

L'émotion peureuse qu'elle en éprouvait l'empêchait de se rendormir de toute la nuit.

Au petit jour, brisée de fatigue, elle glissait à un lourd accablement dont elle était tirée par l'entrée de Mlle Tony-Freneuse, en amazone, et déjà de retour d'une promenade à cheval au Bois.

— Ah ! l'affreux rêve, s'écria Chérie, en faisant à demi-éveillée, de ses bras tendus, un geste pour le repousser.

— Et bien ! raconte-le-moi, ton rêve.

— Non, je t'en prie, ne me le demande pas, je ne veux plus y penser !

Là-dessus, Mlle Tony-Freneuse, d'un bond, s'asseyait sur le pied du lit de Chérie, et entamait avec sa jeune amie une confidence, une confidence tout intime, et où elle apportait, selon son habitude, un sans-cœur féroce, même un peu ostentatoire.

Juliette parlait à Chérie d'un soupirant qui était au moment de devenir son mari.

— Ma mère, ma mère... — s'écriait Mlle Tony-Freneuse à une question de Chérie sur les dispositions de sa famille, — ma mère n'y est pour rien... Ah ! ma bonne Chérie, tu en es encore au temps où les parents mariaient les enfants... mais maintenant, c'est nous qui nous marions tout seuls... Voilà quelque temps que je le *roule*, ce garçon... je me suis dit qu'il serait mon mari... je ne l'aime pas... il est horriblement riche.

— Et tu as eu l'art, tout en ne l'aimant pas, de lui persuader qu'il était aimé ?

— Que fais-tu, chère bonne, de cette hypocrisie féminine dont Dieu nous a si paternellement dotées... — dit la jeune fille en battant de sa cravache le bas de son amazone, — de cette hypocrisie perfectionnée par toutes les choses que nous sommes forcées d'avoir l'air de ne pas comprendre... et que les indiscrétions du hasard nous ont apprises ? Car enfin notre supériorité à nous est de mentir autrement bien que les hommes... Nous, jamais nous ne sommes trahies par ce maudit coin de la bouche, ou ce tournoiement de l'œil... qui nous apprend si clairement qu'un monsieur fait un mensonge quand il nous parle... Mais tu n'écoutes pas... tu es tout absorbée... qu'est-ce que tu as ?... Ce serait encore...

— Oui, oui... je ne voulais pas te le raconter... Eh bien, le voici ce rêve... J'ai vu passer une bière couverte de roses blanches.

— Toi, des superstitions de portière ! dit M<sup>lle</sup> Tony-Freneuse en sautant à bas du lit. Lève-toi et viens déjeuner chez maman... Nous nous moquerons tellement de toi que tu n'oseras plus penser à ton bête de rêve.

— Tu te maries bientôt ? fit Chérie en sortant de son lit.

— Oui, dans quelques mois.

— Allons, c'est moi qui reste fille, la dernière de nous toutes !

## XCIII

Compiègne.
De ma couche nuptiale.

« C'en est fait, je ne suis plus, plus du tout... vierge. Reprenons les choses au moment où je te quittais hier pour monter en voiture... non, ça n'a pas d'intérêt... je saute à l'heure où me voici déshabillée, couchée, attendant le père futur de mes enfants... Il ôte ses bottes dans la chambre à côté... moi je réfléchis à cette phrase que j'ai entendu maman dire dans un coin à son gendre : « C'est à vous, mon cher Louis, d'éveiller les petits sens de votre femme. » Comment va-t-il s'y prendre ?... quelle est sa méthode ?... oh ! ah !... *curious, very curious,* comme disait mon étonnante gouvernante anglaise... C'est lui, mon Dieu... Ici une observation à ton usage pour plus tard. Votre mari, le monsieur inconnu, fermé, imposant, tant qu'il a sur lui son habit noir et sa cravate blanche... dans ce rien de trajet qu'il fait en panais de chemise vers le lit conjugal... rappelle-toi ça... tu sais tout d'un coup ce qu'il est, ce qu'il pèse, ce qu'il vaut... c'est une révélation complète de son individu moral... Eh ! bien, te le dirai-je ? il m'a paru, dans ce trajet, très mince d'étoffe, le mien de mari... Connu, n'est-ce pas ? que c'est un mariage de convenance que nos parents ont fait, que j'ai fait moi-même... ce qui me donne tous les droits au sang-froid... Continuons... Ouf, il se glisse auprès de moi... gauchement... Un manuel de conversation bien fait à l'usage du sexe fort, pour ce premier moment, je suis sûre qu'il aurait un débit considérable... Silence prolongé... A la fin des fins, le voilà me tournant deux ou trois phrases embarrassées à l'effet de calmer mon émotion... Pauvre chat!... c'est lui qui l'a... l'émotion, et la parole un peu bégayante, et le *trac* de je ne sais quoi... Puis, avec toutes sortes de circonlocutions, il me fait entendre qu'il a pris des engagements avec ma mère... et que je dois bien me garder de croire qu'il est un brutal... Bon, dis-je en moi-même, un ajournement... Il risque toutefois de petites caresses timides, timides, timides ; mais *na*, ça s'arrête *subito*, ses politesses... et il a la figure toute chiffonnée. Je songe à des choses comiques... je me pince pour ne pas être prise d'un fou rire... Il arrive quelquefois aux mariées de mon sexe d'avoir la colique... pourquoi ça n'arriverait-il pas aux mariés masculins?... Et par là-dessus un lit étroit en diable... T'ai-je raconté ma première commande de robe chez Kerteux ? — Mademoiselle est Américaine ? fait l'essayeuse. — Pourquoi ? — C'est que rien n'est plus rare qu'un derrière chez une Parisienne !... Donc, dans ce lit, ton amie se trouvait très malheureuse de ressembler à une Américaine, d'autant plus que nous en étions toujours à la phase pudique de l'éloignement en demi-cercle du centre de nos académies... A ce moment, on n'a jamais su pourquoi, mon époux se rappelle à nouveau la recommandation de maman...

et le pauvre garçon se détermine, une seconde fois, à éveiller mes petits sens... il y travaille consciencieusement... C'est particulier comme en ces instants les hommes ont l'air *chose*... Ça ne fait rien... il devient très aimable, très aimable, très aimable... Ici, une réflexion pratique : le mariage étant un viol avec encouragement des parents, ils devraient être tenus de faciliter ce viol de toute leur intelligence... eh! bien, non, ils négligent les détails... Notre lit, je te l'ai dit, était un lit impossible... un lit sur lequel ne s'était pas arrêté l'œil d'une bonne mère... Il se trouva quelque chose de pis, nous avions un plafond en chêne ancien, en chêne artistique... tu vas voir... En pleine amabilité, Louis me dit tout à coup :

« — C'est agaçant, entendez-vous ?

« — Eh ! oui, le bruit des vers, des tarets dans les boiseries. A Venise, la nuit, on n'entend que cela... Et ce bruit vous fait quelque chose, mon ami ?

« — Non, mais...

« Il ne s'explique pas davantage, toutefois je m'aperçois très bien que mon mari est une organisation essentiellement nerveuse... Alors il me parle de la fatigue de la journée, de la longueur du voyage... et il m'engage paternellement à dormir... Très bien, sommeillons... Je commence à perdre la notion que je suis mariée... quand... diable, diable... aurait-il mangé du poivre ?... oh ! mais, je le retrouve tout émoustillé... et tourmentant... et qui, ma foi, ma foi, brusque... tout. Quand ton tour sera venu, tu verras au fond que la chose est assez *drôlette*, quoique peut-être inférieure à ce que nous rêvions...

Seulement, seulement... mon amour d'époux m'a paru ridicule dans cet exercice : trop de soupirs, trop de roulements de prunelles, trop d'extatisme avec son nez légèrement en trompette qui n'est pas le vrai nez de l'extatisme, et cependant... j'étais au moment de lui témoigner un peu de reconnaissance, si je ne m'étais rappelé à temps cet axiome d'une vieille tante de province, à propos de sa cuisinière : « Il ne faut jamais paraître contente, sinon elle se néglige » : phrase applicable aussi bien aux maris qu'aux cuisinières.

« Je t'embrasse jusqu'à ce que tu n'aies plus de joues.

« JULIETTE. »

« Demande à ton abonnement de lecture un livre qui a paru ces années-ci sur la duchesse de Châteauroux ; si le livre dit vrai, j'aurais eu l'honneur d'être aussi bien traitée par M. de Sémillard que Marie Leckzinska le fut par le roi Louis XV, en sa nuit de noces. »

## XCIV

Le monde, cette année, tout à coup commença à devenir pour Chérie un plaisir dépouillé de tout ce que l'imagination féminine y apporte, un plaisir où n'existait plus l'attente d'un inconnu autrefois promis d'avance à la jeune fille par chaque soirée, un plaisir qui avait cessé de lui offrir les mirages des hivers précédents.

Hier, pour se rendre dans le monde, elle ne trouvait jamais assez alertes les doigts de sa femme de chambre, assez rapides les chevaux de son grand-père ; aujourd'hui... Non, Chérie n'apportait plus dans les salons cette fièvre nerveuse de la voix, cette légère ivresse des gestes, cet entrain du corps donnant à l'entrée d'une timide jeune personne dans un bal ce joli air d'endiablement.

Le monde n'était plus pour elle cet endroit bienheureux et féerique où lui venait, elle ne savait alors comment, une voluptueuse exaltation de l'être. Aujourd'hui elle se rendait nettement compte que cette exaltation était faite avec des musiques, des lumières, des fleurs, des reflets dans des glaces, des propos équivoques, des verres de punch.

La danse avait cessé d'être cette frénésie vertigineuse, cette jouissance pleine d'un je ne sais quoi de capiteux tout à fait intraduisible, ce transport qui grise et dérègle la femme ; la danse devenait pour elle la danse et rien de plus.

En même temps que la danse perdait son attrait fascinatoire, le danseur, le *jeunet*, le joli blanc-bec, se dépouillait aussi, aux yeux de la jeune fille, de son côté séducteur ; elle le trouvait soudainement à la fois trop vide et trop bruyant et, découronné de son auréole amoureuse, il descendait dans la pensée de Chérie au rôle infime d'utilité de salon, de meuble presque.

Même le bagout de ses petites amies ne l'amusait

plus guère, et elle s'étonnait de trouver beaucoup moins vif chez elle l'éveil de l'intelligence pour les riens spirituels qui remplissent le fond de la conversation de la grande société parisienne.

Enfin, selon son expression, elle se sentait alors *âgée*, n'ayant plus du tout en elle de force pour coqueter avec les petits jeunes gens, n'ayant plus même de ressources pour les frais généraux du monde.

A l'heure présente, ce que Chérie aimait dans un salon, c'était de ne penser à rien, en regardant vaguement les jeux de lumière sur les visages des gens, en écoutant distraitement le bruit indistinct des paroles autour d'elle.

## XCV

Parfois la petite-fille du maréchal se demandait avec une sorte d'incertitude, avec un doute curieux, si elle était vraiment bien la Chérie des années précédentes. Remontant à ses impressions, à ses sensations, à ce qui se passait alors en sa légère cervelle, elle ne se retrouvait plus et éprouvait comme le sentiment de la substitution d'une autre jeune fille mise en elle.

Ce n'était plus du tout, mais du tout, sa façon d'être impressionnée, et de juger, et de voir les choses, sans qu'elle pût se rendre compte comment une telle métamorphose avait eu lieu et si rapidement. En effet, la Chérie de maintenant semblait une autre femme.

Une saine raison avait pris possession d'elle, et avec cette saine raison il lui venait les appréciations et les goûts d'une personne rassise, guérie de bien des illusions menteuses.

Dans la fréquentation de quelques artistes et hommes de lettres ironiques, elle avait désappris les religions bêtes du *comme il faut* supérieur, perdu le respect du *chic* en faveur dans le grand monde bourgeois et administratif, rejeté loin d'elle cette *gandinerie* dans les idées, depuis si longtemps comprimant ses qualités natives.

Même son esprit, car elle n'en manquait pas, cessait d'être ce caquetage nerveux, sautillant, épileptique, d'une caillette moderne ; aujourd'hui elle disait des mots joliment naturels, de la qualité de ceux que trouvent les femmes de province quand elles ont de l'esprit.

En dernier lieu, particularité bizarre, les rêves de la jeune fille n'avaient plus pour objectif un grand salon officiel; ils allaient à un coin de Lorraine, à une habitation perdue dans de vieux arbres, à un peuple d'animaux domestiques grouillant et tapageant autour de ses jupes, à une vie de nature et de campagne.

Toutefois ce changement moral, au lieu de s'accomplir dans la sérénité accompagnant d'ordinaire l'apaisement de la mondanité chez une jeune fille, se faisait au milieu d'une inquiète tristesse et parmi un état de fatigue physique si grand qu'il était presque douloureux.

## XCVI

Des tendresses, des tendresses jusqu'alors inconnues et qui quelquefois la surprenaient, s'éveillaient dans Chérie.

La jeune fille riche, entourée de luxe, aux besoins et aux désirs immédiatement satisfaits, ne connaissant la privation de rien en quoi que ce soit, et sans contact immédiat avec les misérables, quelque bonne qu'elle peut être, n'a pas la notion juste de ce qu'est le malheur, et son cœur la renseigne incomplètement sur la souffrance des malheureux. Elle ressemble un peu à cette fille de France à qui l'on apprenait que des gens manquaient de pain, et qui répondait : « Qu'ils mangent de la brioche ! » La jeune fille riche fait donc la charité sans apitoiement, par obéissance au programme des devoirs et des occupations d'une jeune personne bien élevée.

Chérie l'avait faite longtemps ainsi, la charité ; mais depuis quelque temps, depuis qu'elle ne se trouvait plus heureuse, elle se sentait émue par les infortunes qu'elle secourait, émue et remuée pendant plusieurs jours.

## XCVII

Peut-être aussi un peu de cet entier changement de l'être fut-il amené, en ce temps, chez Chérie par un sentiment, un véritable amour, une passion sincère arrivée tout au bout de ces coquetteries à froid, de ce *flirtage* sans cœur et qui, ainsi qu'il advient quelquefois dans le monde parisien, brûla et mourut en elle, sans que l'homme aimé en eût connaissance.

Deux phrases écrites sur un petit calepin, retrouvé plus tard par le maréchal dans la pochette à ouvrage de sa petite-fille, furent la seule révélation de cet amour inconnu. Ces deux phrases, les voici :

« Je suis heureuse, bien heureuse ; je n'ai besoin de rien... que de savoir qu'il est là, où je suis.

« J'avais tant de choses à lui dire... mais je n'ai rien su lui dire de ce que j'aurais voulu... Ça n'a été ni gai, ni agréable, ce moment de causerie avec lui... C'était comme si je ne sentais plus rien, comme si je ne me rappelais plus rien ! »

## XCVIII

Bien étranges étaient maintenant les parties de plaisir que Chérie avait inventées pour son usage personnel, et qui lui aurait prédit, l'année précédente, la manière dont elle passerait la plupart de ses soirées, pendant une absence du maréchal chargé d'inspecter les places fortes du nord de la France, eût fort étonné la jeune fille !

Aussitôt après déjeuner, elle sortait suivie de sa femme de chambre et allait, aux quatre coins de Paris, acheter dans les magasins de nouveautés les plus distants, les plus éloignés l'un de l'autre, pour quelques sous de fil, de coton, de passementerie. Elle qui ne faisait pas autrefois un pas dans Paris sur ses pieds, qui était toujours en voiture, elle marchait tout le temps.

Elle marchait volontairement, forcément, comme par suite d'une ordonnance de médecin, ou plutôt d'un pari avec elle-même d'être cinq, six heures sur ses jambes. Et s'il pleuvait, s'il brouillassait, s'il faisait un de ces temps qui rendent difficile le marcher sur le pavé gras, Chérie semblait laisser voir sur son visage du contentement de ce surcroît de fatigue.

La femme de chambre harassée se demandait quel diable de plaisir pouvait avoir mademoiselle à trimer ainsi dans la b... Chérie trottait toujours, retrouvant au dernier moment une course qu'elle avait oubliée, et se lançant à travers les voitures de la chaussée, à travers les parapluies du trottoir, parmi le pataugement et la bousculade de la rue parisienne, à l'heure où, dans une journée de la fin de l'hiver, le gaz qui s'allume miroite dans les flaques d'eau.

Rentrée enfin juste pour l'heure du dîner, la jeune fille envoyait dire à son institutrice qu'elle avait la migraine, qu'elle se couchait. Déshabillée en une seconde, elle se glissait au lit entre ses fins draps de toile qu'on changeait tous les jours par une recherche de propreté exquise, — et même un peu maniaque. Elle s'y fourrait avec la hâte bienheureuse d'une femme se couchant à six heures du matin, après avoir dansé toute la nuit.

Ces jours de sortie, Chérie commandait pour elle à

la fille de cuisine un vulgaire pot-au-feu et, aussitôt qu'elle était couchée, sa femme de chambre lui montait une assiette de soupe bouillante dont la chaleur, se répandant dans tout son corps, chassait ce petit froid interne que produit le brisement des membres.

La soupe mangée, Chérie se faisait encore donner, on ne devinerait jamais quoi, une tartine de moutarde ; puis, ce singulier repas terminé, et sa femme de chambre retirée, en ce premier et bienfaisant silence où l'on n'entend que le battement de son cœur, elle s'enfonçait dans son lit pour dormir tout de suite, sans perdre une minute. Dormir, dormir très longtemps, dormir douze heures, dans quelque chose de gai, entre des rideaux *crème* fleuris de gros bouquets : c'était aujourd'hui sa grande volupté, sa débauche ; et dormir d'un sommeil d'anéantissement, d'un sommeil où il y avait de la mort.

Alors la jeune et belle fille s'irritait contre le bruit des voitures, retardant de quelques instants ce sommeil, elle qui, les autres années, dans les premiers jours qu'elle se voyait de retour de la campagne, rue Saint-Dominique-Saint-Germain, se tenait volontairement éveillée une nuit, deux nuits, pour avoir l'intime satisfaction d'entendre des fiacres rouler sur le pavé, et pleinement jouir de la certitude qu'elle était bien à Paris, dans la capitale des plaisirs du monde.

## XCIX

A peu près dans ce temps-là, une femme du monde officiel, tout en marchandant des fleurs au marché de la Madeleine, disait à deux autres femmes arrêtées devant le même étalage :

— Je viens de rencontrer, il y a une heure, M$^{lle}$ Haudancourt... C'est vraiment très particulier... Elle, autrefois d'une élégance dans la rue, je dirais absurde... d'une élégance de fille entretenue... je ne sais vraiment pas comment le maréchal tolérait cela... aujourd'hui, vous ne le croiriez pas, elle faisait ses courses en peignoir... oui, en peignoir sur lequel était jeté un châle long.

— Moi aussi, c'est la remarque que j'avais faite depuis quelque temps, reprenait l'une des deux femmes. Je me la rappelle toujours, vous savez bien, à ce bal de l'hiver dernier, chez les Erlanger... dans cette toilette d'ailleurs charmante, mais qui fut si remarquée... la fameuse robe de tulle rose, voilée de valenciennes, que rattachaient des bouquets de violettes... Eh! bien, dernièrement, dans une soirée... j'ai été tout étonnée de la voir mise comme tout le monde... comme une femme qui « ne se met pas ».

— Enfin, ce qu'il y a de certain, c'est que Gentillat n'y comprend rien, — ajoutait l'autre femme. Figurez-vous qu'il n'en a pas de nouvelles depuis un an.

A quelques mois de cette conversation du marché

de la Madeleine, dans un coin de salon, Andrée et Lucie causaient :

— Comment la trouves-tu ? — disait Lucie Préaudeau. — J'ai été voir hier Chérie... De la rue je l'aperçois fermant sa fenêtre... et le concierge me soutient qu'elle est sortie... Germaine n'a pas été plus heureuse que moi, il y a quelques semaines... Elle avait forcé la porte... était arrivée à l'antichambre... de là elle croit entendre la voix de Chérie... Tu la connais... elle a voulu pénétrer de force... Alors est arrivée Lina toute drôle et qui, presque en pleurant, a prié Germaine de s'en aller... que sa maîtresse avait mal aux nerfs... qu'elle ne voulait voir personne ce jour-là... C'est curieux, elle si coureuse de plaisirs, il y a un an à peine... plus un bal, plus une soirée... elle ne dîne même plus chez M^me Tony-Freneuse... Enfin, à l'heure qu'il est, on ne la voit nulle part... Son grand-père, quand on l'interroge là-dessus... il répond par des phrases vagues et qui quelquefois n'ont pas de sens... Tu sais, l'opinion générale, c'est qu'il baisse furieusement, le maréchal !

— Oui, oui, il y a quelque chose, — répétait deux ou trois fois Andrée Cheylus. — Moi que maman force à faire pour ma santé tous les jours une heure du lac, depuis des mois, je ne l'ai jamais rencontrée au Bois.

A un an de là, dans un grand dîner, sur l'interrogation d'un convive demandant d'un bout de la table à l'autre si M^lle Haudancourt était vraiment malade, ainsi que le bruit en courait, un illustre médecin, le spécialiste des maladies nerveuses, répondait : — Elle est un peu souffrante, mais très légèrement, et sans rien de sérieux. Il disait cela tout haut, mais se penchant à l'oreille d'un de ses voisins, un homme de science, tout bas il disait : — L'ovulation appelle la fécondation, n'est-ce pas ?... Donc les jeunes filles formées auxquelles on ne donne pas de maris... Les parents sont étonnants, parole d'honneur... ils trouvent extraordinaire qu'elles meurent quelquefois de cela... Mais c'est très commun dans un milieu aussi excitant que Paris.

## C

— Une lettre pour mademoiselle ! faisait en entrant la femme de chambre de M<sup>lle</sup> Georgette de Suzange.

La jeune fille prenait la lettre, reconnaissait l'écriture et, sans l'ouvrir, demeurait un long temps à regarder l'enveloppe, pensive, réfléchissante.

Pourquoi lui écrivait-elle ?... Il y avait des années qu'elles ne s'étaient vues... et, pendant ces années, elle semblait n'avoir pas gardé le moindre souvenir de sa petite amie de première communion... qui l'avait bien aimée cependant... mais à son amitié elle avait préféré l'amitié de M<sup>me</sup> Malvezin et des autres... elle les avait trouvées plus amusantes.

Elle ouvrait la lettre.

C'était une invitation à dîner, comme si les deux

amies s'étaient quittées la veille, une invitation toutefois à la forme un peu singulière, et qui se terminait par ces phrases : « Fais-toi gentille. Nous irons quelque part le soir. »

— A quoi servait de se revoir ? — pensait Georgette. — Était-ce la peine de se *raimer*, peut-être pour quelques semaines ?... Puis on était maintenant tellement loin l'une de l'autre... le monde, les habitudes, les idées de son ancienne amie étaient si peu les siennes à elle, maintenant... si peu les siennes, qu'elle ne se sentait aucune envie de se rendre à son invitation...

Et cependant il y avait dans cette lettre quelque chose d'inexplicablement tendre et triste qui la faisait hésiter à refuser.

Dans cette incertitude elle allait trouver sa mère et lui donnait à lire la lettre de son amie.

— Tu ne peux pas refuser le dîner de Mlle Haudancourt... Crois-en ta vieille mère ! lui disait-elle sur un ton sérieux et sans s'expliquer davantage.

Un peu intriguée, mais décidée par les paroles de sa mère, Georgette écrivait à la petite-fille du maréchal un aimable billet d'acceptation.

## CI

Le domestique qui avait ouvert à Mlle de Suzange la mena au fond du jardin de l'hôtel et l'introduisit dans un kiosque délabré servant de resserre aux instruments de jardinage.

Un mannequin de femme, à la gorge rudimentairement modelée dans le coutil gris, à la tête remplacée par un champignon en bois verni, aux bras coupés et bouchés à la place des aisselles par des ronds de métal noir ressemblant à des bouches de poêle, mais un mannequin dont le bas renfermait la vie d'une personne vivante, d'une femme de chambre travaillant dissimulée sous l'ondoiement et les froufrous cassants d'une jupe de satin blanc, — M$^{lle}$ de Suzange ne vit que cela d'abord dans la lumière crépusculaire de la fin du jour.

Toutefois, presque aussitôt, en pleine ombre portée du mannequin sur un tapis turc, jeté parmi la terre battue, elle aperçut M$^{lle}$ Haudancourt se tortillant comme un ver coupé.

Chérie levait la tête qu'elle tenait appuyée sur la paume de sa main, et sans rien dire, et avec des yeux de fièvre dans le masque d'une figure cadavérique, longuement contemplait la santé, l'animation, la fraîcheur rose qui riaient sur le visage de son amie, puis brusquement lui disait en jetant un regard de côté sur la robe de satin :

— Nous allons aux Italiens, tu sais ?

— Ah ! faisait M$^{lle}$ de Suzange, cachant mal sa stupéfaction.

— Ça t'étonne, hein ? Et Chérie retournée et aplatie sur le ventre, les coudes appuyés à terre, se mettait à mordre à même un morceau de fromage, dans le creux de ses deux mains rapprochées contre sa bouche, et où il paraissait à la visiteuse voir grouiller l'animalité de la pourriture.

Alors tout en donnant, de temps en temps, un coup de dent dans le vert de son morceau de fromage, et sans répondre aux questions que lui adressait Mlle de Suzange, la petite-fille du maréchal continuait, de ses yeux caves, à regarder presque méchamment sa bien portante amie.

## CII

Un coup de cloche annonçait le dîner.

Chérie se dressait sur ses pieds, tout d'un ressort, tentait de ses mains étendues autour d'elle une espèce de tâtonnement dans l'espace, comme si elle y cherchait un point d'appui, puis s'accrochait à la taille de son amie et traversait le jardin appuyée sur elle.

Devant la grande cheminée du salon, le maréchal se tenait debout, donnant, dans un muet salut, la main aux invités qui entraient dans le salon. Et lorsqu'un ami intime, un vieux compagnon d'Afrique venait se placer près de lui et s'éterniser à ses côtés, on voyait le maréchal tirer de sa poche une petite boîte en carton, pleine *d'agents de change Bonnet*, et la pastille qu'il offrait toutes les cinq minutes à son voisin, d'un bras mécanique, était l'unique conversation du maître de la maison, regardant perpétuellement sa pâle petite-fille.

Dans une embrasure de fenêtre, une vieille demoiselle, une parente éloignée, que le maréchal avait fait venir de province pour être un peu la mère de sa petite malade, à moitié penchée hors de son fauteuil, parlait dans l'oreille d'un familier de la maison, deux grands plis amers creusés aux coins de la bouche, et le vague de ses yeux ternes allant, de temps en temps, au plafond comme à du ciel.

Des fleurs, dont l'eau n'avait pas été renouvelée, se fanaient dans les angles du salon, et les invités gagnés par la douleur taciturne du maréchal, assis isolément, loin les uns des autres, regardaient, en des affaissements tristes, les tableaux dans leurs cadres de travers.

Sur l'annonce que le dîner était servi, le maréchal quittait la cheminée, offrait le bras à sa petite-fille dont il prenait la main maigre entre les deux siennes, la tapotait doucement et, dans le trajet du salon à la salle à manger, la portait deux ou trois fois à ses lèvres avec quelque chose de la tendresse galante d'un vieil amoureux.

Le dîner commençait, un grand dîner extrêmement long, où les cuillers et les fourchettes ne s'entendaient pas sur les assiettes, où les rares paroles échangées étaient plutôt murmurées que parlées, où les domestiques étranges d'aspect, et des choses énigmatiques en la figure, marchaient circonspectement sur la pointe du pied, où la table était enfin entourée de la gravité morne, du recueillement compassé des gestes, du silence inquiet qui se font dans les logis menacés de la perspective d'une catastrophe.

Le maréchal, en la préoccupation de son enfant bien-aimée qu'il ne perdait pas une seconde de vue, souvent oubliait de boire au verre porté à ses lèvres, le reposant distraitement sur la table.

Quant à Chérie qui ne touchait à rien du dîner, on sentait à son raidissement qu'elle déployait toutes ses forces physiques, toute l'énergie de sa volonté, à l'effet de se maintenir sur une chaise, pendant une heure entière, droite devant son assiette.

Parfois, lorsque Chérie rencontrait le regard de son grand-père fixé sur elle, dans un pauvre sourire contraint et qui faisait peine, la jeune fille tentait de le rassurer, lui annonçant à travers la table « que ça allait pas trop mal ». Mais si le maréchal venait à lui dire de l'œil de ne pas s'obstiner à se fatiguer, l'engageait à se retirer, elle lui répondait par un *non* de la tête, accusé avec un entêtement sombre.

Soudainement, au milieu du dîner, après une lueur d'anxiété traversant ses yeux comme un éclair, la petite-fille du maréchal glisse de sa chaise entre ses deux voisins, tombe de côté, la tête sur le parquet, avec le bruit sec et la silhouette détraquée d'une poupée cassée en deux.

Aussitôt ses voisins de s'empresser de la relever, mais cela avec un peu d'étonnement et de surprise, et comme si le monde du dîner était habitué journellement à pareil accident.

Toute d'une pièce, et ses yeux grands ouverts sans un regard dedans, Chérie est portée au-dessus de l'épaule du maréchal sur un canapé placé depuis quelque temps dans la salle à manger « pour les syncopes de Mademoiselle ».

On lui fait respirer du vinaigre.

Au bout de quelques instants la vie commence à rentrer dans la jeune fille. Elle prononce le nom de sa femme de chambre. Elle croit, dans cette première et imparfaite reprise de sa connaissance, que le remuement qui a lieu près d'elle est le manège de Lina, dans sa chambre, le matin autour de son lit. Elle se persuade qu'on ouvre ses volets, et le souffle de M<sup>lle</sup> de Suzange, sur ses tempes mouillées d'eau de Cologne, lui semble l'air matinal qui entre par la fenêtre.

Mais la voilà tout à fait revenue à elle, et presque aussitôt rassise dans sa pose ankylosée sur sa chaise.

— Chérie, — lui dit sa vieille parente, — ce n'est vraiment pas raisonnable d'aller ce soir au spectacle!

— On a donné l'ordre d'atteler? répond la jeune fille d'une voix résolue, en détachant chaque mot de sa phrase.

Et comme la malheureuse femme implore l'appui du maréchal, le grand-père fait dans le vide un geste vague où l'on sent son manque de courage à contrarier une fantaisie de condamnée à mort.

## CIII

Au sortir de table, Chérie emmenait Georgette de Suzange dans sa chambre.

Par terre, dans un coin, s'élevait un amoncellement de souliers de satin blanc, essayés et jetés les uns sur les autres, et au milieu desquels s'en trouvaient des paires qui n'avaient pas même été sorties de leurs coquettes enveloppes de toile grise, aux initiales brodées : tous ces souliers répandant une forte senteur de peau d'Espagne dont ils étaient parfumés.

Aux côtés de la robe du kiosque tout fraîchement achevée, des porte-manteaux étalaient exposées deux autres robes de soirée, pour que Chérie pût, au dernier moment, décider de son choix en parfaite connaissance.

Par la porte de la garde-robe d'à côté s'apercevait, dans les compartiments entr'ouverts des armoires, la perspective des jupons à volants et à falbalas, sur le capitonnage d'immenses sachets odoriférants garnissant tout le fond. Les tiroirs des deux commodes de la chambre, dans leur entrebâillement, laissaient voir à travers l'épaisse couche d'un pot-pourri de la recette de la Menjaud, femme attachée à Mesdames de France, des bas de soie, des mouchoirs de dentelle, des douzaines de gants, à moitié renfoncés tout à l'heure par une main dédaigneuse.

Sur un petit guéridon était posée une planchette carrée d'ébène, où dans la rainure ovale rondissait un collier d'un rang de perles du plus bel orient.

Et parmi le fouillis élégant, riche, distingué de cette chambre de jeune fille parisienne, dans le fond des rideaux du petit lit au couvre-pied brodé blanc sur blanc, comme les coussins des meubles, de deux cols de cygne penchés sur un grand C, une veilleuse brûlait devant une vulgaire Vierge de plâtre, ainsi qu'il s'en trouve dans la pauvre chambrette d'une ouvrière de Madrid.

Chérie, qui dans la salle à manger ne paraissait pas avoir la force de se maintenir assise sur une chaise, maintenant remontée dans sa chambre se mettait à marcher avec la fébrilité d'un animal blessé, allant et revenant d'un bout à l'autre d'une cage, et, peu à peu montée, excitée, fouettée par cette marche courante, et sans que son amie pût se rendre compte de ce soudain et surprenant emportement, chaque fois qu'elle repassait devant Georgette, elle l'apostrophait par des phrases sifflantes des sourdes et rageuses colères de sa voix.

— Toi, tu n'es pas une nature aimante... Toi, l'amour... qu'est-ce que c'est que ça pour toi ?... Toi, des sens... ah! oui!... Toi, il n'y a point là-dedans — dit-elle en comprimant de ses deux mains sa poitrine, — il n'y a point ça dont je meurs, moi!... Ah! tu es heureuse, fichument heureuse, toi... et les autres Parisiennes à ton image!

Et à mesure que Chérie se vidait de son secret dans ces paroles violentes, de la menace venait à ses mains, et la blancheur de ses dents serrées apparaissait inquiétante entre ses lèvres exsangues, si bien que sa peureuse amie se rencognait tout au fond de son fauteuil, se demandant si elle n'allait pas sonner.

A ce moment, brusquement, Chérie se jetait sur Georgette, la couvrait de baisers en fondant en larmes, des larmes d'où s'échappaient ces paroles :

— Oui, elle est bien malade, ta pauvre amie... bien malade... va, pardonne lui... Vois-tu, c'est dur, c'est dur de s'en aller toute jeune de la vie... sans avoir aimé !

Elle s'interrompait, regardait du côté de son collier de perles vers lequel elle allait comme attirée, entraînant Georgette devant le guéridon.

Elle sortait les perles un moment de leur rainure noire, s'en caressait, avec des câlineries tendres, le tournant de la joue près de l'oreille, là où est cette chair douillette, si douce aux lèvres qui embrassent.

— Tu ne trouves pas que les perles, ça s'aime autrement que toutes les choses qui nous plaisent? disait Chérie. Vois donc, c'est un peu comme du lait qui serait de la clarté... de la lumière, n'est-ce pas?... Là dedans, il y en a que j'ai regardées, rue de la Paix, bien longtemps à l'étalage, sans savoir si elles seraient jamais à moi... Ce pauvre grand-papa, il finissait toujours par me les donner à la fin des fins... Il m'est revenu, ce matin seulement, mon collier de chez la célèbre *choisisseuse*... tu sais, celle qui passe des semaines devant un machin en ébène comme cela, à toujours les changer, les changer jusqu'à ce que... Des perles, moi, je trouve cela décidément plus joli que les diamants!

Chérie restait en arrêt devant son collier, penchée sur le guéridon, dans une de ces fascinations souriantes que les femmes éprouvent devant les pierres précieuses : cette contemplation faisant, par un curieux effet psychologique, descendre dans la jeune fille du calme, de l'adoucissement.

— Ah! déjà si tard, s'écriait Chérie, plongeant sa tête dans une immense cuvette, et qui, après avoir secoué à plusieurs reprises, ainsi qu'un oiseau, les gouttelettes d'eau autour d'elle, sonnait sa femme de chambre.

— Vite, fais-moi belle, tout à fait belle, entends-tu?

La femme de chambre commençait à la coiffer, et pendant les longueurs fatigantes de la coiffure, et parmi l'attouchement chatouilleux des cheveux amenant fréquemment chez les jeunes anémiques l'évanouissement, Chérie, de temps en temps, passait, par derrière sa tête, une main molle sur le bras de sa femme de chambre, disant :

— Attends.

Et Lina s'arrêtait jusqu'à ce que sa jeune maîtresse reprît dans une respiration soupirante :

— Va, maintenant.

Un moment les yeux de Chérie se fermèrent et Georgette de Suzange la croyait avoir perdu connaissance, quand les lèvres de la jeune fille, que la femme de chambre continuait à coiffer, murmurèrent dans une *mussitation* à peine perceptible :

— La figure contre le mur... dans un coin noir de chambre... au fond d'un lit... non, je ne veux pas mourir comme cela... Il faudrait que ça soit un peu ainsi qu'en avait envie une jeune femme... dans des mémoires que j'ai lus... Elle, c'était en voiture... dans la grande Avenue des Champs-Élysées... au milieu du mouvement, du bruit, de la vie de tout Paris. Hein, Georgette, — fit-elle en rouvrant les yeux, de sa voix tout à coup raffermie, — ne trouves-tu pas cela la désirable mort d'une Parisienne?

La coiffure de Chérie se trouvait terminée. C'était

le moment de l'habiller, de lui passer sa robe, le moment où il allait falloir qu'elle se tînt debout, longtemps immobile sur ses pieds. D'un signe elle appelait Georgette et, de côté s'appuyant des deux mains sur elle, se laissait faire par sa femme de chambre dans l'attitude somnolente et brisée d'un enfant qu'on costume, à demi réveillé, pour un bal masqué.

Cependant, vers la fin, Chérie se relevait tout à coup de son affaissement et, s'enveloppant de regards rapides qui passaient de haut en bas la revue de toute sa toilette, à la suite d'une petite secousse nerveuse du corps, elle donnait, d'un bout de doigt décharné, de la grâce à une tombée de pli, de l'envolée à un nœud de ruban, de la coquetterie à quelque rien de sa mise : tout à la fois charmante et macabre.

Sa toilette enfin complètement finie, après avoir, un long temps, impassiblement regardé la livide figure reflétée dans sa psyché, elle disait d'une voix dure à sa femme de chambre :

— Allons, toi, mets-moi du rouge, et applique-toi... Oui, que pour les autres j'aie l'air vivant... ce soir encore.

## CIV

Aux Italiens, l'entrée dans sa loge de M<sup>lle</sup> Haudancourt amenait dans la salle ce mouvement de curiosité qui accueille la rentrée en scène des personnalités parisiennes un moment disparues, et qui se remontrent tout à coup inopinément.

— Est-ce que je fais peur? laissa échapper la petite-fille du maréchal, gênée par la fixité de tous ces regards dirigés sur elle, et cherchant à se dissimuler derrière son éventail : un grand éventail en dentelle noire où, dans le deuil de la trame à jour, se becquetaient des colombes.

Chérie n'écoutait pas la réponse de Georgette, comme tirée hors d'elle-même par la musique d'amour.

On jouait ce soir-là, aux Italiens, la LUCIA, et Fraschini chantait.

— Oh! je suis heureuse, bien heureuse! fit au bout de quelques instants Chérie; et prenant entre ses mains le poignet de son amie, la pression de ses doigts maigres notait, en appuyant dans la chair de M⁽ᵐᵉ⁾ de Suzange, les tendresses, les amollissements, les ardeurs du chant, et confiait le remuement amoureux de son être mourant par un attouchement à la fois nerveux et languide.

En l'état de faiblesse où Chérie se trouvait, on aurait dit que cette musique de la LUCIA mettait en elle de la griserie; et dans sa pâleur, avec ses grands yeux extasiés et sa bouche sourieuse aux coins d'ombre, elle apparaissait comme une moribonde enivrée par l'alcool suprême avec lequel on traite, à l'heure présente, les maladies de poitrine.

Un moment, son attention quittant la scène pour aller à la salle, elle disait à son amie :

— As-tu vu le sourire que vient d'adresser la

comtesse de Fenilles à ce jeune homme, debout sur une marche à l'entrée de l'orchestre ?... Tiens, la place du marquis de Chateaumorand est vide dans la loge de la duchesse... Ah! ah! l'ambassadrice n'a pas encore quitté Paris et l'homme aimé non plus... Tu sais ce qu'elle a eu la belle effronterie de faire, l'ambassadrice!... écrire à la femme du ministre des Affaires étrangères qu'elle ne connaissait pas... pour que le ministre ne déplaçât près d'elle le secrétaire d'ambassade de son mari... oui, oui, qu'elle avouait carrément dans sa lettre pour son amant... Bon, il a l'air de se bouder aujourd'hui, le petit ménage Montverdun... Est-elle agitée, la vieille Jonvin... la femme qui est là dans la petite loge de balcon découverte... l'est-elle, hein! de voir aux côtés de Mᵐᵉ Honfroy le dernier monsieur que j'ai dû épouser!

Et l'attention de Chérie allait aux loges, à toutes les loges où l'on s'aimait, et elle faisait complaisamment à l'oreille de Georgette, la nomenclature des amours légitimes et illégitimes réunies ce soir dans la salle.

Puis elle se taisait, tombait dans une rêverie dont elle sortait soudain par cette brusque interrogation :

— Pourquoi n'es-tu jamais venue au Muguet?... Va, c'est gai notre pays... des villages aux maisons de pierre blanche... toutes avec un abricotier palissadé contre la façade... et, en face de chacune d'elles, une dalle qui sert de pont au ruisseau d'eau vive courant devant la porte... Il y a chez nous l'entrée à gauche, quand on a passé la grille... figure-toi une rampe de rochers couverts de mousses jaunes, de mousses roses, de mousses dont on ne peut dire exactement la couleur... et pleins de ces fleurettes, sais-tu, qui ont bien plus l'air de petits ornements en chenille que de vraies fleurs... de ces fleurettes que le grand-père appelle *sedum*, *plumbago*, et je ne sais plus quoi... Bien sûr, tu n'as pas l'idée comme ça fait bien, le joli gris tigré de la pierre, et les gentilles couleurs des mousses et de ces petites fleurs charnues, avec le bleu de ciel... qui paraît au-dessus plus bleu qu'ailleurs.

Elle s'arrêtait brusquement au milieu de sa phrase, et se mettait à lorgner une femme connue, étalant dans une avant-scène une distinguée et tapageuse toilette.

Elle la regardait si obstinément que Georgette de Suzange lui dit :

— Mais qu'est-ce que tu as donc à dévisager comme cela la belle M$^{me}$ Marcien ?

— C'est vrai, tu ne sais pas, toi... Elle, vois-tu, c'est un peu comme la pauvre amie... mon médecin est le sien... Mais regarde-la donc... est-elle souriante, et fait-elle assez l'*œil* à la salle, dis?... Eh bien, demain, elle attend Velpeau... Velpeau, tu as entendu... des glandes cancéreuses... il s'agit de lui en couper un — dit-elle en se touchant un sein de son éventail. — Or Paris ne doit pas s'en douter... La maladie, la mort, il faut lui cacher cela, lorsque l'on est une femme à la mode, une femme *chic*... Toujours être en scène avec un sourire de danseuse, c'est obligé... sans cela vous êtes oubliée... Tu as vu, tout à l'heure, on n'avait pas l'air de me reconnaître...

Mais qu'est-ce qu'elle peut bien voir, quand elle a comme cela les yeux dans sa lorgnette?... Ce n'est pas ce qu'elle regarde, hein... Ça doit être, tu sais, le bleu froid de l'acier, des instruments de chirurgie... des bistouris de demain!

*T'amo ingrata, t'amo ancor...*

Ce douloureux cri musical de la passion ramenait Chérie à l'opéra de Donizetti.

Les yeux fermés, le menton appuyé sur ses mains croisées, tenant devant sa figure son éventail, la jeune fille écoutait comme on prie.

— Tu te trouves mal? lui disait à demi-voix M<sup>me</sup> de Suzange, voyant Chérie devenir affreusement pâle.

— Non, je ne le veux pas... je ne le veux pas! — fit Chérie d'une voix brève, Chérie portant contre ses narines un flacon de sels anglais qu'elle respirait de toute la force qui lui restait.

Et la fin de l'opéra, ce chant désolé, ces balancements de sanglots, ces traînements mourants de la voix d'Edgar, cette agonie de douleur amoureuse, ce morceau enfin qui valut à Mariani le surnom du ténor *della morte*, elle l'entendait à travers une succession de demi-évanouissements, où le rouge qu'elle s'était fait mettre par Lina devenait par moments, sur la lividité de son teint, une tache brune, une tache effrayante.

— Au revoir ! à bientôt ! — jetait à son amie Georgette de Suzange, sautant en bas de la voiture qui l'avait ramenée chez elle.

— Adieu ! — faisait Chérie, appuyant sur le mot.

## CV

*M.*

*Le Maréchal Haudancourt, Grand-Croix de la Légion d'honneur, ancien Ministre de la Guerre, a l'honneur de vous faire part de la perte douloureuse qu'il vient de faire en la personne de Mademoiselle*

**MARIE CHÉRIE HAUDANCOURT,**

*sa petite-fille, décédée au château de Nonains-le-Muguet, le 20 juin 1870, dans sa dix-neuvième année, munie des sacrements de l'église.*

*Priez Dieu pour elle.*

Bar-le-Duc, imp. veuve Numa Rolin Chuquet et Cⁱᵉ.

---

## FIN

Janvier 1882 — octobre 1883.

# POSTFACE

### Par J.-H. ROSNY Aîné

*Chérie* est la dernière œuvre d'imagination d'Edmond de Goncourt. Quand je dis « imagination », j'exagère. Il n'y a guère d'imagination dans *Chérie*. C'est une œuvre essentiellement documentaire, pour parler le langage de cette époque; la fiction n'y intervient que pour coordonner les faits ou pour leur donner plus de relief.

Ceux-ci sont presque tous empruntés à la réalité, encore qu'ils ne suivent pas absolument le même ordre que celle-ci. Edmond de Goncourt recourut pour *Chérie* à deux ordres de documents : ses notes anciennes, complétées par ses souvenirs; une multitude de lettres de femmes et de jeunes filles, qui lui étaient parvenues après la publication de *la Faustin* et qu'il avait sollicitées. Je suppose que la plupart de ces lettres se retrouveront dans la correspondance déposée à la Bibliothèque Nationale.

Un après-midi que j'étais venu au Grenier avant l'heure, Edmond de Goncourt me parla longuement du livre, de sa composition, enfin des lettres... Pourquoi cet incident s'est-il gravé avec tant de précision dans ma mémoire? Je revois le beau vieillard comme s'il était là, sa lumineuse chevelure blanche, son visage clair, ses yeux de la couleur des grains du café torréfié... C'était un jour charmant, un jour de soleil et de nuées légères. Le Grenier avait un air de fête et j'eusse parié que mon maître deviendrait aussi vieux que Victor Hugo ou que Voltaire... Hélas !

Les lettres qui avaient servi, partiellement, à la composition de *Chérie* étaient très variées, les unes curieuses par la finesse psychologique, les autres par un réalisme qui, parfois, ne laissait pas d'être un peu choquant, quelques-unes par des traits bizarres, par des révélations extraordinaires ou comiques. Je crois me souvenir que la plupart étaient anonymes. Goncourt n'en a utilisé qu'une partie. Quelle que fût sa largeur d'idées en matière d'art, il avouait que certaines, riches en détails physiologiques, n'eussent pu figurer que dans ces recueils secrets qu'on se passe sous le manteau.

— Ces lettres m'ont appris beaucoup de choses, disait-il, que l'observation la plus patiente et la plus subtile ne m'aurait pas révélées ! Nos femmes et nos maîtresses ne nous avouent que ce qu'elles veulent... ou osent nous avouer. Elles mentent souvent. Il est des mystères qu'on ne confie à personne, soit par pudeur, soit par vanité... Mais on peut tout écrire sous le voile de l'anonyme. Voyez-vous, Rosny, c'est une mine d'or pour les écrivains que j'ai découverte là !... Qui sait si l'un de vous, jeunes, ne recevra pas quelque jour, d'un inconnu ou d'une inconnue, ces confidences rigoureusement vraies dont Edgar Poë disait que personne ne se risquerait jamais à les écrire ! Essayez, vous qui aimez le vrai ! Pour moi, il est trop tard ! »

— Et pourquoi donc, cher maître ?

— Je renonce définitivement au roman... Comme je l'annoncerai officiellement d'ailleurs, *Chérie* sera ma dernière œuvre de romancier ! Ma cervelle n'est plus capable d'un grand effort de concentration, je vais me cantonner dans mes notes... et sans doute écrire une pièce...

— Vous aurez tort ! dit Daudet qui venait d'entrer. Il ne faut jamais se fermer aucune porte. Ce peut être la cause de vives souffrances ! Laissez faire la vie, mon Goncourt... Nous ne la menons pas... elle nous mène !

— Il faut savoir se retirer à temps !

Daudet n'insista pas ce jour-là, Rodenbach venait de montrer sa fine tête blonde, bientôt suivie par la tête pensive, et blonde aussi, mais d'un tout autre blond, de Paul Hervieu... Et bientôt cet enchanteur de Daudet répandit sans compter les perles et les diamants.

*Chérie* parut quelque temps après. On peut être sûr que c'est un des romans les plus exacts de Goncourt. Certains détails semblent romanesques, mais la vie est terriblement fantasmagorique. Qui oserait accumuler, dans un roman vécu, les évènements que relatent chaque jour nos journaux : cambriolages, escroqueries, drames passionnels, assassinats, déraillements ou télescopages de trains, dus à la malveillance, etc. ? On a tendance à exiger que les romans réalistes ne relatent que des évènements quotidiens. Les Balzac, les Stendhal ne se gênaient pas pour utiliser les drames qui abondent dans la réalité.

Quelle est l'importance de *Chérie* dans l'œuvre de

Goncourt? J'avoue que je l'ignore. C'est une œuvre mineure. Mais les œuvres mineures sont bien souvent les plus caractéristiques, celles qui nous font pénétrer le plus loin dans l'âme d'un écrivain. *Chérie* reflète intensément le tempérament, les goûts et les doctrines d'Emond de Goncourt...

J.-H. Rosny aîné,<br/>de l'Académie Goncourt.

www.ingramcontent.com/pod-product-compliance
Lightning Source LLC
LaVergne TN
LVHW020409070526
838199LV00054B/3574